カサンドラ

桑原水菜

角川文庫
20789

目次

第一章　光の女神

その船を初めて見た印象は〝優美な白鳥〟だった。

たった今、天から舞い降りてきて、大きな翼を悠然とたたみ、水辺で休らった。

そんな佇まいだ、と入江秀作は思った。

抜けるような青空のもと、白い船体がひときわ眩しい。

横浜港は、客船が入港すると、がぜん華やぎを増すようだ。

大さん橋に接岸したその客船は、なだらかな流線形のシルエットが、遠目にもたおやかだ。

見る者の心をいやがうえにも高鳴らせる。入江の胸にふと少年の頃の記憶がよぎった。

夏休み、都会から避暑でやってきていた、名も知らぬ年上の女性。白いワンピースとフリルの日傘が、陽差しに溶けて滲むようだった。まるで、夏の数日間にだけ現れる幻とでもいうかのように。

　今の今まで忘れていた遠い日の面影が、その残像が、鮮やかに甦って白亜の客船に重なった。船はしばしば女性にたとえられるが〝佳人〟という言葉があの船にはふさわしい。

優美という第一印象は、だが、車が大さん橋に近付いていくにつれ、その諧調を変えていく。車止めに着く頃には、北海の氷山を思わせる巨体に圧倒されるようになる。

「到着です。先生」

入江は気を回し、運転手より先に車から降りて、慎ましく後部座席のドアを開けた。

黒塗りのフォードから現れたのは、小柄な背広姿の年配男性だ。梅雨の晴れ間の陽差しを遮るように、山高帽をかぶり、目の前にそびえる白い船体を見上げた。

「美しい船だなあ」

児波源蔵は、黒縁眼鏡を持ち上げて、目を細めた。

丸みを帯びた一本煙突には、青地に白抜きで虹を示す七本線が描かれている。

メインマストには、出港が近いことを示す、青い縁取りの旗が翻る。その周りを、かもめが戯れるように舞っている。デリック柱（クレーン）まわりはジブがすでに倒れているせいか、なお、すっきりとした印象だ。

満載喫水線から下の青く塗られた部分が、水面から顔を覗かせ、煙突のブルーとあいまって軽快さをかもしている。

児波が見とれている間、入江は運転手と一緒に、トランクから荷物をおろした。

「こんなに白いとヨットみたいですね。客船といえば、黒と赤と白の三色って相場が決まってるもんだと」

「若い頃ドイツ留学した時に訪れた、古城を思わせる。確か……ノイシュバン……」

「ノイシュバンシュタイン城」

「ああ、それだ。あの城も美しかった」

そこへポーターが駆けつけた。

大きなトランクケースを次々と台車に載せていく。遅れて、大さん橋上屋から背広の一団が駆けつけ、児波を出迎えた。

「お待ちしておりました。児波大臣」

髪を七三分けにした、眉毛の濃い男が言った。

「運輸省運輸技術研究所の赤井です。ご案内させていただきます」

「朝方、雨が降っていたから心配したが、見事に晴れたね。船出日和だ」

背広たちの視線が、入江に集まった。誰？という顔だ。入江は敬礼した。

「五反田警備事務所から派遣されました入江秀作です」

――……ああ。そういうことかね。

という顔を、一同は見せた。

「付添というのは民間護衛のことでしたか」

「私はこの通り足を痛めてしまってね。もちろん、今度の船旅はあくまで私的な〝夏期休暇〟だから、彼への報酬もポケットマネーですよ」

おどけてみせる児波に、背広男たちは和やかな笑顔で応えた。

「心配せずとも、たちの悪い暴漢など、あの船には乗っておりませんよ。乗組員は、航海士からキャビンボーイに至るまで皆、身元のはっきりした者ばかりです。厳選された人材揃いですよ」

「なるほど。それでは文字通り、大船に乗ったつもりでいよう」

岸壁に明るい笑い声が響き渡った。

白亜の豪華客船を見上げ、児波は船尾に記された船名を読み上げた。

「『アグライア号』……。明るい語感だ。どういう意味だろう」

「ギリシャ神話の〝光の女神〟らしいですよ」

「光の……。ふさわしい名前だな」

乗船手続きを済ませ、入江と児波は乗船口に向かった。

タラップをあがっていくと、入口には白い制服制帽の男性がふたり、待ち受けている。

手前に立つ精悍（せいかん）な顔つきの男性、肩章は、黒地に四本の金線だ。

「ようこそ。アグライア号へ。本船の船長（キャプテン）・松尾航一郎（まつおこういちろう）です」

「児波です。素晴らしい船ですな」

「ありがとうございます。快適な船旅を楽しんでいただけるよう、乗組員一同、誠心誠意つとめさせていただきます」

その後ろに立つ三本線の肩章は、一等航海士の三日月真吾（みかづきしんご）だ。甲板部の責任者で、船長に次ぐ立場にある。

米国船籍の客船なので、船長をはじめとする乗組員が日本人だったことは、入江には意外だった。

舷門（入口）のあるアッパーデッキから続く通路は、壁も天井も白く塗られ、清潔感に溢れている。天井に幾筋も伸びる配管類も白一色に統一されており、船内の圧迫感を和らげている。丸窓の向こうには港の景色が望めた。内装は凝っており、アール・デコを基調に和風様式も取り入れたモダンスタイルだ。手すりひとつを取ってもアールが芸術的で、エッチングガラスの間仕切りや、赤い縞目のランプシェードなど、見ているだけで目の保養になる。

「すっかり客船に戻りましたね。戦時中、空母に使われた船とは思えない」

「戦争で生き残った数少ない船だ。元の姿を取り戻したんだろうな」

児波の客室は、ボートデッキの右舷船首寄りにあった。

部屋はゆったりとしていてホテルと見まごうほどだ。冷暖房完備で、陶器製バスタブやトイレまでついており、快適を約束されたようなものだ。ベッドはもちろん、スプリングの利いた外国製。毛布は、扇のような形に折り畳んである。折り紙を思わせる。

「これは〝双子岩〟だな。飾り毛布とか花毛布とかいうものだ。毛布を折って美しく飾る、日本船ならではのサービスだよ」

船のことについては、留学経験のある児波のほうが入江よりも詳しかった。

「……いや。船籍はもう日本ではないのだったな」

「船長も日本人のようですし、米国に売られたとはいえ、魂は日本の船ですよ」

備え付けの急須で茶をいれて、一息ついた。窓から岸壁を見下ろすと、続々と乗客がタラップをあがってくるところだった。

黒塗りの車で乗り付けてくる。皆、それなりの地位にある人々のようだった。華やかな顔触れは、処女航海にふさわしい。

いや、正確には処女航海ではない。改装してから最初の航海、というほうが的確だが。

船内放送が、今後のスケジュールを知らせている。

入江は腕時計を見て、席を立った。

「事務所に電話をかけてきます。出港までどうぞごゆっくり」

*

終戦から八年が経とうとしていた。

横浜港の景色は、戦前と一見、変わらない。

レトロな趣の赤レンガ倉庫、沖へと一直線に伸びる大さん橋、新港ふ頭の上屋（ターミナル）、引き込み線をゆく貨物列車……。だが、目を転じると、港のすぐ間近に白い大きな庭付きの家が並んでいる。米軍住宅だ。

進駐軍による占領は、横浜から始まった。関内や港湾施設は大部分が接収された。復興も他より遅れ、空襲の焼け跡は長く草地になっていて〝関内牧場〟と呼ばれていたほどだ。だが、空襲を受けたにもかかわらず、港湾部の被害が比較的軽微だったのは、米軍が、接収を見込んであえて目標から外したからだと言われている。

　通りの名さえも次々とアメリカ風に変えられる中、焼け出された日本人は闇市でひしめきあっていた。着飾った米軍将校夫人たちが優雅にバスを待つ中、野毛（のげ）のカストリ横丁では、闇物資を求める日本人が図太く蠢（うごめ）いていたものだ。

　二年前、ようやく講和条約が結ばれて、連合国による長い占領が終わった。ここにきて横浜の街も徐々に接収解除が進んできて、本格的な復興が始まっている。

　とはいえ、港はいまだ米軍の接収が続いている。カマボコ兵舎は健在だし、金網の張り巡らされた先は米国だ。街には横文字の看板が溢れ、米兵の姿も相変わらずだ。

　かつて、たくさんの客船や貨物船が接岸したこの大さん橋も、去年、ようやく接収解除されたばかりだった。

　入江は上屋の待合所にやってくると、ベンチに座った。

　背中合わせになっている後ろのベンチに、ハンチング帽をかぶった男がいた。

　入江は振り向かずに、声をかけた。

「……無事、乗船できたよ。例のものは」

「これだ」

　ハンチング帽の男は、やはり振り向かず、後ろ手で、書類入れを入江にそっと手渡した。

「乗客名簿だ。ぎりぎりになったが、全員分ある」

「乗組員のほうは」

「全員まで手が回らなかった。判明分だけ入ってる」

「おいおい。全員分頼んだはずだぞ。勘弁してくれよ」

「これでも三日徹夜した。それより、どうだ。あの船は」

「……見たところ、ごくごく普通の豪華客船だな。まだ船内を見てまわったわけじゃないが」

話している間にも、次々と乗客がボーディングランプを渡って白い巨船へと乗り込んでいく。

「〝マルヤ〟とはまだ落ち合えてないが、指示通り、向こうから声をかけてくるのを待つ。船酔いで寝込んでなければ、の話だが」

「まじめにやれよ。久しぶりのご指名だろ。……ああ、それと」

ハンチング帽の男は、ポケットから茶色いガラス瓶を取りだして、後ろ手で入江に渡した。

薬品の入ったアンプルだった。

「必要なら使え。だが量に気をつけろよ。多すぎると幻覚や妄言で手に負えなくなるからな」

「わかってる。悪いな。じゃ」

入江は立ち上がった。

出港まで、あと三十分。

かつては赤道を越えて遥か地球の裏側サンパウロまで、南米航路に就航していた貨客船だが、今回の航海は函館港と横浜とを往復する、ほんの三泊四日ほどのショートクルーズだ。あくまで関係者への〝改造完了のお披露目〟を目的とした船旅だった。

そのせいか、大さん橋は見送りもまばらだ。船旅とは言っても移民船ではないので、別れを惜しんで見送る者もなく、拍子抜けするほど閑散としている。乗船客はごくごく限られた招待者のみだから、無理もない。

とは言え、白亜の美しい客船は、港にいる人々の目を惹くのだろう。遠くからこちらを眺めている人々がそこここに見受けられる。入江はパンフレットに目線を落とした。

全長百七十メートル。全幅二十二メートル。

総トン数――一万五千トン。最高速力――三十ノット。

主機関――非公開。

船尾には、日米の国旗が飾られている。船籍は、アメリカだ。

「アグライア……光の女神、か」

係留作業員が岸壁に出てきて、ビットについていく。出港が近い。

入江は急いでボーディングランプへと走った。

岸壁に面した右舷のシェイドデッキ上では、出航を祝すセイルアウェイ・セレモニーが始まっていた。

キャビンボーイが出てきて乗客にシャンパンを振る舞っている。

乗客のほとんどは背広姿の紳士だ。

児波も出てきて船会社の日本人社員と談笑中だった。児波源蔵は民主自由党に所属する衆議院議員で、先頃、入閣を果たし、通商産業相の座についた。GHQによる公職追放で、多くの議員が国政の場から追い出された中、一企業人から頭角を現してきた戦後派だ。

外国人もいる。背広を肩で着こなした欧米人たちだ。多くは船会社の関係者だった。日本人社員が通訳も兼ねていて、あちこちに談笑の輪が見られた。中には米軍関係者とおぼしき制服組もいる。

バンド演奏も始まり、屋外デッキは華やいでいた。どこか浮かれた雰囲気は、この船上が一種の社交場であることを伝えていた。入江は少し離れたところから、眺めている。仕事柄、賑やかな場とは温度差を保つようにしていた。

ボーディングランプが離れていく。ゴオン、ゴオン……と船全体が唸りをあげる。エンジンの振動が、船出の高揚感をかきたてる。

「船出を祝うシャンパンを、どうぞ」

入江に声をかけてきた者がいた。四十代後半くらいの、涼しい顔立ちの男だ。広い背中で麻のジャケットを軽快に着こなし、後ろ髪はうなじを隠すほど長く、あごには短く髭を生やしている。入江にグラスを差し出していた。

「あいにく、仕事中なんで」

それは残念、と男は言い、シャンパンを飲み干した。

「……どうも人の輪に入るのが苦手でね」

談笑する人々を眺め、髭の男は苦笑いを浮かべた。

人の群れを避けつつも、話し相手が欲しかったのか。はにかむ顔が人懐こい。堅苦しい背広ばかりの中、自分たちの軽装は浮いていて、はぐれ者同士、入江は親近感を抱いた。

「君、児波大臣のボディガードだったね」

「大臣のお知り合いですか」

「いや。さっき初対面の挨拶をしたばかりだ。数日前、暴漢に襲われたと聞いたが、犯人は捕まったのかい」

「それがまだ。……この船にもまぎれこんでいないとも限らないので、念のため。あなたも招待を？」

「いや、どちらかというと関係者のほうかな。実は戦前、この船がまだ『さんぱうろ丸』と名乗ってた頃に、乗船したことがある」

「『さんぱうろ丸』だった頃を知ってるんですね」

「もう十五、六年も前になるか。当時、日本最大の貨客船で、南米航路の看板だった。あの頃はたくさんの日本の商船が世界中の海を行き来していたからな。移民や出稼ぎ労働者で、どの船もいっぱいだった。横浜の街も、移民宿はどこも賑わっていて、活気に満ちていた」

海外渡航の手段は、船しかない時代だ。移住は国策だったが、多くの日本人が、より豊かな暮らしが待つ新天地を求めて、海外に出ていく時代でもあった。

「家族は今もブラジルにいる。年を取って日本に帰りたがってるが、日本政府は迎えの船をよこさないし、引き揚げができた満州(まんしゅう)のようにはいかないいな」

「あなたはいつ日本に」

「俺は翌年には帰国した。というのも『さんぱうろ丸』にすっかり惚(ほ)れ込んじまってね。三等船客だったんだが、たまたま知り合った一等船客の紳士が、俺に一等デッキを見せてくれたんだ。そのすばらしさに感動してしまった。客船に関わる仕事がしたくて、二度目に『さんぱうろ丸』が来た時、厨房(ちゅうぼう)の皿洗いとして乗せてもらい、日本に戻った。

……君は、船旅の経験は？」

「大陸との往復を何度か。戦時中は上海(シャンハイ)に──」

入江の脳裏に、引揚船での苦い記憶が甦(よみがえ)った。

「……船にはあまりいい思い出はありませんね」

「上海か。俺はラバウルだ」

「ラバウル。南方の激戦地ですね」

「ああ。終戦で捕虜になった俺たちを、迎えに来た病院船は、この船によく似た、真っ白な美しい船だった。天からの遣いのように輝いて見えたもんだ。思えば、俺にとって客船とは〝生きる希望〟そのものだったんだな」

言葉は少ないが、言い尽くせない感慨がある。じかに触れなくても入江にはわかる。船の話をすれば、お互い、いやでも戦争の話になる。それが今の日本人なのだ、ということを、入江は身を以て痛感していた。

「……ああ、すまん。名も名乗らずに長々と失礼」

交換しあった名刺には「汐留泰司」とある。

「建築家ですか。じゃあ、この船の内装は」

「ああ。俺が設計させてもらった。一等社交室と喫煙室、それに一等食堂を担当してる」

船の中でも最も豪華で、顔とも言える場所だ。『さんぱうろ丸』時代の内装設計を手がけたのが、彼の亡き師匠・竹田順平だった。実は、南米への船旅で、汐留青年に声をかけてきた一等船客とは、内装設計者である竹田本人だったのだ。

「戦時徴用で特設空母に改装された時、客室もインテリアも全て撤去されてしまったからね。かろうじて残ってたカラースキームだけを見て再現するのは、本当に苦労したよ。設計図は空襲で焼けてしまって、当時、多くの商船が、戦争で徴用された。名だたる客船が、次々と特設艦船へと改造されて、戦地へと出撃していった。『さんぱうろ丸』も、階段状の優美な上部構造物を撤去されて、無骨な飛行甲板がのせられ、空母『海鷲』と改名された。日本商船隊と呼ばれたたくさんの日本船が、米潜水艦の雷撃を受けて、ことごとく海の底へと沈んでいった中、数少ない生き残りの一隻が、この船だったのだ。

「……尤も、『さんぱうろ丸』は元々、有事に軍艦として使われるのを前提に造られた船だったからね」

この船の前身『さんぱうろ丸』が建造されたのは、一九三八（昭和十三）年。日中戦争が始まり、国が戦時体制に入りつつあった頃だ。軍艦は維持費も莫大だから、平時は商船として使える大型船舶をあらかじめ保有しておいて、いざ戦争となった時、それらを空母等に改造できるよう、設計されていた。また、戦時には大量の兵員輸送にも使われるため、自ずと船は大型化していったという経緯がある。

「……たしか、この船は、終戦で米軍に接収された後、米国の船会社に買い取られたんですよね」

「そのとおり。今はアメリカ船籍だ」

「特設空母に改造された中古船を、わざわざ引き取って客船に再改造したわけですか。米国なら新しい船なんか、いくらでも造れそうなもんですがね」

「買い取ったと言っても、接収船はタダ同然だからな。新造船はコストも嵩むしね。だが、船体は中古でも、この船に載ってるエンジンは特別製で、新しく開発されたものだそうだ」

新しいエンジン？　と入江は問い返した。

汐留はうなずいた。

「新型のタービン機関らしい。開発にはアメリカ海軍も嚙んでいる。とにかく画期的な新機関らしい」

「そういえば、最高速力は三十ノットと」

「驚異のハイスピード船さ」

「この船はディーゼル船だったのでは」

「『さんぱうろ丸』の頃はね。『海鷲』に改造される時、ごっそりとタービンに換装された。いわば、心臓を取り替えていたわけだ」

空母改造の時からタービン船だったから、スクリュープロペラやシャフト、ポンプやボイラーの配管などの機装を、比較的変えずに使用できたため、再改造もしやすかったにちがいない。

「燃費がよくて馬力が出る。その新開発のエンジンをゆくゆくは日本にも売りこみたいらしい」

「なるほど。今回の航海は、新エンジンの発表会を兼ねてるわけですか。そのエンジン、どの程度すごいもんなんですか」

「さあ。そこは秘密主義らしくてなあ。正確な主機関出力もわからなければ、主機関構造も、教えてもらっちゃいない」

設計図は、機関に関する部分が黒く塗りつぶされていた。内装設計には必要ないから、という理由だったが、米軍絡みの新型エンジンは機密扱いらしい。

「あそこで談笑してる太鼓腹の男が、船主セブンシーラインズのマイケル・オーサー社長。少し前に、米国政府の補助を受けて作った高速客船が、ブルーリボン賞を獲ったばかりだ。その隣にいる鼻のでかい巨漢が、エレクトリック・バーナード社のジム・ストーン社長。新型エンジンの製造元だ」

「聞いたことがある。この船の改造もアメリカで？」

「いや。佐世保だ」

入江が驚いて「佐世保？」と聞き返した。

「米軍に接収された佐世保工廠のドックで換装された。改造工事は日本人の手で行い、エンジンだけ、アメリカから持ってきたそうだ」

まあ、妥当な流れだ。元々、日本の船だったし、占領下の佐世保で改造工事が行われても不自然ではない。

「つまり、この船は、メイド・イン・オキュパイド・ジャパン……てやつですか」

occupied Japan ——占領下で作られた日本製品につけられた言い回しだ。

「換装工事は、米軍の厳重な管理の下で行われていたよ。船体の改造だけで二年、艤装が始まってからは内装にとり掛かるまで、丸三年も費やしてる」

「三年も？　艤装に三年以上もかかってるんですか」

　艤装とは、船が進水した後に行われる工事のことだ。できあがった船体が海に浮かんだ状態で、エンジンや操舵設備・係留設備等を取りつける。空母に改造した時は（戦時中で大急ぎだったとはいえ）わずか一年だった。

　それが元の客船に戻すだけで、五年強もかかっていたというのか。

「ただの改造とは思えませんね」

「極秘工事だったというからな。新型エンジンとやらが、相当えらいものらしい。社長は『これは船の革命だ』なんて豪語してた」

　入江は険しい表情になった。――〝船の革命〟……とは、ずいぶんと大仰ではないか。

「オーサー社長の隣にいる日本人は……？」

「彼は、ナギノ博士。例のエンジンの、設計責任者だよ」

　入江は驚いた。日本人が設計したのか？　すらりとした長身で、映画スターにでもなれそうな容姿だ。入江よりも四、五歳年上に見えるから、四十代前半といったところか。

「日系人ですか？」

「俺もさっき紹介されたばかりで、詳しくは知らない。バークレーの研究所で新型船用エンジンの開発に携わってる人だそうだ。戦前は日本の大学にもいたとか」

　軽快なバンドの音楽をかき消すように、大きな汽笛が、船いっぱいに轟いた。巨大で重厚なホルンを思わせる力強い轟きは、船の生命力そのもののように横浜港に響き渡っていく。

「出港だ」

招待客には色とりどりのテープが渡され、見送りもまばらな岸壁めがけて投げ始める。

移民船では万感をこめる別れのテープも、ここではまるでパーティの余興だ。

その軽薄さに苦り切りながら、入江は風で流れてきたテープを掴んだ。

ふいに耳の奥に、亡き友の声を聞いた。

——……無線塔は、みえたか……?

荒波に揉まれる船の、鈍い軋みのようなその声は、再び轟いた大きな汽笛にもかき消されなかった。幻聴、とやり過ごせないほど鮮明だったことに驚いて、入江は風に流れるテープの先端を目で追ったが、虚しいほど青い空が広がるばかりだった。

やるせない想いが胸に染み出した。

——……久美子を頼む。入江……。

出港の汽笛が甦らせたのは、引揚船の甲板で死んだ親友の面影だ。

祖国の陸影をその目に映すことなく、息を引き取った。

「……もう二度と、船には乗らないはずだったんだがな……。佐賀よ」

潮風にあおられ、ちぎれたテープが飛んでいく。

タグボートに引かれて岸壁を離れた『アグライア号』は、厳かに横浜港から出航した。

船が大さん橋から遠ざかると、自然とセレモニーはお開きになり、乗客はデッキから姿を消していった。タグボートに別れを告げたアグライア号は本牧埠頭の沖合を順調に滑り出していった。

＊

「あの日、『ミズーリ』の艦上で降伏文書に調印したのは、このあたりだったかな……」

船室に戻った児波も、感慨深げに窓の外を見つめている。入江は恐縮して言った。

「……すみません。先生。奥様と乗るはずだったのに、こんなむさくるしい男と同室になってしまって」

「いや。妻は船が苦手だから、乗らずに済んでよかったと言ってたよ」

人の好さが顔に滲み出ている。入江はさりげなく水を向けた。

「さっき、人づてに聞いたんですが、この船は、画期的な新型エンジンを積んでいるそうですね。『船に革命を起こす』なんて、オーナーが豪語しているとか」

児波の目が一瞬だけ、用心深げにこちらを見たのを、入江は見逃さない。児波はそれを隠すように目を伏せると「……見当もつかんねぇ」と紅茶を一口飲んだ。

「先日、アメリカで就航した高速船の機関のことではないかな。高温高圧ボイラー方式で、ホノルルまで一日早く着くとかいう。あえてスペックを伏せているのはアメリカ人らしい趣向だよ」

入江は言葉通りには受け取っていない。

これは勘だが、児波は何かを隠している。戦後の混乱期だったとはいえ、閣僚にまで登りつめた男だ。ただの好々爺であるわけがない。

入江が不思議に思うのは、なぜ児波がこの船に招待されたのか、ということだ。

建前は〝プライベート〟だが、多忙な閣僚をわざわざ招くからには、なんらかの意図がある。新型エンジンのセールスなら運輸省の関係者を呼べば済むところを、なぜ通産省の大臣を呼ぶのか。

セレモニーにいた客も皆、知っているのだろうか。部外者である入江だけが蚊帳の外に置かれているようで、薄気味悪い。

湾内は穏やかで、船はほとんど揺れず、ここが海の上である感じがしない。

「夕食の前に少し船内を回ってきます。ごゆっくり」

入江は船室を出た。


客船はちょっとした迷路だ。デッキはどの階もよく似た造りなので、立体図を頭に叩き込んでおかないと、いざという時、迷ってしまいそうだ。

船内配置にはセオリーがある。

大抵は、上部デッキに一等客室・一等社交室・一等食堂・一等喫煙室といった特別な部屋が集められる。二等・三等と下るほど、下の階に置かれるのだが、アグライア号には二等客室までしかないようだ。いわゆる庶民であるところの三等船客は、はなから乗せない。上流階級専用船らしい。

最上層から、操舵室↓ボートデッキ↓プロムナードデッキ↓シェイドデッキ↓アッパーデッキ（1stデッキ）……。ここまでが上甲板（船首から船尾まである強力甲板）より上。

その下――。

船殻内に収まっているのが（地下を数えるのと同じ要領で）上から、2ndデッキ↓3rdデッキ↓4thデッキ↓最下層ホールド……と続く。全部で九層からなる船だ。

入江が胸ポケットから取りだしたのは『さんぱうろ丸』の一般配置図（デッキごとの平面図）だった。それによると、機関室と発電機は船中央部にあり、前後には船倉があった。が、空母改造で大幅に変えられた可能性もあり、古い情報は、あまりあてにできない。

しかもアグライア号では、アッパーデッキより下に乗客は一切立ち入れない。アッパーデッキも、船尾寄りの区画は〝関係者以外立入禁止〟だ。歩き回ってみると、他にもやけに立入禁止の区画が多い。

もうひとつ、目に留まるのは、船内のあちこちに設置された計測器だ。

何を測っているのだろう。室温でもなさそうだ。針のついたメーターは電圧や気圧を測る計器に似ているが、機関室でも操舵室でもない船内の廊下や食堂に、かなり目立つ形で置かれているのが気になった。

空母改造で取り払われた上部構造物も見事に復元され、かつての美しさを取り戻した。屋外デッキの床には新しいチーク材が張られている。通路幅は二・六メートルもあって、ゆったりとした印象だ。

入江は階段をあがり、ボートデッキへと戻ってきた。

湿り気を帯びた海風が吹いている。ずっと当たっていると、体の内側に熱がこもっていくような、船上でしか味わえない、独特の風だ。

やや暗い色の海に白波を蹴立(けた)てて、船はいく。

船橋(ブリッジ)の上部には、見慣れない鉄骨を組んだ櫓(やぐら)のようなものがある。その頂で、板状のものがしじゅう、ぐるぐるとまわっている。最新式の〝レーダー〟だ。

米国が戦中、本格的に開発して取り入れた。マイクロ波を照射して、目視がきかない状況でも遠方にある物体をとらえることができるという。日本の商船でこれをつけているものは、まだ見たことがない。最新技術を取り入れているところが、いかにも米国船籍の船らしい。

船尾側には、なんとプールまであった。

「ほほお。これが噂の船上プールか」

ローマ神殿を思わせる柱と女神の描かれた壁画、タイル張りのプールには水も張ってある。『さんぽぅろ丸』の頃からあった名物プールで、今回の再改造で復元されたようだ。南米航路は赤道を越えるから、暑さ対策に水浴びは持ってこいだったのだろう。

水面がきらめいて、なんとも優雅だ。入江はデッキチェアに座ってみた。

見上げると、煙突の後ろには、巨大な金管楽器のような通風筒が両舷にふたつ並んでいる。

煙突からは黒い煙が吐き出され、日の傾き始めた空へと溶けていく。

実を言えば入江にも、児波に隠していることがある。〝身辺警護〟というのは建前だ。それ自体が、この船に乗るための口実だった。

入江の真のプロフィールは、保安隊に所属する一保安官だ。階級は、二等保安士補。保安隊とは、去年、警察予備隊から改変・発足した国の保安機関のことだ。国内の保安を目的とした武装部隊（後の、陸上自衛隊）であり、入江は2部――情報部に所属している。

民間警備会社の警備員を装って、この船に乗ったのは、ある任務のためだった。

――船は好きか。

上司である小松部長から、官舎の屋上へと呼び出されたのは、十日ほど前のことだった。

嫌いです、と率直に答えたら、小松は満足そうにうなずいた。

――船嫌いの君にうってつけの任務がある。〝予言者捜し〟だ。

は？　と思わず問い返してしまった。

――君には、これから、ある船に乗船してもらう。乗客の中に、或る機密情報を持ち出した者がいる。その者が船上でソ連側工作員と接触するとの情報が入った。これを阻止して、必要とあらば、密かに摘んで欲しい。

入江は困惑した。

情報部という部署柄、特務は避けられなかったが、ずばり「暗殺」を指示されるのは、少し異様だった。

――君の経歴を見込んでの頼みだ。できるかね。

含みがある。入江はかつてGHQの情報機関G2の下部組織で、日本人エージェントとして、数々の反共工作に携わったことがある。

要するに対ソ連・対共産主義のための諜報活動だ。

赤狩りの名の下、共産主義者及びソ連側エージェントを排除するのが、使命だった。だけではない。それ以前、戦時中のことも含めての〝経歴〟なのだと気づいた。

小松は入江にとっては〝学校〟の先輩でもある。何度か任地を共にした経験もあるので、お互い、腹の底までわかりあっている気安さがある。裏がありそうな任務に入江をあててきたのは、そんな身内意識のためだろう。

入江は「イエッサー」の代わりに、こう問いかけた。

――標的の特徴を教えてもらえますか。

――現時点では、当方が把握している情報は、ない。

皆無だという。

国籍はおろか、性別や年齢すら、把握できていないという。

――相手の特徴もわからないのに、どうやって両者の接触を妨害するんです。そもそも、船の上なら、警備隊か海上保安庁の仕事ではありませんか。我々がしゃしゃりでる場面では……。

――……いや。海保では対処できない案件ゆえに、君にこうして頼んでいる。

入江は肩を竦めた。

情報皆無、なんていうのは方便だ。要するに「説明してやれない事情が存在する」「そこは聞かずに言われたことだけ遂行せよ」ということだ。船の出航そのものを止める、という選択肢は無いようだ。

――不満かね。入江二等保安士補。

――いえ、何も。

入江は大袈裟に敬礼してみせた。普段から「素行に少々問題あり」と頭の固い上官から睨まれている入江だ。昔から諜報員の適性から外れたところがあり、しばしば問題行動でペナルティをくらっていた。が、それを面白いと見る上司もいてくれて、小松は長いつきあいの中から、彼の人間性も理解していた。

――ひとつだけ、いいですか。部長。〝予言者捜し〟とは、どういう意味です。

――いいか、入江。おまえが最初になすべきことは、資料閲覧室に行き、これから告げる言葉について、事典を開くことだ。

言われた通りに、入江は小松情報2部長から告げられた「或る言葉」について引いてみた。


【カサンドラ】

ギリシャ神話の登場人物。トロイア王の娘。

トロイアの滅亡を予言していたが、アポロンの呪いにより、誰にも聞き入れられなかった。


「――予言を、誰にも信じてもらえない予言者……か」

入江はデッキチェアに身を預け、空に消えていく黒煙を眺めた。

どうやらそれが、ソ連側スパイに流出しかけているものの暗号名らしい。

〝カサンドラ〟の流出を防げ。

それが入江の任務というわけだ。

入江が名乗った民間警備会社は、小松率いる情報部が任務のために用意した欺騙企業(ダミー)

だ。一週間前に児波通産相を襲った暴漢も実は、彼らの仕込みによるものだった。

　こうして乗船を果たした入江の、当面の課題は、この船に乗っているという、もうひとりの潜入保安官——暗号名〝マルヤ〟と接触することだった。

〝カサンドラ〟について先行調査をしているという。〝マルヤ〟は入江のことを把握していて、向こうから接触してくる手はずになっている。

　ソ連のスパイがどこにまぎれこんでいるかもわからない昨今だ。隊内にいる可能性も否定できない。小松が隠密に事を進めるのは、そのせいでもあるのだろう。

　そうでなくても、小松や自分のような旧軍出身者は、保安隊では立場が弱い。

　陸上の保安隊と海上の警備隊（後の海上自衛隊）を管轄する保安庁は、徹底した文官統制がしかれている。軍化を警戒し、主要ポストには旧軍の人間はおかず、旧内務官僚でしめられていた。

　彼らは戦後、治安部隊として組織された実働部隊が、旧軍勢力に牛耳られて、再び旧軍的な存在になるのを恐れているようだ。

　特に〝陸軍の亡霊〟と呼ばれる元参謀本部作戦部長の佐々木宗政（ささきむねまさ）率いる〝佐々木グループ〟は、警戒の対象にされていた。

　小松も旧軍出身者ではあるが、それらの派閥とは一線を画すことにより、きわめて高度な専門スキルを必要とする情報部をまかされるに至った。小松は元々リベラル寄りで、強い軍批判精神の持ち主だったから、旧内務官僚からの信頼を買えたとみえる。

そんな微妙な立場ゆえに、信頼できる腹心が必要なのだろうが。

そのしわ寄せは、部下の苦労となってあらわれる。

「期限は、帰港までか……」

それまでは誰も船からおりられない。密室での任務だ。


船はやがて浦賀水道へと進んでいく。

右舷には、猿島が見えてきた。その奥が横須賀だ。

こうして海風を頬に感じながら、穏やかな航海をしているうちは、いい。外海に出れば、いやでも船は揺れ始めるだろう。ピッチングとローリングを延々と繰り返す、あの感じは、体に染み込んで、今も消えない。

あの日、海は荒れていた。揺れる引揚船の中で、親友を看取った。瀕死の重傷を負った身で、引揚船に乗り込んで、佐世保に着く直前で息を引き取った、親友——佐賀英夫のことだ。

陸軍中野学校で、同期生だった。

諜報員の養成学校だ。

ふたりは予備士官学校から中野学校に入り、丙種学生として、同じ釜の飯を食いながら、諜報員としての技術と知識を学んだ。帝国陸軍の軍人でありながら、軍服ではなく背広に身を包み、海外の任地で工作活動にも携わった。

卒業後、入江は南方へ、佐賀は上海へ、それぞれ赴任した。入江の任務は、南方での阿片の買い付けだった。民間商社の肩書きで阿片を買い、それを売って、軍需物資の購入資金にあてていた。やがて任地が上海に移ったところで、佐賀と再会したのだ。

佐賀は偽の法幣（国民党政府が発行していた法定通貨）を扱う機密工作に関わっており、共に危険な任務に携わることも度々だった。

息の合うパートナーといったところだ。傍目からは。

命を助けられたこともあった。

手ひどい拷問から、救い出されたことも。

だが佐賀は死んだ。終戦後だった。

引き揚げの混乱の中だった。重傷を負った佐賀は、民間人として乗り込んだ引揚船の中で、息を引き取った。

――無線塔は、みえたか？

それが最期の言葉だった。

佐世保湾の入口には、三本の巨大な煙突めいたコンクリート製の無線塔が立っていた。佐賀にはそれがふるさとの目印だったのだ。

息を引き取ったのは、湾に入る門にあたる高後崎付近だった。

友の鼓動が消えるのと時を同じくして、船の揺れもおさまっていた。船が湾内に入ったためだったが、それはまるで命の闘いが終わったことを告げているようだった。いや、それまで船を揺らしてきた荒波こそ、死に抗う友の生命そのものだったのか。

彼の実家は、長崎にあった。遺骨を胸に抱き、彼の実家を訪れたが、そこにもう佐賀家はなかった。原爆でやられて家はなく、家族の、行方はおろか安否すら掴めなかった。

仕方なく、佐賀の遺骨は持ち帰り、入江の実家の寺に今も預けたままだ。

まるで右に左に沈み込んでは浮き上がる船のように、生死の境を行き来しながら、友は最期まで祖国の土を踏むことを願っていた。

入江の胸には、小さな棘が刺さったままだ。

佐賀の運命を狂わせたのは、一枚のメモだった。

当時、佐賀が関わっていたのは、蔣介石政権の内部崩壊を目論む対中工作だった。佐賀は、所属していた水野機関で頭角を現し、暗殺された水野大佐のかわりに現場指揮を任され、実質上の「機関長」として、めざましい成果をあげていた。

つまずきのきっかけは、ほんの小さなことだった。駅での待ち合わせに遅れた。佐賀は、政権内の密告者とホームで落ち合うはずだった。遅れたのは、ほんの十分。その十分間で、密告者は殺され、代わりに現れた「偽の密告者」により虚偽情報を掴まされた。佐賀がそれを見抜けなかったがために計画に狂いが生じ、輸送列車が敵の襲撃を受けるという失態を招いてしまった。多大な損失を被ったばかりか、その混乱による計画の遅れが対中工作の失敗に繋がり、機関は消滅、後の和平工作にまで影響を及ぼした。

実はその日、密告者の乗る列車が変更されていた。待ち合わせ時間は十分、早まっていた。それが、佐賀に伝わらなかった。

変更の連絡を受けたのは、入江だった。

佐賀に伝えるべく部屋を出ようとした、その時。入江は上官の会話を耳にした。

佐賀の参謀本部入りが決まったという。大抜擢だ。中野の出世頭になるぞ。それを聞いた時、入江は手の中のメモを握りつぶしていた。入江もその数日前に参謀本部入りを打診されていた。が、ある幕僚将校の横やりで、入江の推薦は取り消しとなり、佐賀に決まってしまったのだ。

握りつぶしたのは、佐賀宛のメモだった。〝約束時間の変更〟が記されていた。

そのまま、ポケットにねじこんだ。

それが佐賀の運命に、暗転を引き起こした。


中野学校きっての俊才と呼ばれた佐賀は、左遷された。

佐賀が不運だったのは、左遷先で終戦と同時に戦犯容疑をかけられたことだ。現地の軍事法廷にかけられれば、極刑を免れなかった。

脱走を助けたのは入江だ。収容所からの移送中だった。だが追っ手の発砲で、佐賀は重傷を負った。

ふたりして軍歴を隠し、どうにか引揚船に潜り込んだ。瀕死の佐賀は最後まで「脱走を助けた」入江に恩を感じているようだった。

入江は胸の内で繰り返した。そうじゃない。そうじゃない。佐賀よ。あの日、俺はメモを握りつぶしたのだ。俺が作戦を失敗させたのだ。

いいや、彼は薄々察していたかもしれない。入江の中で静かな雪のように積もっていく、佐賀への暗い感情を。佐賀の転落を喜んだ自分を。収容所で暗く死を待つばかりの、やせ細った親友を見て、入江の心に湧き上がったのは、同情という名の暗い満足感だった。憐れな親友の末路に満たされた。彼を助けたのは、後ろ暗さからでもなんでもなく、満足感を長引かせるための確認行為でしかなかった。

佐賀は嗅ぎ取っていただろう。危険を冒しての救出が、友情の発露であっただなんて思うほど心を預け合っていたわけでもない。まして罪ほろぼしであるなど。佐賀は常に入江よりも少しだけ多いものを手にしていた。入江の愛した女が、選んだのも佐賀だった。心の奥底に陰湿な沼を抱えて、友の躍進を見つめていた。そんな入江が友の転落に何を思ったかなど、佐賀には手に取るようにわかったろう。そんな男しか看取る者のない身を、佐賀は「情けない」とさえ思っていたかもしれない。

悪し様に罵ってくれたほうが、まだよかった。

――久美子を頼む。

佐賀は、最期まで入江を責めもせず、信頼の言葉だけ残して、逝った。

だが、その一言こそが、佐賀の呪いだった。

気づいたのは、何年も経ってからだ。

入江が、佐賀から託された恋人――久美子と結婚したのは、翌年のことだ。身寄りのない久美子から頼りにされ、彼女を妻に迎えたのも、ごく自然な流れだった。友の遺言を果たしているのだ、と自分に言い訳することで、久美子を手に入れたやましさを消しもした。

だが、時を経るほど、佐賀の影は膨れ上がった。久美子が寄せてくれる情愛も、日増しに息苦しさへと変わっていった。常に友と比べられている、という強迫観念が、次第に入江を苦しめるようになっていった。

佐賀の影は入江の背に張りついている。しかも時を重ねるにつれ、影を濃くしていく。いつか呑み込まれてしまうのではないか。

視線すら合わせようとしなくなった夫の態度は、久美子を困惑させたに違いない。

――私の何がいけないの。お願い。言って。黙っていたら、わからない。

久美子は出ていった。

彼女とは、今も別居が続いている。

船の上にいると、佐賀の死顔を思い出す。だから船には乗りたくなかった。

友の死がこたえたから……などではない。佐賀の呪いにまた苛まれるのが怖いからだ。

体の中には、あの船の〝揺れ〟がまだ残っている。

延々と、延々と同じピッチで繰り返す。終点のないメビウスの輪を辿るように。

死際の、佐賀の濁った瞳が、脳裏に甦る。悪夢は続いている。目覚めることがない。

こんな想いを背負いこむくらいなら、友の亡骸とともに、船から身投げしてしまえばよかったのか。

「……水は、まだ冷たいですよ」

突然、声をかけられて、入江はとびあがるほど驚いた。

佐賀の声かと思ったのだ。

柱の陰から現れたのは、白い制服のキャビンボーイだ。プールの支度をしているところだったらしい。

その顔を見た入江は、再び息を止めた。

まだ二十代と思われる日本人キャビンボーイだ。長めの前髪から覗く、まぶたの重そうな一重の目で、入江を見つめている。背はあまり高くないが肌が適度に日に焼けていて、すらりとした立ち姿は野球選手を思わせた。

こちらに軽く会釈して、抱えていたバケツの湯をプールに注ぐ。

入江は目を疑った。

キャビンボーイはプールに差した水温計を見て、入江に言った。

「……泳ぐようでしたら、夕食後には入れるように水温を整えておきますが」

「あ……あ……いや。水着は持ってきてないんだ」

「貸し水着もあります。よければ、フロントに言ってください」

言うと、丁寧に一礼して去っていく。入江はますます動揺し、目を擦(こす)った。

「……まさか……そんなはずは……」

いまのキャビンボーイ。

死んだ佐賀英夫にそっくりだったのだ。

いや、そんなはずはない。たまたま思い返して感傷に浸っていたから、そんなふうに見えただけだ。ぱっと見、雰囲気が似た男なんて、ざらにいる。船上というシチュエーションが赤の他人に奇妙な補正をかけてしまったにちがいない。

そうだとしても、まるで見計らったようなタイミングだったので、心臓に悪かった。

しっかりしろ、と自分を叱咤(しった)した。

アグライア号は、海難事故の多い第三海堡(かいほ)付近にさしかかっていた。海が見せた幽霊だったのでは、との思いが一瞬よぎったが、まだ日没には少し早い。

西日を背にした横須賀港を過ぎ、船は観音崎(かんのんざき)へと進んでいく。

＊

陸影が夕闇に沈む頃、船上ではディナーが始まろうとしていた。

プロムナードデッキ中央が一等食堂だ。着飾った招待客が続々と集まる。夕食にはドレスコードがあるので、入江もフォーマルスーツに着替えている。それを見て児波が喜んだ。

「どこの青年実業家かと思ったぞ。君は上背もあるし、外国人と比べても見劣りしないな」

「エスコートするのが、カクテルドレスの美女でなくて、すみませんね」

「いやいや。こんな凜々しい息子がいたら、さぞかし自慢だと思うがね」

一等船客専用のダイニングサロンは、船内でも特別豪華なしつらえだ。天井は高く、窓は大きくとられ、和風モダンをふんだんに取り入れた室内は、優雅かつエキゾチックだ。漆塗りの盃のような形をした間接照明が、いかにも日本船の香りを漂わせる。

丸テーブルで相席になった紳士たちを、ホスト役の船会社社員が紹介した。

正面向かいの席にいる、小太りの男が大蔵官僚・中平康隆。その右側、面長な眼鏡の男が民政党の国会議員・要真。その隣が、大手重電メーカー丸菱電機社長の祖父江仙三。そして、入江の左隣にいる物腰穏やかな紳士は、物理学者で大学教授・波照間秀樹だった。

やはり奇妙な顔触れだった。重電メーカーはタービンやボイラーを扱うからわかるが、通産省に大蔵省、国会議員……。とどめは物理学者だ。

外国人も数名いる。主催者側の米国人は、しかし乗客名簿には載っていなかった。

入江はその中に見知った顔を見つけた。かつてGHQのCIC（対敵諜報部）に所属していた、エリック・マクレガー少佐だ。鼻高で垂れた目尻が印象的な色男だ。

今は帰国して統合参謀本部に移ったと聞いていたが、なぜ、こんなところにいるのだろう。例の新型エンジンの開発に、何かで関わっていたとみえる。

入江たちのテーブルでは、大蔵官僚の中平が、大きな声で喋り続けていた。

「私は、戦時中は海軍におりましてね。毎日、起床ラッパに起こされて、ハンモックからよく転げ落ちたもんでしたよ」

中平は官僚らしからぬ野心的な目つきをする男だ。

「艦乗りでしたか。どうりで声が大きいはずですね。私は商用でよく欧州航路を使いました」

要議員は喋りが堪能で、理知的な風貌に銀縁眼鏡がよく似合う。商社出身の衆議院議員だった。

「欧州航路の船も、いい船が揃っていましたね。室生丸の食事は本当にうまかった」

祖父江は叩き上げの重電メーカー社長らしく、戦前の貨客船に詳しかった。

テーブルを囲む男たちは、船にまつわる昔話に花を咲かせている。

食事は本格的なフランス料理のフルコースだ。味は一流ホテルにもひけをとらない。

しかし入江は、落ち着きがない。そわそわしながら、白制服のキャビンボーイたちを窺っている。先程の青年がいないか、捜しているのだ。

いた。

佐賀似のキャビンボーイ。

奥のテーブルについて、料理のあげさげをしたり、ワインをついだりしている。

やはり似ている、と入江は改めて思った。

面立ちが佐賀によく似ていた。佐賀のように長身ではないが、あの重そうな一重のまぶたや、肉厚の唇、佐賀よりいくらか童顔に見えるが……。どの角度から見ても、やはり似ている。

「誰か、お捜しですか」

隣席の波照間教授が声をかけてきた。

それまで、政治家の自己顕示に満ちた昔話へは積極的には加わらず、物静かな様子で食事をとっていた波照間は、口調も控えめだった。

「いえ。友人によく似た人がいたものですから」

「船上で再会ですか」

「いや、友人は故人なんで、単なる空似です」

波照間教授は白ワインを飲みながら、紳士的に微笑んだ。

「……船ではたまに起こることです。船で出会う空似の他人は、一種の運命で結ばれている可能性があるから、あとで声をかけてみるといいですよ」

「ほう。それは何か科学的法則に基づいたご忠告でしょうか」

「いいえ。巷で信じられている経験則……迷信ともいいますね」

科学者らしからぬ砕けた物言いに、入江は好感を抱いた。

「波照間教授は物理学者でいらっしゃるそうですが、どのような研究を？」

「プラズマの研究をしております」

「プラズマ……とは」

「電子と原子核がばらばらになっている状態をいいます。そもそも物質というものは——

——」

波照間は素人にもわかるよう、嚙み砕いて説明してくれたが、科学者のいう「わかりやすさ」と素人の「わかりやすさ」との間には落差があるようだ。それでも、自らの研究を語る波照間の目は、少年のように生き生きとしている。

「戦争中もずっと研究室の中にいたので、どうも軍隊の話には、入っていけません」

向かいの席の中平たちのほうを見て、苦笑いを浮かべている。同感です、と入江は答えた。

「戦争中の話を好んでしたいとは思えませんね。笑って話せる人たちが羨ましいですよ」

他のテーブルの顔触れも、様々だ。元財閥系の大手商社、海運会社・造船会社……。

入江は事前に受け取った乗客資料の写真と、頭の中で、照合していった。

「……ずいぶん若い子もいますね」

隣のテーブルを見て、波照間が言った。まだ十代半ばと見られる少年がいる。紺ブレザーを行儀良く着こなし、寡黙にステーキを切っている。

「どなたかのご子息ですかね」

「隣にいるのは、あれも代議士ですね。民政党の江口伸三だ。顔立ちが似てる」

学校を休ませて客船クルーズとは……。今時の親はどうなってるんだ、と入江は思った。

その視界を横切ったのは、あの、佐賀そっくりなキャビンボーイだ。いちいち、どきりとする。入江の目線を追って、波照間が言った。

「あちらのテーブルにいるのが、主賓のようですね」

佐賀似の青年が給仕する、船主たちのテーブルのことだった。恰幅のいい日本人の年配男が、オーサー社長に話しかけている。

「……あれは確か、毎経日報の社長です。醍醐万作」

入江が言った。拳骨顔にアンコウを思わせる大きな口、眼光は鋭く脂ぎっていて、声が人一倍でかい。大手新聞社のオーナーで、毎経グループのボスだ。

「ほう。顔見知りですか？」

入江は「警備で」と言葉を濁した。実をいえば、入江がまだGHQの下で日本人エージェントをやっていた頃、たびたび聞こえてきた名だ。プレスコードを管轄するCCD（民間検閲局）ではなく、SID（特殊諜報部）のほうで話題にされていた。

醍醐万作の隣にいるのは、専務の合田始だ。黒縁めがねで、額の張った顔立ちに特徴がある。醍醐の懐刀と呼ばれている。なかなかの切れ者で、グループの目覚ましい躍進は、彼の力によるものだと専らの評判だ。

隣にはアグライア号の主機設計責任者ナギノ博士もいる。

主賓は、醍醐万作と合田始――あのふたり、と言ったところか。

「しかし、なぜまた新聞社なんでしょうか。宣伝かな」

ふと入江が我に返ると、波照間教授も自分と同じように、じっと主賓テーブルを見つめている。

いやに険しく鋭い目だった。


ディナー後は、ボートデッキの舞踏室に移り、カクテルパーティだ。

船主のオーサー社長が挨拶に立った。

「本日はようこそ『アグライア号』へ。世界初の革新的なニューエンジンを積んだ〝夢の客船〟で、素晴らしいクルーズをお楽しみください」

生演奏と女性ジャズシンガーの歌が始まった。松尾船長も現れた。入江は、内装設計者の汐留を波照間教授に紹介すると、意外にもうまがあったようだ。建築家と科学者には、何か不思議と相通じるものがあったらしい。

フロアでは社交ダンスも始まっている。

招待客の夫人には、松尾船長がじきじきにダンスのパートナーとなった。

白い制服で華麗なステップを踏む姿は、なるほど、よく映える。松尾船長は容姿端麗だから、なおさらだ。社交ダンスは一流客船の船長のたしなみだ。船橋(ブリッジ)にいるばかりが仕事ではない。乗客をもてなすことも仕事なのだ。

女性ジャズシンガーのハスキーボイスが、場を盛り上げる。

「いいステップだ。さすが客船の船長」

突然、背後から英語で話しかけられ、入江は振り返った。そこにいたのは米軍の士官だ。分厚い胸板でアーミーブルーの制服を着こなし、青い瞳(ひとみ)で見下ろしてくる。

「私を覚えているか。ミスターイリエ」

「あなたは……マクレガー少佐」

青い瞳の士官は「今は中佐だよ」と大きな鼻を膨らませて笑った。

「CICにいた頃は色々世話になった。君たち日本人職員のおかげで、多くの成果をあげられたよ。特にレッド・エージェントの摘発においては」

CICとは、対敵諜報(ちょうほう)部の略称。GHQのG2に置かれた部門のひとつだ。軍事・刑事を扱い、ソ連のスパイの摘発など、対共産主義勢力に関する活動を主眼として組織された。

「本国に戻られていたんですね。なぜこの船に?」

「オーサー社長とは懇意にしていてね。是非見せたい船があると聞き、招待を受けた」

ウィスキーを片手に語る、睫毛（まつげ）の長い青い瞳は、相変わらず不遜（ふそん）で、抜け目ない印象だ。

「この船に用いられている新しい技術は、今後、我が米国の艦船にも採用され得ると考えている。君はなぜここに？」

「大臣の護衛で来ました。今は民間警備会社に勤めているので」

「民間？　真っ先に保安隊へ入隊したものと思っていたが」

見透かしたような目つきで、マクレガー中佐は言った。この目が苦手だ、と入江は思う。常に値踏みされているようで、居心地が悪い。

「まあ、君たち日本人とはこれからも長いつきあいになるだろうね。極東の最前線だしね」

極東の最前線とは、日本の各地にある米軍基地のことだろう。俺たちはもうおまえたちの手下じゃないぞ、と内心、入江は思ったが、本当にそうなのだろうか、という疑念も湧いて、胸中もやもやとしてしまった。そこへ、

「こちらでしたか。中佐」

やってきたのは、一等航海士の三日月だ。乗船の際、船長と共に入江たちを迎えた男だった。

「ミスターミカヅキ。ブリッジのほうはいいのかい」

「ええ。この時間の当直は三等航海士ですので。当船の機関長をご紹介しようと思いま

して」

三日月の後ろから、年配の乗組員が現れた。パーティの場に合わせてきちんと制服を着込み、正装をしている。

「機関長の前島です」

えらの張った四角い顔がいかにも頑固そうで職人気質を窺わせる。背は低いが、堅太りと思われる体つきが、鬼軍曹といった雰囲気だ。前島機関長を見下ろして、マクレガーは握手をかわした。

「やあ、マイスター。〝アポロン〟の機嫌はいかがですかな」

アポロン？　と問うと、マクレガーは笑い、

「……僕らの英雄のことさ。君もいずれお目にかかれる。それにしても『アグライア号』は快適だね。デッキに出ても、あの胸が悪くなるようなディーゼル臭がないのがいい」

世辞が自然に出てくる米軍将校に、前島はニコリともしない。三日月一等航海士が間に入って、かろうじて会話が繋がっている。入江がふと、

「前島機関長はもしかして、かつて海軍におられましたか」

「なぜ、そう思われますか？」

「いえ。なんとなくなのですが……」

商船の機関長は、船長同様、接客もすると聞く。現場は機関士や機関員に任せて、船

のホストとして振る舞うので、それなりの接客術も身につけている。が、前島は見るからに接客には不向きな性格と思われ、ここに来たのも渋々といったていなのだ。

「仰る通りです。自分は軍艦乗りでした。護衛艦に長く乗っておりました」

「艦の名前は」

と訊ねたが、前島は答えるのを渋った。口にしたくないのは、撃沈されたからなのでは……と察して、入江は慌てて質問を取り下げた。

「酒が足りないようだ。もらってきます」

と言って、そそくさと輪から離れた。

入江はカウンターでコーラを頼んだ。

「……あんなに浮かれちゃっていいのかな」

ふと、スツールに腰掛けていたブレザー姿の少年が、入江へと聞こえよがしに独り言を呟いた。少年は日本人らしくない栗色の髪を持ち、体つきも華奢で、グラスを掴む手は女性のようにしなやかで、白い。コーラを飲みながら、肩越しに白けた顔つきで、紳士淑女の社交ダンスを眺めている。

「君は、江口議員のご子息……かな」

「江口玲」

放り投げるように名乗る。入江を見ると、人を小馬鹿にしたような目つきで言った。

「あなた、用心棒さんでしょ。正式な招待客じゃない」

「ああ、そうだ。俺の名前は入江秀作。君こそ学校はどうした。さぼったのか」

「さぼりじゃないよ。アメリカの大学は新学期が九月からだから、それまで休みなんだ」

「大学って、君はいくつだ」

「十七」

　飛び級というやつだ。

　しげしげと顔を見れば、生粋の日本人とも少し違う。髪も肌も瞳も、日本人にしては色素が薄く、くっきりとした顔立ちは、言われてみれば、欧米人のニュアンスがある。

「母親がドイツ人なんだ。日本とドイツは同盟国だったし、別にやましいことはないでしょ。じろじろ見るのやめてくれる？」

　別に物珍しさで見ていたわけではない。美少年とでも呼びたくなる端整な容貌に見入っていただけだ。

「新型の船用機関を見せてくれるっていうから、つきあってやったけど。乗客ばかりか船長まで、呑気なもんだな。この船が安全だなんて本気で思ってるのかな」

「安全じゃないってのかい。中古船とはいえ、最新鋭のエンジンを積んでるんだぜ」

「新しけりゃ安全ってもんでもないでしょ。ヒンデンブルク号は火を噴いて落ちた」

　爆発事故を起こした最新鋭の飛行船のことだ。江口少年は嘲笑を浮かべて、

「タイタニックでもいいけどね。それより僕に波照間先生を紹介してくださいよ。夕食

で隣の席だったでしょ」

入江たちのテーブルをしっかり観察していたらしい。

「有名物理学者なんでしょ。父さんから聞いたよ。肩書きだけの大物政治家に、退屈な武勇伝聞かされるより、よっぽど面白そうだ」

目上を目上とも思わない口振りだ。あどけなさの残る顔で、ずいぶんと傍若無人な口を利く。代議士の息子というのは得てしてこういうものなのだろうか。

「ねえ。いいでしょ。入江さん」

大きな瞳を上目遣いにして、今度は媚びを売るようにせがんでくる。波照間を紹介してやると、玲はうってかわって無邪気に目を輝かせた。さっきまで大人たちに冷笑を浴びせていたのと同じ少年とは思えないほどだ。

「人並みの尺度で測らんほうがいいぜ」

カウンターの中に立つバーテンダーが言った。縮れた黒髪に日焼けした褐色肌、服の上からもよく鍛えているると分かる体つきは、バーテンダーより甲板員のほうが似合いそうだ。

「何せ天才児らしいからな」

「彼、そんなふうに呼ばれてるのかい」

「江口代議士、自慢の息子さ。母親はドイツから連れ帰ってきた二号さんだが……」

「妾なのか？　外国人の妾を持つとは、江口という議員も見かけによらず」

「ああ。だが本妻の子よりも妾の子を溺愛してる。何せ小学校にも通わせず、専門の家庭教師をつけて英才教育を施したとか。世間知らずの、鼻っ柱をへし折りたくなるガキだ」

「ちょっと変わった子どもだとは思うが、あれが天才かい？」

「なんでも数式から音楽が聞こえてくるんだと。留学先はマサチューセッツ工科大学」

入江には理解できない感覚だ。それよりも、と怪訝そうにバーテンダーを見て、

「なんでそんなに色々知ってるんだ？」

「元新聞記者だ」

バーテンダーは言った。

「いろいろあって新聞社やめて、横浜で米兵相手にバーテンやってた」

英語が喋れるのがよかったという。他の品行方正なキャビンボーイとは雰囲気が違うと思ったら、どうりで、だ。

「この船は面白い面子が揃ってるね。報道屋の血が久々に騒ぎそうになっちまう」

「そうかい。元新聞屋にもそう見えるかい」

「ああ。船主にとっちゃいいカモだろう。日本人が戦争に負けて喰うにも困ったのは、一昔前の話。朝鮮戦争のおかげで景気も一気によくなったし、特需で儲けた金持ちはゴロゴロいる」

「あんたは、なんで新聞社をやめたんだい？　占領中はGHQの検閲もあったし、やっ

と自由な記事が書けるようになったんじゃないのか」

「報道の自由なんて幻想だよ。新聞屋が商売でやってる限りね」

バーテンダーは、グラスを拭きながら苦々しそうに言った。戦前戦中戦後と、そう痛感させられる出来事ばかり見てきたので、うんざりしているのだ。

「どいつもこいつも米国のにおいがプンプンする連中ばかりだ。ろくな船じゃないのう」

「……新聞屋の勘とやらで、何か感じるかい。よくない前兆みたいなもんを」

「前兆？　はは。そのうちでかい収賄事件でも起きたら、この船の名前が出るだろうよ」

確かに乗客も癖のある連中ばかりだ。腹に一物二物ありそうだが、乗客名簿のプロフィールを見る限り、左翼寄りと思える人物は、この中にはいない。

いや、ひとりだけ。

波照間教授だ。

政府の指示で極秘に行われた思想選別調査報告では、明らかに「極左」とされている。かつてソ連側に技術情報を流したとの嫌疑がかけられたこともある、と資料にはあった。証拠不十分で罰せられはしなかったようだが、要注意人物のひとりであった。

彼なのだろうか。

機密情報を持ち出したという、東側のスパイは。

そんな波照間を、先程から、じっと見つめている男がいる。

「――なあ、左の柱にもたれてる黒い眼帯の男。誰か、わかるかい」

入江はずっと気になっていた。黒いスーツに身を包み、髪をきっちりと七三分けにして、右目に黒い眼帯をつけている。隠していない左目はやたら鋭い。その異相から、やけに目を惹く。

「ああ。あれは醍醐氏のボディガードだ」

「醍醐氏にも警護が？　何かあったのかい」

「左翼活動家から本社に頻繁な嫌がらせを受けている。次の選挙に出たがってる醍醐氏への出馬妨害だろうな。用心深いことだ」

警備会社の社員のようだが、眼帯をつけたガードマンなど初めて見る。肉の削げた頰が暗さを醸し、口角の下がった薄い唇が爬虫類を思わせる。入江は容姿を記憶に留めた。

「名前を聞いておこうかな」

「ボディガードのかい？」

「いや。あんたのだよ」

バーテンダーは口を曲げて笑った。

「……磯谷だ。元毎経日報の磯谷晋平」

入江は驚いた。醍醐万作の新聞社ではないか。

小気味よさげに、入江も笑った。

「お近づきのしるしにビールをおごるよ。磯谷元記者」

なら遠慮なく、と言って磯谷はグラスに舶来ビールを注いだ。

「今後とも、よしなに」

ダンスパーティは夜遅くまで続いた。

＊

夜半になって、船は揺れ始めた。

浦賀水道を抜け、太平洋に出たのだろう。外洋の波をうけて、船は右に左に、とローリングを始めていた。その揺れが、入江の眠りを妨げた。

右舷側にグッと沈み込んで、揺れ戻すように左舷側へとフワッと浮く。それを延々繰り返す。

入江は眠れなくなってしまった。

体に染みついた揺れだ。来たな、と思った。

二度と味わいたくなかったのだが。

ベッドに横たわって、じっと揺れを感じていると、引揚船に乗っていたあの時に引き戻されるようだ。引揚者たちですし詰めになった船で、佐賀の青白い死相を見つめていた時の。

児波は熟睡中だ。入江は次第に狭い船室にいるのが息苦しくなり、そっと起きあがると、部屋を出た。

船内はすでに寝静まっている。風に当たりたかった。そうでなくとも船には元々弱い。歩いていても、右舷側にぐっと重く力がかかる。そのたびに足を踏ん張る。揺れの感覚を散らすためにも、少し動こうと思って階段をおり始めた。

その踊り場付近で、下から勢いよく駆け上がってくる男に鉢合わせた。入江に気づかず駆け上がってきて、ぶつかった。その拍子に相手の抱えていたアタッシュケースが落ち、ふたが開いて、中から書類が数枚ハラハラと散った。

「おっと……、すみません」

入江が拾い集めるのを手伝おうとしたが、男は血相を変えて、それを止めた。

「拾います！　自分で拾いますから、かまわないで！」

シャツにサスペンダーズボンだけの姿だ。見ればそれは、児波と入江を最初に迎えた運輸省の職員――名は、確か「赤井」だったか。赤井は散らばった書類を手早く拾い集めると、逃げるように去っていく。

入江も一旦はやりすごしたものの、その慌てぶりにどこか不審なものを感じ、きびすを返した。気づかれないように後を追うと、下のフロアで赤井の姿を見つけた。赤井は客室の前に立ち、疲れたような溜息をつくと、鍵を開けて扉の向こうに消えた。

確かめてみると省庁関係者のスタッフルームだ。緊急時のために、と部屋番号を聞いていたから間違いない。運輸省のホスト役だ。こんな夜中までクルーと打ち合わせでもしているのだろうか。アタッシュケースの中身は、何かの図面のようにも見えたが……。

入江は吐息を漏らし、デッキ口に向かった。

重い扉を開けて、外に出た。思いの外、風が強い。海は真っ暗で、陸の明かりひとつ見えない。それもそのはずで右舷側は太平洋しかない。船は犬吠埼の沖を北に向かって航行中だった。

デッキから下を覗き込むと、舳先で掻き分けた船首波がちょうど真下辺りで砕け、白く波頭を立てている。ずっと見下ろしていると今にも吸い込まれそうだ。

ザアン、ザアン……と止むことなく聞こえてくるのは、波音だけだ。

その波音に紛れるようにして、どこからかハーモニカの音色が聞こえてきた。

音色のするほうへ顔を向けると、船尾寄りの屋外デッキに人影がある。手すりにもたれ、海を見つめながら、ハーモニカを吹いている者がいる。

例のキャビンボーイではないか。

吹いているのは「カチューシャ」という曲だった。巷で流行した歌謡曲だ。もとはロシア民謡だったか。

ひとしきり吹き終わると、風に黒髪を乱しながら、じっと闇の果てを見つめている。

重たそうな一重まぶたが、切れ上がって二重になり、驚くほど眼光が鋭い。

ひどく険しい表情で、暗黒の太平洋を凝視している。

「……プールデッキは、もうおしまいかい」

入江が声をかけると、佐賀によく似たキャビンボーイは驚いて振り返った。入江を認めると、先程のやりとりを思い出したようだ。

「今から泳ぐんですか。寒いですよ」

「いや。空気を吸いに出てきただけだ。夜勤か」

「……いえ。同室の奴のいびきがうるさくて」

眠れなくて、入江と同じく外の空気を吸いに来たらしい。

デッキ灯の下で見る彼の容貌は、やはり佐賀を彷彿とさせたが、佐賀よりも幾分、柔らかい顔かたちであるためか、やや童顔に見えた。実際、年齢は入江や佐賀よりも、ひとまわりは下だろう。しげしげと見つめてくる入江の様子が奇妙だったのか、キャビンボーイは不意に破顔してみせた。そして、

「……その様子じゃ、僕のこと、おぼえてないようですね」

言葉に詰まる入江に、若者は苦笑いを返した。

「佐賀英夫の弟です。道夫ですよ」

「弟？　……あ！」

入江はようやく思い出した。佐賀には年の離れた弟がいたことを。

佐賀道夫だった。

予備仕官学校時代、入江は佐賀の実家を訪れたことがある。まだその頃、道夫は可愛

い小学生だったので、結びつかなかったのだ。思えば、あれからもう十五、六年は経っている。

「似てる人が乗ってるな、とは思ってましたけど、乗客名簿を見て。お元気そうで何よりです」

「道夫くん……だったのか。大きくなったなあ」

兄の英夫よりは小柄だが、均整の取れた体つきはいかにも運動神経がありそうで、身体全体がほどよい緊張感を保っている。兄ほどの正統派ではないが、鼻筋が通って凛々(りり)しく、つくづく美男兄弟だったと気づいた。

「懐かしいなあ。いつも兄貴にくっついてて一時も離れなかった、あのやんちゃな子だ。蓮(はす)の花を見に行って長沢(ながさわ)池で溺(おぼ)れた道夫くんだろ」

「よく覚えてますね」

「ああ。あれは夏休みだったか。蓮は花が咲く時、ぽんっと弾(はじ)ける音がするって俺が話したら、翌朝、それを確かめに行って池に落ちた、あの道夫くんだ」

「ええ。すっかりだまされました。あれ以来、水は苦手です」

「俺と佐賀が見つけて慌てて助けたんだ。戦争中は、どこに？　長崎にいたのでは？」

「兄から聞いていませんか」

「え」

「僕も推薦を受けて中野学校に」

「なんだって……っ。そうだったのか。なんだ、佐賀の奴。そんなの一言も……」

兄弟揃って中野学校出とは、極めて稀な例だろう。尤も、道夫が入学したのは、終戦の前年だったというから、佐賀自身も知らなかったかもしれない。

「任地は」

「ジャムスです」

「ジャムス……。関東軍か」

大変だったろう、と入江は言った。

ジャムス特務機関は満州とソ連の国境地帯にあり、ソ連に関する情報収集の最前線だった。当地で捕虜になった日本人には、シベリアに長期抑留された者も多い。その苦難については、道夫も多くを語らず「なんとか……」とだけ答えた。

「長崎の実家はすでになかったので、帰国後は東京で。兄が死んだことは、久美子さんから聞きました。入江さんには、いろいろとよくしていただいたようで」

あてつけかと構えたが、道夫に他意はないようだった。

「いずれ遺骨を引き取りに……とは思っていたのですが」

「実家の寺で供養させてもらってる。いつでも言ってくれ。しかし、こんなところで君と会うなんて」

佐賀が死んだ船の上で、その弟と再会するとは。これも運命の導きというやつか。

ふたりは打ち解けるまで幾らも掛からなかった。中野学校では「あの佐賀の弟」ということで、鳴り物入りで入学したという。それが道夫には重圧だった。

「僕は、絵が描きたかっただけなんですけどね……」

工芸学校の学生だった。ゆくゆくは芸大に入って油絵の勉強をするのが夢だった。

「まさか佐賀の弟って理由だけで、中野に……？」

「いいえ、精密なスケッチが出来る人材が欲しかったようです。敵地の偵察のために」

中野学校では様々なジャンルから人材が集められた。カメラも使えない敵地で、正確なデッサン能力を持つ人材は重宝がられたというのもある。とはいえ、彼が推薦された理由の中には〝佐賀の弟〟という要素も確実にあったろう。

中野学校きっての俊才と呼ばれた兄と比べられる重圧は、察してあまりある。

「入江さんは兄のライバルだったそうじゃないですか。優秀なんですね」

「ライバル？　まあ、そんなふうに勘違いしてた頃もあったが」

「教官たちも言ってましたよ。入江と佐賀が競い合って、同期を引っ張ってたって」

今となっては苦い思い出だ。まだ入江も功名心が強く、ぎらぎらしていた頃だ。

「中野の暴れん坊なんて呼ばれてたそうじゃないですか。教官も扱いに困ったくらいだと」

「昔の話だ。敗戦からコッチ、すっかり腑抜けて腐っちまって、今じゃ給料泥棒みたいなもんさ。おまえの兄貴は確かに優秀だったが……」

道夫は、だが、兄の昔話にはあまり関心がないようだった。

「……夜、こうやってデッキに出て、ひとりで海を見てるのが好きなんです。陸の見える側と全く違って、こちら側はなんにもなくて、いやに迫力があって怖いでしょ。本能的な怖さなんだと思うんですよ。星もない夜は特に。真っ暗闇で何も見えない大海原は、地球の本当の姿って気がするんです。波を蹴る音しか聞こえなくて。闇の向こうに果てがない。人間なんてちっぽけすぎて、こんな小さな船にしがみついていないと簡単に呑み込まれてしまう」

闇と海は溶け合って、どこからが闇でどこからが海かも分からない。

何か巨大なものが押し寄せてくるような、そんな凄まじさに身を晒しているのが、道夫は好きだという。

「この怖さが懐かしい。人間がどうしたってかなわないものがあることに、なぜか、安らぎを感じます。そんなふうに感じたことはないですか」

「……面白い奴だな。君は」

詩人のような道夫の言葉に、入江はちょっと感心した。

「芸術家の感性だよ。それは。俺なら、安らぎを覚える前に、どうやってこの状況を乗り越えようか、そればかり考えてしまうよ」

「あなたは兄と似てますね」

意外な一言だった。

佐賀とは何もかも正反対で、自分が似ているなんて一度も感じたことがなかったからだ。

道夫は手すりにもたれて、白波を見つめていた。

「……僕は、兄に似ないでよかったと思いますよ」

入江は、聞き流せないものを感じた。呟きの意味をもう少し深く探りたい、と思ったが、その前に道夫が訊ねてきた。

「入江さんはどうしてこの船に？」

「ある人の身辺警護だ。警備会社に勤めてる」

「児波大臣ですか」

「なんだ。知ってたのか」

「乗客名簿で。部屋が一緒ですし、確か数日前に暴漢に襲われたとか。新聞で」

ああ、と入江も肩を竦めた。

「暴漢もこの船にまで乗ってくるとは思えないが、念のためにね。ったく、船酔いしやすくて、船は昔から苦手だったってのにな。まあ、身辺警護と言っても、船ごと沈んじまったら何もできんがね。……おっと縁起でもないか」

道夫はくすくすと笑った。その控えめな笑い方が兄とそっくりだ、と入江は気がついた。

「僕は、中野時代にホテルマンの訓練を受けてたのが役に立ちました」

中野学校では潜入工作のために、様々な職業訓練を受けていた。入江もコックの訓練を受けた。おかげで終戦後も仕事の潰しが利いた者は多かったようだ。

「中野の出身者もほとんどは民間に戻ってると聞きます。僕のように経歴を隠してる人も多いらしい。世間に大声で話せる仕事でもなかったですしね……。こうやって戦争も遠くなって行くんでしょうね」

遠い目をする道夫に兄・英夫の面影を見て、入江は懐かしさを覚えた。そう思えた自分が不思議だった。酷い目に遭わせたというのに、まだ心のどこかに友を懐かしく思える柔らかな何かが、この自分にも残っているのだろうか。

だとしても、それに浸る資格はあるのだろうか。

――帰ろう、入江。日本に。

不意に、佐賀英夫の言葉が耳に聞こえた気がして、入江は息を止めた。

――日本に帰ろう。

そのときだ。

言い争うような男の声が聞こえてきたのは。

怒声があがったのは船尾の方からだ。

不穏なものを感じ、ふたりは船尾へと向かった。物陰に隠れながら、顔だけ出して覗き込むと、中年男がふたり、後部デッキで言い争っている。

「あれは……波照間教授じゃないか」

あの穏やかな紳士然とした波照間が、声を荒らげて言い合いをしている。その相手は……。

「ナギノ博士？」

確かこの船のエンジン設計者だ。知り合いだったのか。

道夫も険しい表情になって、ふたりを窺っている。

「……そんなものは方便だ。危険性のほうが大きい。あれだけ負の側面を目の当たりにしておきながら、君のその楽観が理解できない。手が届くという誘惑に目がくらんでいるだけだ。本当に社会に出していいものかどうか、見極めるのが我々の責任ではないか。安易だとは思わないのか。彼らは詭弁を弄しているだけだ！」

「君こそ、時代というものがわかっていない。我々が手にしたものは必ずやこの国を救う。科学技術の恩恵を一刻も早く人々に提供することこそ、使命ではないか。君は提供できる技術を持っていながら、もったいぶって出し惜しみしてる。背負うのが怖いんだろう！」

「いいや。時代に流される科学者は必ず道をまちがえる。人間が全てをコントロールできるだなんて、驕りだ。目を覚ませ、ナギノ！　おまえは利用されてるだけだ。平和利用なんてまやかしに過ぎない！」

議論というにはあまりに激しい言い合いだった。やがて波照間は怒りもあらわに足音荒く船内に戻っていく。ナギノが後を追っていった。

あとには波の音が残るばかりだ。

口振りからすると、初対面ではなく、ずっと前からの知り合いのようだった。あんなに殺気立って、一体ふたりの間に何があったのか。

入江の隣で、道夫も険しい顔を崩さない。

今にして思えば、これが波照間教授の遺言だった。

女神の名をもつ船は、すでにもう、後には引き返せない航海のただ中にあったのだ。

第二章　舵を切る悪魔

あの佐賀英夫の弟・道夫との再会は、わけもなく入江を動揺させていた。

まだ小学生だった道夫は、とにかく兄が大好きで、実家帰りした時も、英夫のそばを離れなかった。

英夫は子どもの頃から「神童」と呼ばれていたという。陸軍士官を目指す兄は、道夫の自慢で、憧れだったのだ。無邪気に兄へとまとわりついて瞳をきらきらさせていた道夫も、今は凜々しい青年になっていたのが、入江には感慨深い。

だが兄の英夫が、一種の精神的な華やかさをもつ、頭の切れるエリート然とした男だったのに対し、道夫の横顔は、暗い影を秘めていたのが気になった。

陰気な性格というのとはまた違うが、日陰に身を置いた者特有の、ひんやりとした匂い、とでも言おうか。気配を抑えて、ひっそりと立つその感じが対照的だと思えた。尤も、中野学校出の諜報員で、英夫のような華やかさを保っていられるほうが珍しい。あえて表舞台で陽動的に活動する役回りもあるから、一概には言えないが。

——兄に似ないでよかったと思いますよ。

何が道夫にあんな言葉を言わせたのだろう。

満州にいて、シベリアに抑留された……という過去が、入江の胸に、一抹の仄暗い疑念を生じさせた。GHQの下で働いていた頃から、自動的にそれを連想するよう仕向けられていたものだ。

——シベリアからの帰国者には、警戒しろ。

任務だったとは言え、いやな癖をつけられたものだ、と入江は苦々しく思う。

それでも道夫には無条件の親近感を抱いてしまうのは、彼が兄への反発を匂わせる言葉を口にしたせいだろうか。

ベッドの上でそんなことを考えていると、いつしか船の揺れを忘れていた。いつ眠りについたのかも、入江は覚えていなかった。

*

波照間教授が遺体で見つかったのは、翌朝のことだった。

場所は彼の一等客室だった。キャビンボーイが朝、ポットの湯を入れ替えに部屋を訪れたところ、床に倒れて息絶えている波照間を見つけたという。

知らせを受けて、入江はすぐに駆けつけた。

現場の客室には、パーサーの鬼塚と、発見者のキャビンボーイと、なぜか内装設計者の汐留がいた。

「……なんてことだ……」

入江は部屋を見た途端、絶句した。

波照間は床に俯せで倒れていた。大量の血だまりができている。

「波照間さん……なんでこんなことに……」

「むごいな……」

入江を呼んだのは汐留だった。汐留はたまたま波照間のふたつ隣の部屋だった。キャビンボーイが発見した現場を通りかかって、騒ぎに気づいたという。

波照間のそばにしゃがみこんで検死している白衣姿の白髪男性は、来島船医だ。「腹を刺されている」と言った。失血死だった。

「硬直の具合からみて、死後三、四時間と言ったところだろう」

波照間の手許には、凶器となったとおぼしき刃物がある。

「自殺ですか……。それとも」

「この状況だけでは、なんともわからん。遺書はあるかね」

パーサーが机やカバンの中を探したが、それらしきものは見あたらない。入江も遺体のそばにしゃがみこんだ。実況見分に加わるためだ。

見たところ、争った形跡はない。背後からではなく、正面から一突きだ。

波照間の死顔は驚いたように目と口を開いている。入江はたまらなくなった。

「……波照間さん……。あなたの身に何が……」

入江は、絨毯(じゅうたん)についた奇妙な染みに気が付いた。血痕(けっこん)のようだが、遺体が横たわっていた血だまりから、少し離れている。頭の位置から左斜め上、というあたりだ。

波照間は両手をホールドアップするような姿勢で俯せに倒れていた。

仮に自分で腹を刺して倒れたなら、両手で抱え込むような形になるはずだ。しかし、万歳の格好で両手を上にあげている。刃物は右手の近くにあったが、自分で刺したとしたら、自力で引き抜いたことになる。そこから読み取れることはなんだ。

奇妙な血痕は、遺体の左手が置かれていた位置にあった。波照間の左手を見ると、右手よりも鮮血に浸したように赤黒く染まっている。

血痕は、点と線のように見える。

ふたつ点を置いた後で、長く横線をひっぱり、その途中で力尽きたのか、止まっている。

入江はその染みに意図的なものを感じた。

「まさか血文字……?」

何か書き残そうとしたように見える。

ダイイングメッセージというやつではないのか。

左から横書きで、ふたつの黒丸点……からの横線。

しかし、これだけではさっぱりわからない。

そこへ松尾船長が駆けつけた。船内で死者が出たとの報(しら)せに、表情が強(こわ)ばっていた。

松尾船長はパーサーと船医から説明を受け、冷静に聞いてはいたが、表情は沈痛そのものだった。これが陸の上なら現場保存して警察を呼ぶところだが、ここは海の上だ。

「ご遺体は一旦医務室に運んでください。詳細な検死の後、できるだけご家族と対面できるよう。現場はこのまま手を加えずに、残しておいてください」

長距離航海の場合は水葬やむなしとなるが、数日のクルーズだ。松尾船長は関係各所と連絡をとるため、慌ただしくブリッジに戻っていった。そんなやりとりをしている間も、入江は〝血文字のようなもの〟の意味を探り続けている。

何かで見た覚えがある。

「これはたしか……」

ふと気配を感じて振り返ると、部屋の入口に江口玲がいる。野次馬にまぎれて入ってきてしまったらしい。十代の少年に見せる光景ではない、と思った入江は、玲の腕を無理矢理引っ張って、屋外デッキへと連れていった。

「……波照間先生は、殺されたの？」

玲は淡々としている。

「自分で刺したのかもしれん。なんとも言えん。いいから部屋に戻れ」

「殺されたんだとしたら、犯人は、この船の中にいるんだよね」

指摘されて、入江はあらためて不穏な状況に気づいた。船には逃げ場もない。殺害だったとしたら、その犯人は、今もこの船に乗っているのだ。船という密室で一緒ということではないか。

入江の脳裏をよぎったのは、ゆうべの出来事だった。

口論をしていた。ナギノ博士と。

「モールス信号じゃないかな」

玲が脈絡なく呟いた。

「あの絨毯の血文字」

入江は驚いた。と、同時に息を吞んだ。

「血文字に気づいたのか。君も」

「うん」

「モールス信号。そうか」

【・・——】

ふたつの点と横棒。短符ふたつと長符ひとつ。トン・トン・ツー。

そうだ。モールス符号に似ていたのだ。

だが、玲はその意味するところまでは知らない。入江の頭には叩き込まれている。モールス符号は、諜報活動にとって基本中の基本だからだ。

「アルファベットだ。——〝U〟」

力尽きたなら、また別の意味になるが」

「〝U〟？」

「もしくは【・・】と【──】。つまり〝I〟と〝T〟だ。その先を続けようとして力尽きたなら、また別の意味になるが」

その先に短符がひとつ付けば〝F〟に変わる。長符が連なれば、数字の〝2〟だ。

「犯人のイニシャルじゃない？」

と玲が言った。

「推理小説でよくあるでしょ。血文字のイニシャル」

「わざわざモールスで？　アルファベットで書くほうが早そうなもんだがな。普段からモールスをいじってる人間なら、ともかく」

「お祖父さんがカツオ漁の船長だったって」

玲は昨夜のパーティで、波照間から子ども時代の話を聞かされていた。

「船乗りになりたくて、物心ついた時にはもうモールス信号や手旗信号を覚えてたって。漁に出るお祖父さんの船に鏡で発光信号送ったりしたらしいよ」

「そうなのか」

「今でも無意識に打ってる時があるって。僕の名前のモールス信号も教えてもらった」

トン・ツー・トン……と玲は指先で打って見せる。

そこにキャビンボーイが通りかかった。

見れば、佐賀道夫ではないか。

入江に気づくと、硬い表情で近付いてきた。

「……………。お客さんが亡くなったようですね」

「ああ」

——ゆうべ、俺たちが見た〝口論する男の片割れ〟だ。

とは言わなかった。道夫なら、一目見れば、察するはずだと思ったからだ。

「……214号室のお客さんというと、学者の先生ですね。変わった名前の」

道夫は把握していた。そう言いながら、入江とは目と目で意思疎通している。多分同じことを考えている。容疑者のことだ。

「犯人もこの船に乗っているわけだ。どうします。警察の代わりに、ひとりひとり、事情聴取でもしてみますか」

「犯人を船内に野放しにはできんしな。ただ船長がどう言うかな」

船上での全ての権限は船長が握っている。最高責任者であり、最高権力者ともいえる。何か起きた時の責任を全て負う代わりに、船の安全を守るためには乗客に対しても命令を下せる。大きな権限を法律で与えられている。

「海の上に逃げ場はないとは言え、殺人者と一緒に過ごすのは、気分のいいものではありませんからね。犯人を早いところ特定して、監禁するなり、措置を講じないと」

「協力してくれるか」

「ええ。支配人の許可がとれれば、ですが」

同じ中野学校出の道夫がサポートしてくれるのなら、心強い。

現場に戻ることにして、玲に向き直った。

「……君は部屋に戻るんだ。船長の指示があるまで、あまりうろうろしないように」

玲はつまらなそうにしている。人の死も謎解き遊び程度にしか感じていないのか。

道夫と共に、もう一度、波照間の部屋を訪れると、すでに担架が運び込まれている。

道夫は遺体を確認して、合掌した。遺体にはシーツがかぶせられ、そのまま一旦医務室に運ばれた。この後、来島医師によって、詳細な検死記録が取られることになるだろう。

「325号室ですよ」

道夫が言った。

「昨日のひと」

ナギノ博士のことだ。

事情を訊いてみる価値はある。

入江はナギノ博士に会うことにした。

＊

アグライア号は福島沖を北に向かって航行中だ。

変死事件が起きたことは、噂で広まっているのか。朝食の席も、どこか空気がおかしい。ひそひそと小声で話をしている姿が、あちこちで見受けられた。

「大丈夫かね。入江くん」

児波は恐々としている。自分を襲った者と同じ人物のしわざでは、と恐れている。

「いや。それとは関係ないと思いますがね」

そもそも児波が襲われたのは入江たちの仕込みだ。この船に乗る口実を作るための。

ナギノ博士の姿は、朝食会場に見えなかった。テーブル係の道夫によれば、朝食はいらない、と言われたという。部屋にこもっているらしい。道夫が後で珈琲を持っていくというので、入江もついていくことにした。

呼び鈴を鳴らすと、部屋から出てきたナギノは、髭もそらず整髪もせず、よれよれのシャツのままだった。

「入江と申します。波照間教授の件で、少しお話を伺いたいのですが」

すると、ナギノは憔悴した様子で「入りたまえ」と言った。

道夫がテーブルに珈琲をセットし、カップについだ。湯気とともに香ばしい匂いが立ち上る。ナギノは一口、ブラックのまま飲んだ。

「……ああ。ゆうべのことか。見ていたのか」

波照間と口論していた件だ。

「お知り合いだったんですか」

「昔、同じ研究所にいた。同じ研究チームの一員だった」

ナギノ博士。フルネームは、凪野忠。日系人ではなく日本生まれ日本育ち、生粋の日本人だ。波照間とは同僚だった。戦前は、ドイツやイギリスに留学経験もある。終戦後、アメリカに渡ってバークレーの研究所に勤め、例の新型船用エンジンの開発に携わっていた。

「日本では何の研究をされていたんです」

「……放射線に関する研究だ。医療用X線についての」

レントゲンやがん治療のための研究だという。

「今されている研究とは畑違いのようですが……」

「戦争中にいろいろあってね」

「口論していた理由はなんです」

「なに。科学者としての立場の違いを議論していただけだよ。昔から熱くなる性分だった」

ナギノは青白い顔でもう一口、珈琲を飲んだ。

「私が彼と口論していたから、私に容疑がかかったというわけか。あいにく昨夜は物別れになって、お互い部屋に戻った。あくまで科学者としての信念についての話だ。お互い酔っていた。それだけだ」

憔悴している。酒の臭いもする。昨日から着替えもしていないようだ。

ナギノは押し黙り、問いかけた。

「……波照間は、殺されたのか」

「恐らく。犯人に心当たりはありませんか。誰かから恨まれるようなことは」

「あるとは思えない。この船にそんな者がいるとも思えない」

目が赤いのは、二日酔いのせいではなく、波照間の死に動揺しているためのようだった。

「久しぶりの再会だったんだ。もっと話したいこともあった。なんでこんなことに……」

頭を抱えてしまう。入江は道夫と目配せをしあった。これ以上問いつめるのは難しいと判断し、ふたりは部屋を出た。

どう思う、と入江は問いかけた。

「感触としてはシロですね。服も昨日のままだし。モールス符号をひとつ書ききるのがやっとだったほどの大量失血をしているのを鑑みると、返り血のひとつも浴びてないのはおかしい」

道夫は観察力が鋭い。彼が中野学校に見いだされたのも、その能力を買われたためだ。敵地偵察で精密なスケッチを描くには、高い観察力と表現力が求められた。

「アリバイ工作で、昨日の服に着替えた可能性もあるぞ」

「ええ、まあ。海に流せば証拠隠滅はいくらでもできますからね。でも服の数には限りがあります。あとで掃除に入った時に数を確認しておきます。確かスラックス二本、シャツは三枚かけてありました」

「なんで知ってる」

「昨日ベッドメイクした時に」

キャビンボーイは客室係も兼ねている。道夫はこのフロアの担当だった。

「しかし、よく覚えてられるな。意識もせずに見た物を」

「……一度見たものなら、一ヶ月ほどは精密に」

入江は驚いた。

稀（まれ）に視覚記憶が突出していて、何時間も何日も前に見た映像を、記憶から詳細に呼び出せる者がいるというが、道夫がまさにそれだったのだ。敵地偵察の時もその場でスケッチする必要がないので、敵に見つかる心配もなく重宝がられたという。

「画像で覚えてしまえるんで、読めもしないアラビア語の本を暗記して、まるまる一冊書き写したこともありますよ」

入江は舌を巻いた。なんという男だ。

ただ観察力があるのとは、わけがちがう。まるで人間カメラではないか。

「しかし、犯人がナギノ博士ではないとすると、一体だれが……」

波照間には、スパイ容疑がかかっていた。

この船で、ソ連側に機密情報を流そうとしているスパイとは、彼ではないかと、入江も一瞬疑った。

まさか、そのために殺された？

「——〝カサンドラ〟がらみ……？」

道夫が「え？」と聞き返した。入江は慌ててごまかした。

「ともかく死亡推定時刻あたりに不審者を見なかったか。乗組員や乗客に訊いてみよう」

入江は乗客、道夫は乗組員を受け持つことにして、一旦、別れることにした。

プロムナードデッキが騒然としていることに気づいたのは、階段をあがった時だった。

甲板員やキャビンボーイが血相を変えて右往左往している。

「おい、何があった」

「また人死です」

作業服の甲板員が答えた。

「屋外プールで、遺体が」

＊

入江は道夫を呼び戻し、急いでプールのあるボートデッキへと階段を駆け上がった。

屋外プールには、人だかりができて騒然としている。プールサイドには甲板員と来島船医がいて、遺体を囲んでいた。ずぶ濡れの遺体に見覚えがあった。

「……祖父江さん……！」

昨日の夕食で同じテーブルにいた男だ。

大手重電メーカー丸菱電機の社長・祖父江仙三ではないか。

発見したのは、デッキの見回りに来た甲板員だった。俯せでプールに浮かんでいたという。

ワイシャツとズボン姿だ。屋外はひんやりとして肌寒く、中に水着も着ていなかったから、泳ぎにきたとは考えにくい。入江は道夫を振り返った。道夫はプールの水温管理係でもあったからだ。

「三十分ほど前に水温を測りにきた時は、誰もいませんでした」

道夫が朝食の給仕に行っている三十分の間に、ここで何があったのか。

来島船医に道夫が問いかけた。

「溺死……ですか」

「うむ。胃の内容物を調べてみないとわからんが、アルコールか薬物の可能性もある」

水深は手前で一メートルほど。奥にいくほど深くなり、最も深いところで一メートル三十センチ。酔って足を滑らせでもすれば、充分溺れる深さだ。

事故か？　と問うと、来島船医も唸ってしまう。波照間が変死を遂げた直後だ。「事故」の可能性もあるが、居合わせた者は誰も納得してはいなかった。

二人目の変死者だ。

道夫も神妙な表情になっている。

「……偶然とは思えませんね」

入江も同感だった。波照間があんな惨い死に方をした直後だ。尤も波照間が死んだのは、数時間前。こちらは三十分前。いや、そうとも限らない、と道夫は言った。

「死後に遺体を浮かべた可能性もある。水を飲んでるかどうか調べればわかることです」

「殺されたっていうのか。まさか犯人も同じ人物……？」

道夫は険しい顔を崩さない。事故とも偶然とも思えない。やはり、これは……。

ふと目線をあげると、野次馬の中にまた江口玲の姿がある。気づいた入江が駆け寄って、腕を引っ張った。

「部屋に戻ってろって言っただろ」

とたしなめたが、玲は聞いていない。遺体を見ても怯えるどころか、好奇心すら感じているのか。目を爛々とさせて、身を乗り出している。

「ほら。やっぱりこの船は不吉な船だ。立て続けにふたりめ。何かあるよ。光の女神どころか、死の女神なんじゃないのかな」

「ばかなこと言ってんな」

「ふふ。面白くなってきた。これで終わりかなあ……」

玲は薄笑いを浮かべて言った。

「始まりだとは思わない？」

悪寒を感じて、入江は言葉を詰まらせた。代わりに問いかけたのは、道夫だった。

「……。何か知ってるのか？」

玲は語調に威嚇を感じ、軽く真顔になった。が、すぐに人を喰った目つきに戻り、

「別に何も」

そこへ父親の江口議員がやってきた。玲を見つけると、秘書に「部屋へと連れ戻すよう」言いつけた。その江口議員も祖父江の変わり果てた姿に絶句している。昨夜は遅くまで一緒に呑んでいたらしい。その時は特に変わった様子もなかった。

祖父江の遺体は運ばれていった。

「……ふたりめは、丸菱の社長かい」

プールサイドの柱の陰に、昨夜のバーテンダーがいる。元新聞記者の磯谷だった。ついさっきまでギャレーにいたため、腰にはまだエプロンをつけている。

「昨夜、遅くまで一等社交室で中平たちとカードゲームをしながら呑んでたのを見たよ。ずいぶん盛り上がっていたのに」

「中平。大蔵官僚の」

「醍醐万作とその懐刀も同席してた。議員も官僚も社長も、あのへんは全部繋がってるな。しきりに【N】委員会の立ち上げがどうとか、【N】予算の獲得がどうとか話していた。招待されたのは、なんらかの政策に関わる面子らしい」

政策、と聞いて入江は難しい表情になった。

「……その席に、波照間教授はいなかったか」

「最初のほうはいたけどな。途中で退席した」

「エンジン設計のナギノ博士は？」

「いたと思う」

入江は道夫と顔を見合わせた。つまり【N】政策とやらは、新エンジン開発者のナギノも関わることのようだ。

「運輸政策の一環か。しかし海運会社ならわかるが、新聞社や商社まで巻き込んでるとなると、よくわからんな。米国側の連中は？　その席にいたのか」

「米軍将校とＥＢ(エレクトリック・バーナード)社のストーン社長がいた。祖父江氏とは家族ぐるみのつきあいだとか」

船用エンジンの製造元だ。国は違えど同業者だから、繋がりがあったとしてもおかしくはないが、技術供与や業務提携の話なども聞いたことはないし、どこで親密になれたのだろう。

「――二年ほど前、祖父江氏は大蔵官僚の中平と要議員らとともに米政府に招かれて、渡米してる。ＥＢ社にも立ち寄って研究所を視察してる」

その情報は初耳だった。波照間教授と児波大臣を除き、三人ともそのメンバーだった。

「あのテーブルの面子には、そういう繋がりがあったのか。奇妙な顔触れだとは思ったが、しかし、わざわざ米政府が招待までしたのか。そうまでして売りこみたい舶用エンジンなのか？」

「………。祖父江社長が死んだのも、彼がそのメンバーであったことと、何か関わりがあるんでしょうか」

道夫はさすが読みが鋭い。

だが、波照間教授のほうはそのメンバーではなかった。むしろ、ナギノ博士との口論中に発した言葉が引っかかっている。

犯人は同じ人物なのだろうか。

「あんた、児波大臣のボディガードなんだろ。早く犯人を見つけてくれよ。じゃないと、また誰か殺されるかもしれんぞ」

「俺は用心棒だが、探偵じゃない」

「殺人鬼と同じ船の中なんて、冗談じゃないぞ。そして誰もいなくなった、なんてことになる前に、早いとこ見つけて海に放りこもうぜ」

愚痴る磯谷の後ろに、入江はふと気になる男の姿を見つけた。右舷側にある階段の陰から、じっとこちらの様子を窺っている。

黒い眼帯をつけた男だ。

パーティでも見かけた。醍醐万作のボディガードだという、黒服の中年男だった。

入江と視線が合うと、すっと目をそらして、去っていく。その隙のない挙動が、いやに印象に残った。

「また誰かが浮かんだらまずい。水は抜いた方がいいかもしれませんね」

道夫は残念そうに言った。

入江も重苦しさを感じて、空を見上げた。巨大な煙突がそそり立っている。

ふと違和感を覚えた。昨日はもくもくと黒い煙を吐いていた煙突が、今は、何も出していない。船は進んでいる。機関が止まったわけではないのに、なぜ煙が出ていない。

「……なんでだ……？」

入江が呟いた。道夫もつられたように、入江の視線を追って煙突を見上げた。

煙を吐いていないのを認めて、道夫は鋭い目つきになった。

ふたりの乗客が不審死を遂げたにも拘らず、アグライア号は船足を緩めない。

海上には薄く霧が立ちこめ始めていた。

*

元新聞記者の磯谷が言った通り、次の犠牲者が出ないとは言い切れない。

口実だったとは言え、児波大臣の身に何かあっては目も当てられないと思い、入江は客室に戻った。案の定、児波は動揺していた。

「二人目だっていうじゃないか。この船は大丈夫なのか。犯人は見つかったのか」

その児波は、入閣したのもつい数ヶ月前だ。二年前の渡米メンバーではない。昨夜の【N】政策を語る顔触れの中にも入っていなかった。通産相という肩書きがなければ、この船にも招待されていなかったと思われる。

「犯人の目星はまだついていませんが、客室にいる分には安全かと」

「〝この船には悪魔がのっている〟……」

唐突な一言に、入江は「は？」と目を剝いた。児波は顔をこわばらせ、

「パーティで波照間君が妙なことを言っていた。〝この船には悪魔がのっている〟と。彼は自分が殺されるとわかっていたんじゃないのか」

「悪魔、とは殺人犯のことですか？」

児波はうなずいた。そうとしか考えられない。必要以上に恐れているのは、その言葉のせいだった。

そこへ運輸省の赤井がやってきた。運輸技術研究所の職員でもある赤井は、案内役だった。

「……本日の機関室見学ですが、予定通り行います」

「機関室が見られるんですか。例の新型エンジンの」

「はい。ただ申し訳ありませんが、ごく限られた関係者のみで行いますので」

入江は同行できないという。新型エンジンの全貌は、あくまで部外者には秘密にしておきたいようだ。

「入江君を同行させてはいけないかね。どうも船内が不穏だから警護をつけたいのだが」

児波が食い下がったが、赤井は頑として部外者の同行を許可しなかった。

「変死者が出たことは聞いております。しかし航海日程も限られていますし、機関室見学自体に支障はないだろうと判断しました。昼食後、迎えにまいりますのでよろしくお願いします」

赤井は技術者らしく手短に告げると、頭を下げ、去っていった。そう言えば、昨夜、階段で鉢合わせた時はずいぶん急いでいたようだった。赤井は運研の技術者だから、当然、新型エンジンのスペックについても把握しているはずだった。

昨日落とした図面は、アグライア号のエンジンの設計図だったのではないか？ だったら、部外者には極秘の資料だ。だから、あんなに慌てた？

「……………。仕方ありませんね。なら、俺は視察中、機関室の入口で見張ってます」

「よろしく頼むよ。入江君」

児波を部屋に置いて外に出た。デッキに出ると、いつのまにか、霧が濃くなっている。陸影も見えず、ただ舳先で掻き分けた波が、足許で砕けるのを聞くばかりだ。手すりを握ると、結露でしっとりと掌が濡れた。

――この船には悪魔がのっている。

波照間の遺した言葉が気になっていた。犯人のことか。連続殺人が起きる、と予言していた？

　彼は何を知っていた？

「ここにいたんですか。入江さん」

　屋外デッキに現れたのは道夫だった。海風に乱れる髪を押さえ、

「船長に会えるそうです。例の船内調査の件で。船長室に案内します」

　それからこれ、と差し出したのは、部屋の鍵だ。

「325号室の合鍵です。ナギノ博士の」

　口実をつけて外へと連れ出し、部屋を捜索しようという。中野学校にいただけあって、道夫は物事の段取りをつけるのも早い。先読みの鋭さや察しのよさにも、兄譲りの聡明さがある。

　阿吽の呼吸で動ける。英夫と一緒に働いていた時の感じだ。

　まるで英夫が甦ったかのようではないか。

　昨日今日の間柄であるのが、嘘のようだ。道夫に波照間が遺した台詞を伝えると、怪訝そうに首を捻った。

「悪魔、ですか。ずいぶんと物騒な言い回しですね」

　その言葉の裏にあるものを探るように、考え込む。入江は思わず、昨日からずっと思っていることを口にしようとしかけた。

　――道夫くん。君が〝マルヤ〟ではないのか。

入江より先に潜入しているはずの保安官のことだ。確信はあったが〝マルヤ〟から声をかけられるまで、こちらから口にすることは禁じられている。だがそれが道夫なら納得できる。同じ中野学校出身だし、彼がこの船に乗っていたのも偶然とは思えないからだ。

それにしては、いっこうに「自分が〝潜入保安官〟だ」と名乗ろうとしない。

この船では、ソ連のスパイに〝カサンドラ〟なるものを渡そうとしている者がいる。

二件の連続殺人にスパイも絡んでいるのだろうか。

たとえば〝カサンドラ〟とは、新型エンジンの設計図を指す暗号名、だとしたら？

それをソ連側に流そうとしていたのが、波照間と祖父江だった？ 波照間にはかつてスパイ疑惑があった。彼が流出する側でなく受け取る側であったとも考えられる。

情報流出を止めるための殺人？ なら、殺人は「止める側」――「情報を持ち出された側」のしわざになる。つまり「味方」だ。

とはいうものの（祖父江はともかく）波照間は船用エンジンの専門家でもないし【N】政策にも関わっていなかった。そればかりか反対していた節もある。あの時の口論が新型エンジンをめぐる見解だったとして、情報流出に関わる人間が開発者のナギノにあんな事を言うだろうか。

「そうだ。波照間氏が遺した〝U〟のメッセージですけど、乗客名簿を調べたところ、頭文字に〝U〟のつく人はいませんでした」

「いなかった？　ひとりもか」

「ええ。乗組員の方には、甲板部に一名、機関部に二名、ギャレーに一名いましたが、波照間氏との接点があったようには」

念のため〝I・T〟でも探ってみたが、該当者はいなかった。

「名前じゃないってことか。なら何だ」

「コード法の可能性は」

入江が怪訝な顔をした。暗号解読法の一種だ。アルファベットや数字を、別のものに置き換えるという。

「暗号だというのか。俺たちみたいに暗号解読をやってきた人間ならともかく、波照間教授は科学者だぞ。モールスの知識があったとはいえ」

「コード法そのものとは限りません。〝U〟というアルファベット自体が、何かに置き換えられるという可能性はありませんか」

入江は考えを巡らせた。すぐには思い浮かばなかった。

〝カサンドラ〟の可能性も考えたが、〝U〟とは結びつかない。

「――失礼ですが、入江秀作さんですか」

デッキ入口に、二等航海士の制服を着た若い士官が現れた。

「パーサーから事情を聞きました。どうぞ船長室へ。船長(キャプテン)がお話を伺いたいそうです」

入江と道夫は、顔を見合わせた。「F. MINATO」と制服に刺繍(ししゅう)された二等航海士は、どうぞ、と手招きした。

「ブリッジに案内します」

＊

「ポート、スティアー、トゥワンファイブ（針路215度に舵を切れ）」

「215、サー」

船長の指示に操舵手が答えた。

入江が客船のブリッジに足を踏み入れたのは、これが初めてだった。

思ったほど広くはない。前面いっぱい窓ガラスが張られた横長の空間には、中央に自動操舵機、左手にはレーダーのディスプレイ、そして電動式のジャイロコンパス。……いずれも日本船ではまだ取り入れられていない最新式のものばかりだという。機関室への指示装置であるエンジンテレグラフ、航海灯のスイッチ……。正面の広い窓の上には、速力計、風速計・気圧計といったメーターが並んでいる。その他、素人目にはどんな役割をするのか分からないが、とにかく所狭しと計器やスイッチ、コード管が張り巡らされている。

操舵機の傍らに鎮座する、大きな丸い鉄球がふたつ左右についた磁気羅針盤だけが、かつての古き良き客船時代の面影を残している。

一連の操船指示を終えた松尾船長(キャプテン)が、ようやく入江たちを振り返った。

「わざわざブリッジまでお呼びして、すみません。急に霧が出てきたので」

当直(ワッチ)は三等航海士ということもあり、船長自らブリッジに立って、注意深く霧中航行しているところだ。

舵輪の前には操舵手がつき、レーダーの前には三等航海士が張り付いている。前直の三日月一等航海士もいて、双眼鏡を手にとって前方を注視している。濃くなってきた霧の向こうに船がないか、障害物がないか、充分見張っている。

原則、操舵室には関係者以外立入禁止だ。操船に不要の者は、特別な時以外は近づけない。

「こちらこそすみません。例の乗客の不審死の件で、急ぎ、船内調査を任せてもらえないかと思いまして」

入江は松尾船長に一連の状況と、彼が遺した血文字のモールス符号、それらの該当者捜しをしたいことを申し出た。犯人捜しをしたくはないが、次の犠牲者が出ないとも限らない。そうなる前に不審者の目星をつけることで、乗客を守れれば、と入江は訴えた。

「……わかりました。船内の探索(サーチ)や巡検は我々航海士(オフィサー)の仕事ですが、今回の事情は特殊です。私も本船の乗客乗員を疑いたくはないが、乗客乗員の安全を守ることが最優先だと考えます。あなたにはそのノウハウがあるようだ。入江さん、あなたには船長権限で捜査を任せます」

船長は、司法警察員として船内の捜査や犯人逮捕を行う権限を持っている。

これで入江たちは、堂々と犯人捜しができるようになった。

「チョッサー(=一等航海士)の三日月、またはこちらにいる湊《みなと》二等航海士《セコンドッサー》を担当につけますので、何かあれば彼に」

入江を呼びに来た、背の高い二等航海士だ。

「他、必要ならば、手の空いている乗組員《クルー》を使ってやってください」

「ありがとうございます。船長《キャプテン》。早速ですが、彼を助手につけたいのですが」

と道夫を指した。有能な松尾船長はキャビンボーイの顔も皆、覚えているようで、道夫を見ると胸の名札も見ず「頼んだよ。佐賀くん」と言った。道夫も殊勝な返事をした。

振り返ると、壁際の天井近くに神棚がしつらえてある。一応は米国船籍なのに、と驚いていたら、三日月一等航海士が答えた。

「船にはやはり神棚がないと落ち着きませんからね。船長《キャプテン》が船主《オーナー》に無理を言ってしつらえました」

「なるほど……。魂は日本の船、ですね」

その神棚に、ある船の写真が飾られているのに気がついた。

「あれは……『さんぽうろ丸』だった頃の写真、ですか？」

「いえ。姉妹船です。『さんちあご丸』という」

松尾船長が答えた。

「昔、そこで一等航海士として乗務しておりました。今回『さんぽうろ丸』だった船の船長になったのも、何かの縁かと思いまして……」

「そうなんですか。その姉妹船は今はどこに」

沈みました、と松尾船長は言った。

「この船同様、特設空母に改造される予定でしたが、軍の輸送船をしている時に、アッツ島沖で。私は助かりましたが、船長は船と運命を共に」

入江は、胸が塞いだ。松尾船長は遠い目になって、神棚を見上げた。

「五島船長は尊敬する船乗りでした。沈んだ船の写真を置くなんて縁起でもないと思うかもしれないが、私は『さんちあご丸』の魂は亡くなった五島船長と共に、姉妹船であるこの船の守り神になってくれたのではないかと思うんです。この船は運がいい。戦争をくぐり抜けて今日まで生き残った。……きっと、彼らが守ってくれてるおかげではないかと」

松尾船長は精悍な風貌に似合わず、ロマンチストでもあるようだ。

入江は、自分自身がひねくれ過ぎたせいか、そういうねじれのない想いを胸にひっそり抱いていられる人間を前にすると、素直に敬意をおぼえてしまう。

「この船の魂は、やっぱり、日本のものなんですね」

その心臓と国籍はたとえ、米国のものでも。

ふと道夫が「これはなんですか」と松尾船長に訊ねた。

操舵室の後方にある、升目状の棚だ。細かく仕切られた棚には色とりどりの布が入っている。

「それは旗りゅう信号に用いる国際信号旗だ。メインマストに掲げるものだよ」

旗はアルファベットに対応した二十六枚と、十種の数字旗、三種の代表旗と一種の回答旗。計四十種の旗が、棚に収められている。

「旗の組み合わせには、それぞれ意味があって、他船と交信する時などに用いるんだ」

「旗そのものにも意味があるよ」

と補足したのは、三日月一等航海士だ。

「旗一枚ずつにも、ですか」

「ああ。アルファベット文字旗一枚だけの一字信号は、緊急だったり、重要だったりする時に掲げられる。たとえば、A旗は『私は潜水夫をおろしている。微速で充分さけよ』。B旗は『私は危険物を荷役中または運送中である』……」

「そういえば出港の時に掲げていた旗も、信号旗ですか」

これかい？　と三日月がPの棚から旗を出した。白い長方形を青で縁取りしたような図柄だ。

「ああ、はい。それです」

「これはP旗。『本船は、出港しようとしているので全員帰船されたい』という意味だ」

入江は道夫と顔を見合わせた。同じ問いかけが頭に浮かんだのだとわかった。

問いかけたのは入江だ。

「ちなみに、……Uはなんですか」

「Uかい。U旗はこれだな」

と三日月がUの棚から旗を取りだして広げた。赤と白が、左右四分の一ずつ、市松風に配置されている。

「——意味は『あなたは危険に向かっている』……だ」

入江は息を呑んだ。

心の底に、昨日から膨らみつつあった得体の知れない不安に、突然、名を与えられたような気がして、ぎくり、とした。しかも不安の核心を真っ直ぐに突いてこられたとさえ、思えた。

道夫も、神妙な表情になっていた。

——あなたは危険に向かっている。

これは警告なのか。

何の。

＊

ブリッジを後にしたふたりは、プロムナードデッキに降りてきた。

湊二等航海士から渡された、警備の腕章をつけている。舷窓ガラスで守られた屋外デッキの壁にもたれ、「どう思う？」と問いかけたのは、入江だった。

「波照間教授の血文字のモールス。信号旗のU旗だったっていう可能性は」

「ないとは言い切れませんね。波照間さんは、モールスだけじゃなく手旗にも通じてたそうじゃないですか。国際信号旗の知識もあったはずです」

「だとしたら、あれは警告か。誰に向けた警告なんだ」

わかりません、と道夫は眉間を曇らせた。

〝あなた〟とは誰のことだ。船の乗客？　特定の誰かなのか。殺人が続くと言いたかったのか。実際、祖父江も変死を遂げている。では、祖父江に向けたメッセージ？


〝この船には悪魔がのっている〟

〝あなたは危険に向かっている〟


危険が迫っている、ではなく、危険に向かっている、であることに、入江は引っかかりを覚えた。あの血文字がU旗だったとして、波照間は一体、何を知っていたのだろう。

ふたりは波照間と同じフロアにいた乗客への聞き込みを始めた。

死亡推定時刻あたりに、気になる物音を聞かなかったか。不審な人影を見なかったか。

だが、ほとんどの乗客は就寝中だったこともあり、なかなか手がかりは摑めない。室内には荒らされた跡がなく、抵抗した跡もほとんどないので、顔見知りの犯行では、と道夫も見ている。

「顔見知りがやってきて、やりとり中にブスリという感じでしょうか」

「背中から刺したなら俯せに倒れたのも分かるが、来島船医の見立てでは、真正面から刺したんだろう」

「相手にすがりつく形で前のめりに倒れたんでしょうね。顔見知りだから部屋にも入れた。そうでないなら、扉のところで応対するはず」

「しかし、何が動機で」

そんなやりとりをしていたところに、湊二等航海士が通りかかった。湊は調査の様子を訊ねてきて、手がかりがないと知ると、こう告げた。

「実は先程、甲板長にも訊ねてみたんですが、甲板員の中に気になる話をした者が」

「なんと？」

「ゆうべ、デッキの点検をしていた時に、波照間氏の部屋とおぼしきところから出てきた人影を、見たというんです」

「人影？　それはどのような」

「少年だったそうです。十代くらいの、外国人っぽい顔立ちの」

はっとして入江は道夫と顔を見合わせた。

「江口玲か」

江口議員の息子だ。ついさっきも現場にいた。彼の部屋は別フロアだ。そんな時間にいったい何の用で波照間の部屋を訪れたというのか。

――これで終わりかなあ。始まりだとは思わない？

入江はいてもたってもいられなくなってきた。きびすを返すと、「どこへ」と道夫が訊ねてきた。

「決まってる。玲のところだ」

＊

「……なあんだ。もう気づいちゃったの」

玲は図書室にいた。洋書ばかりが並ぶ本棚の前で、船の写真集を見ていた。人を小馬鹿にした言い方が、入江の神経を逆撫でした。思わず一発ひっぱたいてやろうとしかけて、道夫に止められた。

「波照間さんの部屋で何をしてた。なんで言わなかった」

「言ったら疑われると分かってるものを、わざわざ言うわけないでしょ」

玲は本を閉じて、せせら笑った。「借りた本を返しに行ったんだ。もう読んじゃったから」

波照間が書いた物理学の本だった。研究者向けの難解な本だったにもかかわらず、玲はほんの二、三時間で読み切ってしまったという。別の本を借りるつもりで部屋に行ったらしい。

「ドアの鍵が開いてたから勝手に入って本だけ置いて帰ってきちゃった。部屋には誰もいなかったよ」

入江も道夫も、言葉通りに受け取るほど人が好くはない。じっと疑り深い眼差しで、玲を見つめている。

「……それは何時頃だ」

「ちょっと。僕を疑ってるんですか。やめてくださいよ。いくら推理小説好きだからって、人殺しなんてするわけないでしょ」

狼狽しつつも、目は不遜げに笑っている。そういう危なっかしい状況を愉しんでいるようですら、ある。心底を見抜こうとするように、入江は玲の瞳の奥をじっと窺っている。心を探られる居心地悪さをさすがに感じたのか、玲は、すっと目線をそらした。

「君のことは聞いたよ。大した天才少年なんだってな」

「今度は何ですか。持ち上げて、ボロを出すのを待つつもり？」

「君のお父さん――江口議員は、君にこの船の新型エンジンを見せるつもりだと言っていたが、君はどういうものなのか、聞かされているのか？」

玲は「知らないよ」と素っ気なく答えた。

「……あの人も子供の機嫌取りなんかする前に、家に帰ってくれればいいのにね」

「あの人？　お父さんのことかい」

「なんだかんだ言って日本人の女がいいんだろうさ。本妻のおかげで議員になれたもんだから、すっかり母さんには近付かなくなっちまった。外国人を妾にするなんてって、本妻の子供からはしょっちゅう嫌がらせされてきたしね。外交官が外国で愛人を作るのはよくあることかもしれないけど、何も日本まで連れてくることはなかったんだ。右も左も分からない日本で、日本語も全く分からない母さんが、どれだけ苦労したか。そのせいで母さんは病気になったんだ」

玲の母親はドイツ人だ。ここ数年は病がちで、療養を続けているという。

だが江口議員は本妻の子よりも玲を溺愛して、莫大な教育費を注ぎ込んでいる。

「僕のせいで母さんを日本に留めてるくらいなら、別れてくれたほうがマシだ。さっさと母さんをドイツに帰してやればいいんだ……」

父親への反発とも呪いともつかぬ言葉を漏らし、玲は押し黙った。が、すぐに不遜な笑いを浮かべ、

「まあ、僕が人殺しの真犯人だったなら、世間体にうるさいあの人の面子も丸つぶれ。議員辞職に追い込むのも夢じゃないかもね」

入江はじっと見つめている。とらえどころのない言動の奥にあるものを、見極めようとしている。悪ぶってみせているだけなのか。それとも。

入江が少年の心を凝視している横で、道夫が突き放すように問いかけた。

「君が部屋に赴いた時、波照間さんは留守だった、と証明できるものは」

「信じてもらえてないみたいだから言うけど、ゆうべ、ベッドの下に置かれてたアタッシュケースが、今朝、見に行ったときはなくなってた」

なに、とふたりは目を剝いた。玲は真顔になって、

「本当だよ。何が入ってたのかは知らないけど、黒いアタッシュケースが確かにあった」

入江は道夫に確認した。道夫は首を傾げた。そういうものを見た者は、いない。

「誰かが持っていったのかもしれないよ。もしかしたら犯人かも」

玲の言葉を鵜呑みにはできない。

が、事実なら、犯人はアタッシュケースを持ち出すことが、殺害動機だったとも考えられる。

人ひとり殺してでも持ち出さねばならない中身とは、一体。

＊

「……設計図？」

道夫が入江に聞き返した。

ああ、と入江は考え込んだ様子で答えた。図書室を後にしたふたりは、中央階段のア

ール・デコ風な手すりにもたれて、緩くカーブを描く階段を覗き込んでいた。

「昨夜、この階段で運研の赤井さんと出会い頭にぶつかった。手にはアタッシュケースを持っていた。俺とぶつかってケースが開いて、中から設計図らしきものが散らばったのを見た」

「設計図とは、……何の」

「新型エンジンのものじゃないのか」

入江は確信をこめて言った。

「波照間教授は左翼思想の持ち主で、以前、スパイ容疑をかけられたことがあった。実は、この船でも、とあるブツの受け渡しが行われる、との情報があった。実はそれが」

「……設計図？　それが〝カサンドラ〟？」

道夫は察しがいい。入江が先程ひとりごちたのをしっかり覚えていた。

入江は数呼吸ほど固まっていたが、脱帽して「ああ、そうだ」と認めた。

「キーマンは、運研の赤井さんだ」

児波たちの案内役であり、船舶技術者である赤井は、恐らくは、この船の新型エンジンについても詳しい。

「つまり、波照間教授の部屋からアタッシュケースを持ち出したのは、赤井さん？　なら、波照間氏を殺したのも……」

「いや。それだとどうもしっくりこない。ナギノ博士の手許にあった設計図を、何者かに渡すため、ナギノ博士を殺して奪った……という筋書きなら通る。だが殺されたのは波照間教授だ。波照間教授は開発とはそもそも関わりない。むしろ、手に入れようとする側であった疑いが濃い。何より、俺が赤井さんとぶつかった時、波照間教授はまだ生きていた」

つまり……？　と道夫が促した。

「これは俺の推理だが、波照間教授のもとに設計図を持ち込んだのが赤井さんだったんじゃないか。留守中のナギノ博士の部屋から持ち出し、誰もいない教授の部屋にアタッシュケースを置いて、去った」

「それを玲が見た。その後、戻ってきた波照間教授を、誰かが殺してアタッシュケースを持ち去った。なるほど。でも結局、犯人は分からないわけだ。とられた設計図を奪い返すため？」

「スパイから取り返した……となると」

入江の脳裏に浮かんだのは、元ＧＨＱのＣＩＣ（対敵諜報部）にいたマクレガー中佐だった。スパイを検挙する「赤狩り」にかけては誰よりも厳格だった男だ。

「……なるほど。元ＣＩＣの将校だったんですか。あの男」

道夫はマクレガーのことを知らない。だが何かあるとは思っていたのか。

スパイに備えて乗船していたのだとしたら、なるほど、殺人という強硬手段をとっても変ではない。

「だとしても、なら、祖父江社長の変死はどう説明するんです」

「……祖父江氏もスパイの一味だったとしたら？」

「波照間の仲間だったっていうんですか」

「ああ」

「どうだろう。そんな単純な話かな」

道夫は腕組みをして、手すりによりかかった。

「……第一、設計図のやりとりに、航海中の船を選びますか。僕がスパイなら、港でやりますよ。船内じゃ逃げ場がない。そもそも鍵の開いてる部屋に置きっぱなしになんかしません。僕なら発信器をつけて完全防水で海に投げ捨てます。すぐに仲間の船が取りに来られる段取りつきで」

「ふたりはスパイじゃないっていうのか」

「〝カサンドラ〟は」

道夫は怜悧（れいり）な眼差しを鋭くさせた。

「……本当に、設計図なんでしょうか」

入江は黙った。

「違うというのか」

道夫も手すりにもたれて寡黙になった。何かを迷っているような、心に押し込めているような、そんな表情だった。彼が〝マルヤ〟ならば、〝カサンドラ〟に関する情報を入江以上に把握しているはずだ。より正確に判断するはずだ。だが道夫はなかなか言い出さない。自分が〝マルヤ〟だとも言わない。何かに警戒でもしているように。

それとも俺を逆スパイと疑っているのか？

こういう曖昧な表情を、兄の英夫は見せたことがなかった。佐賀英夫という男は、一度「任務」に入ったら、常に明晰な顔をした。そういう男だったから、任務中に「感情の揺れ」なんて繊細さを見せたことはなく、徹頭徹尾タフだった。親友である入江の前でも。

一方、道夫は、聡明で鋭敏だが、どこか兄にはない繊細さがある。同時に——。捉えどころもなく、輪郭もつかめない、何か底知れないものが。

入江はそういう得体の知れない道夫の特質を（その分野に疎い自分には極めて捉えがたい）彼の「芸術的感性」からくるものと解釈していたが。

船内放送で正午を報せるチャイムが鳴った。道夫が我に返って顔をあげた。

「……すみません。昼食の配膳をしないといけないので、あとでまた」

そういうと、道夫は急いで食堂へと中央階段を駆け下りていった。

波が出てきたのか、船の揺れが、朝方よりもきつくなってきた。入江も次第に気分が悪くなってきた。船酔いではない。肉体の奥に染み込んだ、あの揺れだ。死にゆく英夫と看取る入江を揺らし続けていた。

死にゆく魂を引き留めようとして、もがいているような。

魂の係留索を引く力と巻き上げる力とが、せめぎあっているような。

そして同時にそれは入江の心の、解放と絶望のせめぎあいでもあったことを、まざまざと思い出させる。道夫の存在がますます英夫の死相を鮮明に思い出させる。

「……しっかりしろ。感傷に浸ってる場合じゃないぞ」

ひとりごちて、児波の部屋に戻るため、階段をおりた。


機関室見学は、昼食の後だった。

赤井は一時きっかりに迎えに来た。船内の不穏さを恐れる児波に付き添って、入江は初めてアッパーデッキより下の階へと足を踏み入れた。

分厚い水密扉の向こうに、機関室の入口はあった。入江が立ち入ることを許されたのは、ここまでだった。

「見学は児波先生おひとりでお願いします。入江さんは、こちらで待機を」

児波はヘルメットをかぶり、赤井と共に扉の向こうへと消えた。

赤井にはアグライア号のエンジン設計図を持ち出したスパイ容疑がかかっている。もし波照間を殺したのがマクレガー中佐だというなら、赤井も狙われておかしくはない。今のところ、そういう気配はないが。

「君が入江くんかい」

階段の下り口に黒い背広男が立っている。

右目に黒い眼帯をつけた、あの男だ。昨日ダンスホールでも見かけた、醍醐万作のボディガードではないか。

「そうですが、何か」

青白く冴え冴えとした抜き身の刃を思わせる。酷薄な目つきだ。黒い眼帯には威圧感があり、水密隔壁に添えた手には、白い手袋をはめている。人肌を感じさせない無機質さと硬質さとが、口調にも顕れていた。

「船長の依頼で乗客のアリバイを聞いて回ってるそうじゃないか。君は海上保安庁の人間かね」

「あいにく、ただの警備員です。あなたは」

「金沢警備保障の鮫島だ。例の連続殺人事件、犯人の手がかりは何か摑めたかな」

鮫島と名乗る男は、穿つような眼差しで探りを入れてくる。入江は警戒した。

「あいにく、まだ何も」

「そうか。こちらも醍醐氏の身辺警護を任された身。不審者情報はあらかじめ共有しておきたいと思ってね」

三日月のような細眉を吊り上げて、鮫島は言った。

いかにも体温が低そうな、青白い顔をしている。

「……。まだ調査している最中です。確信できる成果が出たら、伝えさせてもらいますよ」

鮫島は「そう」と薄笑いを浮かべると、歩き出した。ふと足を留め、

「そうだ。入江くん。君に一言忠告だ」

「忠告？」

「佐賀道夫には気を付けろ」

入江は息を止めた。

言葉の意味を摑みあぐねた。

「どういう意味だ」

「………。君の上司に聞いてみたらいいんじゃないかな」

鮫島は、薄笑いを浮かべた。ゾッとするほど冷たかった。入江は詰めより、胸ぐらをつかみあげた。

「あんた何者だ。何を知ってる」

「………。CICのウォッチリストA」

入江はギョッとした。鮫島は目を細め、

「もうじき遺体をおろすため、船は仙台沖に投錨する。抜錨まで二時間ほどあるようだから、まあ、じっくり確かめてみてはどうかね」

鮫島は埃でも払うように入江の手を払った。きびすを返して、上甲板へと去っていく。

入江はすぐに追いかけて、階段上で鮫島の肩を摑んだ。

「あんた一体なにを知ってる」

問いかけた、そのとき。

どこかで銃声のような音があがった。

入江と鮫島は、申し合わせたように同じ方向を振り返った。機関室ではない。船尾側の上階だ。ふたりは階段を駆け上がり、音のした方角へと走った。シェイドデッキの貨物ハッチがある暴露甲板へと辿り着いたふたりは、息を吞んだ。

「これは……っ」

デリック柱にもたれて、崩れるように座り込んでいる者がいる。

アーミーブルーの軍服を着た、金髪の欧米人だった。

「……マクレガー中佐……」

眉間に、銃痕がある。たった一発。

一発の銃弾によって、ひとりの米軍将校が殺された。

あたりには、人影はない。

ただ波の砕ける音だけが響いている。

第三章　襲　撃

米国船籍の豪華客船アグライア号は、十四時三十分、仙台沖に投錨した。

投錨の理由は、船内で出たふたりの死亡者の遺体をおろすためだったが、そうする間にまさか三人目の犠牲者が出るとは……。

入江も動揺を隠せない。

仙台沖は濃霧に包まれていた。

錨泊したアグライア号の右舷へと、海上保安庁の巡視船が接舷した。白布に包まれた波照間と祖父江の遺体を担架にのせ、デリック（クレーン）ブームに吊して、ゆっくりとおろしていく。

その間に、来島船医がマクレガー中佐の検死を行った。

銃弾で頭を撃ち抜かれていた。即死だった。

「なんてこった……」

衝撃を受けているのは、入江だけではない。醍醐万作たちも頭を抱えている。

「この船は呪われている……っ。航海は中止だ。今すぐおろせ。こんな船乗っていられない」

動揺は船中に広がっている。

ここまで多くの不審死を出しておいて航海を続けるのは、さすがに無理がある。

「——殺人者が乗ってる船にこれ以上乗ってられるか」

「船長はなにしてる。早く犯人をつかまえろ」

次は我が身かもしれないという恐怖が、乗客たちを駆り立てる。これでは目撃者を探すどころではない。騒然とする船内の人々を、とにかく落ち着かせることが先決だった。

「……やっぱり、悪魔のしわざですかね」

入江のもとに、道夫がやってきて声をかけた。

「今までどこにいたんだ。道夫」

え？　という顔を道夫は、した。

「昼食の後かたづけで食堂にいましたが？」

入江は警戒をこめて凝視する。道夫は気にも留めず、

「マクレガー中佐が殺されたそうですね。射殺だとか」

冷静だ。中野学校出身者らしく、動揺は表には出さない。眼光だけが鋭い。

そうだ。マクレガー中佐は殺された。元GHQで対敵諜報部門に携わっていた男だ。

彼が所属したCICという部署は、G2（参謀第二部）の下にあった。検閲と諜報が仕事だ。戦前戦中と、日本人の思想言論を規制した治安維持法や特高警察……、そういう悪名高いものたちから日本人を解放し、悪法のもとで捕らえられた人々を自由にもし

たが、米ソの対立が深まるにつれ、その役割は「共産主義者を排除する」ことに重きを置くようになっていった。

シベリア抑留からの帰還者を、厳しく取り調べたのも、彼らだった。

――……なるほど。元CICの将校だったんですか。あの男。

思えば、中佐が殺害されたのは、道夫とあのやりとりをした直後だった。

それは偶然なのか。

――佐賀道夫には気を付けろ。

入江の耳には、鮫島の言葉がこびりついている。

――CICのウォッチリストA。

ウォッチリストとは、過激活動家やGHQの統治を混乱させる要監視人物・組織の名前、住所を載せたリストのことだ。中でもCIC（対敵諜報部）ではスパイ容疑をかけられた人物が監視対象者にされていたのだが、その中に道夫の名があったという。

Aというのは、カテゴリーA。「スパイの可能性大」の意味だ。

確かに、道夫はシベリア抑留からの引揚者だ。

シベリア帰りの引揚者の中には、深く「赤化（共産主義的に教化されること）」してソ連側のエージェントとなり、送り込まれた者もいる――として、該当する引揚者に対しては、CICの部員が、舞鶴港でのみならず東京にまで呼び出して尋問を行っていたことも、入江は知っている。

その中に、道夫も含まれていたと……？

抑留中に訓練され、日本に送り込まれたスパイだと言いたいのか？

「弾丸は、ここにいた中佐の額を撃ち抜いたんでしたね」

道夫は、まだ血痕も生々しいデリック柱のそばに立ち、中佐が座り込んでいたあたりから、周りを見回した。

「来島医師によると、弾丸は眉間から後頭部のやや下に抜けてたようだから、狙撃したんだとしたら、上部デッキからの可能性もありますね。で、弾は見つかったんですか」

「いや……」

「角度からすると、ボートデッキからの狙撃でしょう。その上からなら頭頂近くに弾をくらってるはずだ。頭部を貫通して、背後のデリック柱にあたって跳ね返ったとすると」

道夫は柱に弾痕と思われる傷を確認し、しばらく周囲を歩き続け、やがて近くに積まれていた木箱のそばでしゃがみ込んだ。

「あった」

弾丸は板に食い込んで止まっていた。道夫はポケットから十徳ナイフを取りだして、ほじくりだした。ひしゃげた弾には血痕がついている。

「九ミリか。ライフルの類いかと思ったけど、拳銃ですね。デッキの端から撃ったにしても、距離は十メートル以上ある。しかもダブルタップなしで、たった一発。ハナから拳銃で狙撃したんだとしたら、相当な腕ですね」

「道夫、君は……」

「？……なにか」

いや、と入江はごまかした。

やはり鮫島の言うとおり、一旦、船をおりて港から本部と連絡をとるのが最善か。抜錨予定時間までは二時間ある。もしくは船長に無線の使用許可をとるか。身元を隠しているので、できれば控えたいが。

その前に、あの鮫島という男だ。

なぜ道夫がウォッチリストに入っていたと知っていた？

それをなぜ自分に教えた？　その意図は？

「……。入江さん。この船から、おりましょうか」

入江は我にかえり、道夫を振り返った。

道夫はデッキの手すりにもたれ、今まさに遺体の搬送が行われている海上保安庁の巡視船を、まるで外国船を見物する少年のように眺めながら、無防備に呟いた。

「おりるって……。だしぬけに何を」

「この船にはどうやら本当に悪魔が乗り込んでる。誰が標的か、分からない以上、船に留まるのは危険です。探ってる僕たちは、真っ先に標的になる。殺人鬼に殺されないうちに、ここでおりませんか」

「ばか。何言ってる。その殺人鬼を捕まえるのが、俺たちのつとめだろう」

「僕らは別に警察官でも海上保安官でもない。探偵よろしく犯人を捜してるだけじゃないですか」

「そうだが、俺たちがやらなくて誰がやるんだ」

「あなたは、ソ連のスパイを捕まえるためにアグライアに乗ったんでしょう？」

図星を指されて言葉に詰まった。道夫を見ると、いつのまにか真顔で肩越しにこちらを見ている。その鋭い眼差しから、真意を読み取ろうとつとめた。

「道夫。おまえなのか」

――〝マルヤ〟は。

と言おうとしたのか、

――〝スパイ〟は。

と言おうとしたのか。

入江にも分からなかった。鮫島の言葉がまた頭をもたげていた。

道夫は気づいているのか、いないのか。やけに遠い眼差しをしている。湿った海風に乱れる黒髪を押さえて、深い霧の向こうに横たわるはずの陸影に思いを馳せている。

「……次に抜錨したら、もうこの船からはおりられない。波照間教授のＵのメッセージは、きっとこのことだ」

〝あなたは危険に向かっている〟

U旗の意味だ。

「今なら間に合う。あなたがおりるというなら僕もおります。入江さん」

いやに澄んだ目をしていると、入江は思った。澄みすぎているとさえ感じた。

おまえ、と乾いた声で問いかけた。

「何を知ってる」

「何を？　僕はただのキャビンボーイですよ」

「そうじゃない。俺に協力したのには、おまえなりの理由があるはずだ」

「あなたは兄の親友じゃないですか。理由といえば、それだけだ。本音をいえば、殺人事件に巻き込まれるなんて真っ平です。それに、どうせ死ぬなら、日本の土の上で死にたい。そう願って、死ぬ思いでシベリアから帰ってきたんだ。まして兄さんのように船の上でなんか、絶対に」

まぶたの裏に焼き付いた英夫の死顔が、道夫と重なった。

思わず目を瞑（つぶ）り、頭から振り払った。だが、道夫はなおも純朴そうに、入江をじっと見ている。すがりつかれているような気さえしてきて、入江は戸惑った。既視感があった。

あれは引揚船に乗り込む人々で混乱する上海の港で見た眼差しだ。逃避行の最中に親をなくしたとおぼしき孤児。それと今の道夫が、同じ目をしていると感じた。

一緒に連れていってくれ、と訴えかけてくる眼差しだ。

「――おまえ、いったい……」

沖合から霧笛の長音が響いた。

濃霧の向こうから、もう一隻、巡視船らしきものが近付いてくる。入江は我に返った。

「おりたいなら、ひとりでおりろ。俺は残る」

道夫は目を伏せて苦笑いした。

「ですよね。そう言うと思いました」

「……どの道、三人も不審死を出している以上、これ以上航海が続けられるとも思えない。船長の判断待ちだが、このまま仙台港に着岸して終了だ」

「だといいんですけどね」

道夫の表情にまたあの硬質な気配が戻った。束の間見せた、心の柔らかな部分が、今また殻の向こうに隠された。そんな表情だった。

心の中の何かに区切りをつけたような。

そんな道夫を見て、ふとまた入江は思うのだ。道夫は何かを抱えている。決して見せようとはしないが、ふとした瞬間に覗かせる。あきらめたように目を伏せる、そのたびに入江は道夫から何かを求められているような気がして、心が騒ぐ。何なのだ、これは。

声なき声は戦争で負ってきた心の傷なのか、それとも別の何かなのか。気配は感じ取れるのに手を伸ばしても触れられない、陽炎のような心が、入江にはもどかしい。それともこんなに気にかかるのは、単に自分が英夫を重ねているせいなのか。

踏み込めば、その声が聞こえるのか。殻の向こうの声が。

思い切って問いかけようとして口を開きかけた、そのとき――。

「こちらにおられたんですか。入江さん」

現れたのは、運研の赤井だった。一緒にいるのは、児波大臣ではないか。

新型エンジンの機関室見学に行っていたはずだ。

児波は連続殺人を恐れていたから、いよいよ船をおりると騒ぎたてるのかと思いきや……。

「入江くん、この船はすごいぞ！」

いきなり入江の肩を叩いて興奮した口調で声を張り上げた。

「この船はまさに夢の船だ！　来るべき未来の船だ！　私は素晴らしいものを見たよ」

三人目の犠牲者が出たというのに、頭にはないかのように児波はまくしたててくる。目を異様に輝かせ、声のトーンも高く、さしもの入江も圧倒されたほどだ。

「これが日本でも実用化されれば、燃料問題も解決する。資源のないこの国も限りなく成長できる。未来の船だ！　素晴らしい。素晴らしいことだ」

「児波さん……。いったい何を」

「敗戦で四等国に落ちた日本が、力強く復活するための鍵が、この船にはのっている。

世界に返り咲くための、新しい力が」

　大仰な言い方に、入江は戸惑うよりも不安になった。「マクレガー中佐が亡くなったことは」と問いかけたら、児波は水を差されたような顔をした。

「――ああ、聞いた。恐ろしいことだが、あとは海上保安庁に任せておけばよろしい。それより、私はすぐにでもこの船のことを閣議報告したいと思う。……しかし、なぜ、停泊してるんだね？」

　船内の緊張と児波の興奮とに、温度差がありすぎる。

　赤井が、右舷に接舷した巡視船を見下ろして言った。

「……海上保安庁の職員が乗り込んできているみたいですね」

　入江が右舷側を覗き込むと、ギャングウェイ（タラップ）がおろされ、接舷中の巡視船から、保安官が五、六名あがってくるのが見えた。

「殺人事件の捜査でしょうか」

「……なら、僕らもこれでお役ごめんですね。仕事に戻ります」

　と言って、道夫は屋外デッキを後にする。おい、と叫んで、入江は慌てて追いすがった。

　アッパーデッキに下りる階段の途中で、道夫の内肘を摑んだ。

「話はまだ終わっちゃいない。おまえに訊きたいことがある」

「なんですか。客室の掃除が終わってないんで、手短にしてください」

「おまえ、シベリアで何をしてた」

単刀直入に訊かれ、道夫は意表をつかれた。

「何をって……。収容所に連れて行かれて強制労働させられていましたよ。そんなの、みんな知ってることでしょう」

「中野の出身者ってのがソ連側に露見してたんじゃないのか。だから……」

「なるほど。スパイ容疑をかけられているのは、僕だってことですか」

道夫はやりきれない苦笑いを浮かべ、入江の手を払った。

「……違いますよ。中野の出身者だったから、米軍から疑われたんです」

「なに」

「赤化されてソ連のエージェントになって帰ってきたんじゃないかって疑われたんです。丸の内の連中（CIC）からは、そりゃあ手厳しく調べあげられましたよ。脅しは当たり前、嘘発見器つけられたり、薬物注射されたり、特高警察も顔負けなやり口でね。思い出したくもない」

「ウォッチリストに載せられていたというのは本当なんだな」

「シベリア抑留を知らないあなたには、所詮わからないことでしょうね。入江さん」

道夫は自嘲とも嘲笑ともつかぬ笑みを、口許に漂わせた。

「帰国だけを願って、劣悪な環境でただひたすら、ひどい強制労働をさせられてきた抑留者の地獄を……。マイナス三十度にもなろうかという極寒の地で、黒パンと薄いコーリャンのスープしか与えられず、骨と皮だけになりながら奴隷のように働かされ続け、仲間は次々と死んでいった。密告のしあいで互いに疑心暗鬼になって……。優等生なアクチヴの薄ら寒いアジテーションを聞かされて、明日は自分が〝吊し上げ〟の標的になるんじゃないかって怯えて。……あの地獄に耐えるだけでも命を削られたのに、心まで削られて、帰国してからもあの仕打ち。何が自由の国だ。僕は心の底からアメリカが嫌いになりましたよ」

「それは……そうさせるだけのものを、おまえたちがみせたからじゃないのか」

「なんですって」

「おまえたち帰還者は、舞鶴の港に着くと何をした。笑顔で家族のもとに飛びこんでいくでもなく、無表情で共産主義を賛美する歌を歌い続けたじゃないか。日本を侮辱したり、待ち焦がれていた家族や友を冷たくあしらったり……。まるで人間の心をなくしちまったような有様だった。人が違ったような態度をとり続けるもんだから、こっちも疑ってかかったんだろうが」

「抑留者はね、共産主義者になりきったように振る舞わなければ、帰ることもできなかったんだ。終戦とともに易々と帰国できたあんたたちにはわからない」

「なにに」

「あっちで貪るように読んだ『日本新聞』に書かれてた日本の情報といえば、非道なアメリカに搾取され、奴隷化され、ひどい目に遭わされてる、なんて話ばかり。アメリカは人を腐敗させる人類の敵、ソ同盟（ソ連）こそが理想国家だと刷り込まれてきた」

「そりゃあわかってる。同情する。だが」

「あなたたちこそ米国から洗脳されてたことに気がつくべきじゃないですか。帰還者を差別して、偏見を助長して。そういう連中の足許で、あなたは働いていたわけですよね」

「！　……知っていたのか」

「あなたがGHQで働いてたことは風の噂で聞いてました。しかもG2の下部組織だなんて」

と道夫は侮蔑するように言った。

「……日本中を焼け野原にされたというのに、簡単にアメリカに乗り換えられる神経は、僕には理解できない。失礼します」

道夫は入江の腕を振り払おうとしたが、入江がそれを許さなかった。

「俺を侮蔑しようが別に構わない。日本を焼け野原にしたのはアメリカだが、復興に力を貸したのもアメリカだ」

「チョコレートをくばってですか。あなたのしてたことは『ギブミーチョコレート』と叫ぶ子供とどう違うんです」

「なんとでも言え。生きるためなら何でもしたさ。体のデカイ進駐軍のヤンキーどもが大手を振って歩く中で、無条件降伏した肩身の狭い日本人に何ができたっていうんだ。

喰(く)うものも住む家もない焼け野原で、何ができた」

「そうやって日本は米国の犬に成り下がったんだ！」

階段の途中で、ふたりは睨(にら)み合った。

道夫がこんなに感情を剥(む)き出しにするのは、これが初めてだった。

彼の中にあるアメリカへの嫌悪の深さに、入江は内心驚かされていたが、かろうじて冷静を保った。

「その米国嫌いなおまえが、なんで米国船籍の船なんかに乗ったんだ」

道夫は痛いところを衝(つ)かれたのか、答えに詰まった。

「………。接客業の斡旋(あっせん)業者が扱ってる船がたまたま米国船籍だったんですよ」

「本当にそれだけか」

「シベリア帰りはそうでなくても就職に不利だったんです。抑留者は赤化されてるなんていう偏見が蔓延(まんえん)していたおかげでね。こっちは仕事を選べもしなかった。その片棒を担いだのは、あなたたちでしょ」

「おまえがシベリア帰りなのと、この船に乗ってたことは、本当に何の因果関係もないのか」

「あるわけがない」

「CICのウォッチリストにAカテゴリーで載ったような奴が、非公開の新型エンジンが載る船なんかに、ノーチェックで乗ったっていうのか。だとしたら、船主たちは呆(あき)れた脇の甘さだな」

「僕を疑ってるんですね」

「そもそも、佐賀の弟であるおまえが、ただの偶然で乗ってるのはおかしい！」

だしぬけに衝撃とともに船が大きく揺れた。

ふたりとも大きくよろめいた。あやうく階段から転げ落ちそうになる道夫の体を、入江が受け留めた。「なんだ？」と辺りを見回すと、ガガガ……と何かが舷側をこするような金属音が響いて、再び耳障りな衝撃音が聞こえた。

船の挙動がおかしい。道夫が耳を澄まし、

「……抜錨した」

「え」

「揚錨機が錨を巻き上げている。まだ予定時間まで一時間もあるのに」

そういえば、先程から振動を感じる。新型エンジンの性能のおかげか、音も振動も少なく、タービン船にしては静粛性に優れたアグライア号だが、明らかに稼動し始めている。停止していた機関が動き出して、スタンバイ状態になっている。

「海上保安官の船内捜査が終わるまで抜錨はしないはずなのに。一体どうしたんだ」

もう終了したとは思えない。乗せたまま動き出したというのか。なぜ？

突然、階下から大きな悲鳴が上がった。

舷門のあるアッパーデッキのあたりだった。

立て続けに二発、パンパンという何かが破裂するような音が響いた。

ふたりにはそれが銃声だとすぐにわかった。悲鳴とも怒声ともつかぬものが立て続けに聞こえた。どちらからともなく床を蹴り、駆けつけようとした彼らの前に、階下から物々しい格好をした一団が駆け上がってきた。いずれも海上保安官の制服とは似ても似つかない、カーキ色の軍装をしている。ヘルメットをかぶり、手にした銃剣を、入江と道夫に突きつけてきた。

「手を上げて両膝をつけ！」

武装した男たちは、五、六名はいただろうか。銃を突きつけてきたひとりを残して、荒々しく階段を駆け上がっていく。

入江も道夫も、咄嗟のことで、状況が摑めなかった。何が何だか分からないうちに、銃剣を突きつけられた。引き金には指がかけられ、いつ発砲されてもおかしくない状態だ。入江も道夫も、何がどうなっているのかも分からず、両手を上げた。

「両手を頭の後ろで組んで、膝をつけ！」

わかった、従う、となだめるように言って、入江と道夫は頭の後ろで手を組み、膝をついた。

「君たちはなんだ。これはなんのつもりだ。海保の人間じゃないのか」

「質問は許さん。黙っていろ」

入江は道夫に視線を送った。明らかに海保の人間ではない。相手はひとり。倒すか？

と目で問いかけたが、道夫は首を横に振った。今は危ない。様子見を、と。

そうこうするうちに船が動き始めた。ついに前進を始めた。丸窓の向こうは濃霧だから、波の具合すらよく見えないが、微速前進から、やがて全速前進で、航進しはじめたのが船体の挙動から伝わってきた。

まずい事態になった。入江は歯噛(はが)みした。道夫も緊張からか険しい顔になっている。抜錨予定時刻を待たずに動き出した理由が、ふたりにはようやくわかったのだ。

すでに時遅し、だ。

ブリッジは恐らく制圧されている。抜錨は船長以外の誰かの指示だろう。

この船は——アグライア号は、乗っ取られたのだ。

*

入江と道夫は、近くにあった客室に押し込められてしまった。

客室の主はどこか別の場所にいるらしく、部屋にはいなかった。

他の乗客も皆、船室内に閉じ込められたらしい。悲鳴や怒声で騒然としていたのは、はじめのうちだけで、その後は一切、物音も声も絶えた。何発か発砲音も聞こえていたから、犠牲者も出ているかもしれない。他の乗員の安否もわからない。

廊下には見張りの武装兵が銃を構えて立っている。無断で外に出た者は殺す、と脅されていた。

　おかげで船内の状況は全くわからない。

　武装集団の正体も。

「……海保の船を奪ったんでしょうね」

　道夫がベッドに座り込んだまま、言った。

「乗船してきた時は、確かに海保の制服を着ていました。恐らく最初から保安官を装って、この船を乗っ取る計画だったんでしょう」

「ハイジャックってやつか……」

　全ては計画的な犯行だった。入江はドアにもたれて、ドアスコープから廊下を窺って いる。武装した見張りの手には小銃がある。

「一体どこの連中だ。あれだけ武装しているってことは、旧日本軍のはねっかえりか、反米の強硬派か？　この船が米国船籍だと知って、あんな暴挙を？」

「マンドリン」

　え？　と入江が道夫を振り返った。

「連中の中に短機関銃を持ってる奴がいた。ＰＰＳＨ―41。ジャムスでは、マンドリンと呼んでた。兵が持ってた小銃は、モシン・ナガン。どちらもソ連軍が大戦中に使ってた装備です」

　なんだって、と入江が大きな声をあげかけたので、道夫が「しっ」と指を立てた。入

江は口を押さえたが、それでも興奮を抑えられず、小声に力をこめ、

「ソ連軍の。ってことは」

「……尤も、装備的には古い。今はもう主力小銃もSKSかAK―47に切り替わってるから、お下がりかもしれませんね。どちらにしても……」

道夫の言おうとしている先を読み取って、入江はゴクリとつばを飲み込んだ。

「ソ連から武器供与を受けた工作員か……」

恐らく、と道夫もうなずいた。

「このアグライア号を狙ってたんでしょうね。初めから」

「馬鹿な。この船をどうする気だ」

「沈めるつもりなら、とっくにウラジオストクから潜水艦でも繰り出して、洋上で撃沈してるはずでしょう。だが、そうはしなかった。連中の目的は、この船を乗っ取ること」

「乗っ取ってどうすんだ。誘拐目的か。人質をとって船会社に身代金でも要求するつもりか」

さあね、と答えた道夫の目つきはますます鋭さを帯びている。

「亡命かもしれませんよ」

「船を乗っ取ってか」

「人質がみやげということもある」

いずれにせよ、と道夫は組んだ両手を、口許にあてた。

「全ては計画されてたことでしょうね。恐らく殺人事件が起きたのも計画の内。遺体をおろすために船が投錨するよう仕向けたんだ。海保の人間に化けて、船にあがる時を狙っていたんでしょう」

接舷した海保船からは、武装集団が乗り込んできた。

そういうことのようだ。

「ちょっと待て。それじゃ波照間教授が殺されたのも、祖父江社長が殺されたのも、みんな、このためだったっていうのか。この船を乗っ取るために」

道夫が「しっ」とたしなめたが、入江は止まらなかった。思わず道夫の胸ぐらを摑みあげ、

「仙台沖でおろす遺体が必要だったから殺されただなんて言うんじゃないだろうな！　だったら、動機なんか関係ねえ。誰でもよかったってことじゃねえのか！」

「……そうかもしれませんね」

と突き放すように道夫が言った。

「殺された被害者は、僕やあなたでも、おかしくなかったってことです」

「ふざけんな！」

入江はたまらず、壁に拳を叩きつけた。

「……そんなことのために殺されたっていうのか。波照間さんも祖父江さんも！　無差

別殺人だったっていうのか、悪魔が乗っているというのは……！」

こういう意味だったのか、と入江は肩を震わせた。

「段取りができていた。つまり、仲間が乗っていたってことです」

道夫は冷静だった。

「彼らを殺して、あの連中を手引きする工作員が」

「乗っ取りを手引きするための……工作員だと」

入江は呻くように言って、拳をもう一度壁にぶつけた。あまりにも後手後手すぎる。なぜ、もっと早く気づけなかったのか。〝マルヤ〟は何をしていたのか。なぜ突き止められなかった。

自分らが乗っていながら、みすみす暴挙を許してしまうとは。

入江は壁に背を張りつけたまま、ずり下がるようにしゃがみ、とうとう額を押さえてうなだれてしまった。

次々と起こる殺人にかき回され、兆候も摑めなかったことを悔いている。そんな入江を、道夫がじっと見つめている。入江は呪うように上目遣いに見つめ返した。

「……本当におまえじゃなかったのか」

──〝マルヤ〟は。

なんのことです？　と道夫が返した。なんでもない、と入江は投げやりに言った。

道夫は丸窓の向こうを振り返った。霧が物凄い速さで流れていく。かなりの速力だ。

全速前進（フル・アヘッド）に近いのではないか。

「この分では、ブリッジは完全に、連中の手に落ちてますね」

「……恐らくな」

マクレガー中佐が殺されたのも、彼が襲撃の邪魔になると認識されていたから、もしくは彼がすでに襲撃を察知していたからかもしれない、と入江は思った。

「相手は武装した工作員だ。見たところ、東洋人ばかりだが……」

日本語も流暢（りゅうちょう）だった。どう見ても日本人工作員だ。それこそ〝赤化された日本人〟の工作員のようだが、首謀者は誰なのか、どういう一団なのか。

「確かにこの船には現職大臣ら政府の要人も乗ってる。単純に身代金目的なのか。人質と引き替えに何かを要求するつもりか。意図が分からないと、安易には動けませんね」

乗員たちの安否が気にかかった。

児波大臣は船室にいるはず。江口親子やナギノ博士は。磯谷や汐留たちは……。

壁に手をつき、重い体を支えるようにして立ち上がった。道夫がベッドに腰掛けたまま、声をかけた。

「どうするんです」

「どうするもこうするも。取り返すしかねえだろう。この船を」

「奪還するんですか。僕たちで」

「ああ」

「無茶です」

道夫は冷静に断じた。

「さっき見ただけでも敵は五、六人はいた。あの時すでに船は動き出していたから、ブリッジの制圧には同じ数か、それ以上はいる。我々ふたりでは無理です。何より武器もない」

「こいつがある」

入江がジャケットの後ろを撥ね上げた。ベルトの背中側に隠していたのは拳銃だ。南方任務についていた頃から愛用しているブローニングの小型拳銃だった。船に乗り込む際に携行していた。工作員に銃を突き付けられた時、身体検査をされなかったのが幸いした。

「こいつで何とかする。後は敵から銃を奪えばいい」

「……。殺されますよ」

道夫が恐ろしく冷ややかな声で言った。だが手をこまねいてもいられない。

「乗客の無事が保証されてるわけじゃない。利用する値打ちがあるうちはいいが、そうでないなら、ただのお荷物だ。全員殺されかねん」

「無茶です。相手は武装してる。出方を見ておとなしくしてるべきです」

「いやなら、おまえはここに残れ。俺ひとりでやる」

そうでなくても、佐賀英夫のたったひとりの弟だ。巻き込むことに躊躇がないと言えば、嘘になる。彼が〝マルヤ〟ならばともかく、〝無関係な一市民〟である道夫をみすみす危険な目に遭わせるのは、気が咎めた。

「俺はおまえの死顔まで見たくない。兄貴の死顔だけで充分だ」

道夫は深いためいきをついて、首を横に振った。

「みすみす死にに行く人を、黙って見送ったりしたら、一生寝覚めが悪くなる……」

「道夫……」

「あなたひとりで何ができるって言うんです。一緒に行きますよ」

道夫は立ち上がって「……考えてみれば、僕も陸で待つ人間がいるわけでもない」と言い、首の蝶ネクタイを外した。

「行きましょう。入江さん」

スピーカーが金属の擦れるような音を発したのは、そのときだった。数回雑音が響いた後で、聞こえてきたのは、ホルンを思わせる中年男の低い声だった。

『ブリッジより本船の乗船者諸君に告ぐ。私の名は〝赤雹梯団〟代表・海原巌である。我々は、本日一五〇〇、本船の全権を掌握した』

入江と道夫の表情に緊張が走った。乗っ取りの首謀者に違いない。

やはりブリッジを制圧していたのだ。

海原巌と名乗った男は、声からすると年齢は三、四十代だろうか。腹の据わった太い声には、ある種の威厳すら備えていた。

『これより本船は目的地を変更し、ベーリング海峡を経て北極海に向かう。アルハンゲリスクを目的地とする』

入江と道夫は、顔を見合わせた。理解するのに暫時を要した。

アルハンゲリスク？

「白海に面した、ソ連の古い軍港です。鉄道一本でモスクワに直結してる」

「モスクワだと？　馬鹿な！」

ソビエト連邦の首都モスクワにも近い、主要港のひとつだ。ジャムスで情報収集局にいた道夫はさすがに詳しかった。

「外港であるモロトフスクには大きな工廠があります。軍艦や潜水艦を製造してる」

穏やかではない。

アグライア号の元々の航行予定は、函館に寄港しての横浜着だった。ほんの三泊四日のお披露目クルーズという名目だ。仮にアルハンゲリスクを目指すとなると、早くとも一週間……いや二週間はかかる。そんな遠方まで行ける燃料は積んでいない。

『諸君は、この船からおりることを許されない。日本及び米国政府に対する人質として、航海を共にしてもらう。何かと不自由を強いることになるだろうが、抵抗しなければ命までは奪わない。各デッキの担当兵の指示に従い、船内生活を規則正しく送っていただきたい』

なにを言ってやがる、と入江はスピーカーにくってかかった。

「ふざけるな！　勝手にひとを人質になんかしやがって……！　こんなこと黙ってられるか」

「入江さん」

「取り返してやる。おまえらなんか全員、海に投げ込んでやるからな！」

むろん一方通行だ。放送は終わっていた。

くそったれ、と叫んで、入江は手近にあった枕をスピーカーに投げつけた。

敵への怒りというよりも、こんなにも易々と乗っ取りを許してしまった自分への憤りだった。連続殺人ばかりに気を取られて、その先にある危機に対して全く無防備だった自分の無能さに苛立っていた。様々な形で兆候はあったはずだ。波照間の血文字、マクレガー中佐の死……なぜ気づかなかった。

「存外、自分を責めるんですね。起こってしまったことはどうしようもない。それより作戦を練りましょう」

道夫は驚くほど冷静だ。不利な状況に陥った時ほど、自分の感情を後回しにしてしまえるところは、兄の英夫譲りだと入江は感じた。上目遣いで宙を睨む目つきも、驚くほどよく似ていて、入江はどきりとした。

「赤雹梯団の代表者は、乗客は日本と米国政府への人質だと明言していました。要求の中身までは告げなかったが、ただの身代金目的なら、わざわざ遠方まで航海する必要があるとも思えない」

「やはり亡命の楯か」

「亡命したいだけなら、アルハンゲリスクは目的地として遠すぎます」

「確かに、ウラジオストクかビルチンスクあたりで充分なはずだ。それに乗員乗客のほとんどは日本人だ。だが、要求相手には米国政府も含まれていた」

「人質には日本の現職大臣がいるわけですからね。日本政府は動かざるを得ないだろうが、それを理由に米国も動いてくれるかというと、……なんとも言えませんね。薄情な連中だから、知らなかったふりを通すかもしれない」

「だが、船は米国のもんだ。米国人だって乗ってる」

「優秀な頭脳もね」

入江はソファに腰掛け、くそったれ、と毒づいた。

「よりにもよって、ピカピカの新型エンジンが載った船を襲うとは。連中はどこまで知ってたんだ」

「新型の中身はともかく、そのお披露目で現職大臣や大企業のトップが揃うことは把握してたでしょうね。要人を一度に大勢、人質にとれる。効率もよかったんでしょう」

道夫は腕組みをして壁にもたれた。

「対策一。人質を船外へ脱出させる。船をどこかに寄港させて、人質をおろすか。もしくは救命艇を用いるか。……あまり現実的とは言えませんね。燃料補給で寄港するのを狙うか」

「あとはブリッジか」

「武装集団に制圧されてるブリッジを、たったふたりで奪還するのは、困難です。それに敵が持ち込んだ火器の量が分からない。短機関銃が厄介だ。小銃だけならともかく、あれをブン回されたら太刀打ちできない。弾がどれだけ持ち込まれているのか」

ボートなどではなく巡視船を使っていたから、かなりの量を持ち込めたはずだ。

「船内図は描けるか」

道夫は机の引き出しから専用便せんを取りだし、図を描き始めた。さすがジャムスでも偵察スケッチをしていただけのことはある。要領よく各デッキの平面図を描ききり、全客室に乗客名も書き込んでいった。記憶力に優れる道夫は全て把握している。

操舵室は最上部最前方にある。ウィングと呼ばれる両舷への張り出し部分があり、そこに至る階段は、ボートデッキの両舷側屋外にある。そのあたりは朝方、操舵室を訪れたので入江も記憶している。むろん最も警備が厚い場所だろう。上がり口が限られているので守りやすい。ここに短機関銃が据えられていたら、手も足も出ない。強襲すれば、あっという間に蜂の巣だ。

「救援要請が先か。無線室は」

「ナビゲーション・ブリッジの船尾側です。煙突を挟んで後方に」

無線室が階下にあれば、あるいは先にそこを押さえて、外部に救援を求めることもできる。しかしアグライア号では操舵室と同じデッキにあった。

「やりづらいな」

「あとは旗か」

「マストに掲げる前に射殺されるのがオチだろうな」

「……入江さん。もしかしたら、別の手があるかも」

「なに」

「制御室です」

と道夫が言った。

「この船には、新型エンジンを運用するための制御室があって、遠隔操作できるんです」

「なんだって。遠隔操作……？」

主機関は船の腹部、中央に据えられている。機関士たちの働く場である機関室とその隣にある、ボイラー室。制御室は、それら推進機関を一括でコントロールできるのだという。

遠隔操作できる新型エンジンなるものは、制御方法も最新鋭であるらしい。

「たぶん、連中は真っ先に、操舵室と機関室を制圧するでしょう。が、制御室には気づいていないかもしれない」

「この船の仕組みを知る者しか把握してないってことか」

「はい。ただ制御室は、部外者一切立入禁止なので、僕も内部について詳しくは……。

この船は何もかも特殊なんです。機関室の隣にあるボイラー室がやたらと厳重で、この船のブラックボックスのようになってるんです。上甲板から下は秘密が多く、我々従業員ですら、容易には近付くことができない構造になってます。……だが、そこを先に押さえることができれば」

「制御室を押さえれば、対抗できる……か」

操舵室から指示があっても船は動かない。

船の足さえ止めてしまえば、彼らの目的は果たせない。時間稼ぎにもなる。

「ですが、すでに掌握されてたらお手上げですね……」

敵は「この船が積んでいる新型エンジン」のことをどこまで把握しているのか。

それとも亡命のために手に入れた船がたまたま「新型船」だっただけなのか。

「……。少なくとも手引き役が乗っていたわけだからな」

潜伏者(スリーパー)は乗組員(クルー)か。あるいは乗客か……。

「逆に言えば、誰もが潜伏者である可能性がある。船内の人間は誰も信用ならない。とんだゲームだな」

制御室がどんなに厳重であっても、力ずくで破られてしまえば、意味がない。立て籠(こ)もったとしても火器でこじあけられてしまえば、それまでだ。

「とにかく外の状況を摑(つか)まんことには」

入江はもう一度、ドアスコープから外を見た。

他の乗客たちの安否も気になる。

「力になりそうな奴は他にいませんか」

「他にか……」

入江の頭に浮かんだのは、あの鮫島だ。醍醐万作の護衛だという。民間護衛を務めるくらいだ。ある程度は訓練を受けているだろうし、あの男なら船奪還の戦力として頼もしい。

だが得体の知れない男だ。佐賀道夫を警戒しろ、と入江に忠告したのはあの男だった。

入江は鮫島のことを道夫に話した。醍醐万作の護衛の男と聞いて、道夫はすぐに理解した。ただならぬ暗い殺気を備えた男だったから、道夫にも徒者でないことは察せられていたのだろう。その鮫島がＣＩＣのウォッチリストを知っていたことも打ち明けた。

すると、道夫が意外な反応を見せた。

「待ってください。鮫島……？　もしかして鮫島というのは、軍事資料部の鮫島克己ですか」

え？　と入江も目を剝いた。

「軍事資料部……確か、陸軍の防諜専門の」

戦中、陸軍大臣直属で、その存在は秘密とされた防諜組織のことだ。敵方からの諜報や謀略に対抗することを任務としていた。国内の反戦主義者や和平派の政治家・官僚・文化人などを監視していたとされている。

その秘密機関の存在は、入江も知っていた。表向きは兵務局分室。暗号名ヤマ。

「牛込の人間だったのか」

当時、本部は牛込の陸軍軍医学校の敷地内にあった。中野学校の卒業生も、多く所属していた。

「牛込の鮫島といえば、戊班（スパイの謀殺を任務としていた）の〝人食い鮫〟などと言われてた男です。中野出身者の中でも、最も暗殺術に長けていた諜報員だったと……」

「俺も聞いたことがある。そういや、確か片目を敵に潰されたとか」

「爆薬入りの義眼を作らせたって噂です」

「牛込の鮫島……。あいつが」

入江の後輩だ。尤も、社会人経験者が入校することもあるので、年齢は関係ない。入江や道夫たちは海外任務だったため、一度も顔を合わせることはなかった。非情で知られた男で、戦中は次々とスパイ容疑者を手に掛けてきたというが、中には根拠に乏しい容疑者もいたようで、行き過ぎという批判も出た。手段を選ばないラフな仕事ぶりが、一度食らいついたら喰い殺すまで離さない「鮫」にたとえられた。

「終戦前日の宮中クーデター（陸軍省の将校が、玉音放送の録音盤を奪取するために皇居内で起こしたクーデター未遂事件）にも一枚嚙んでたって噂も聞きます。根っからの愛国好戦派ですよ」

さもありなん、と入江は思った。あの爬虫類を思わせる目つき、体の底に暗く冷たい気配を漂わせていた。冴えた日本刀の刃を見る時の、あのどこか寒々しい心地だ。殺気を常に潜ませている者のにおいがした。

「……しかし、そんな男が醍醐万作の身辺警護をやってたなんて」

「醍醐万作といえば、占領中から米国にはべったりだったそうじゃないですか。尤も新聞屋の現場は、検閲で骨抜きにされてたし、ＧＨＱにいい顔をしなければ生き残っていけなかったでしょうから」

「それを言うなら、戦前も戦中も一緒だ。大手新聞社なんて、みんな、権力に都合のいい優等生ってやつだったからな」

元新聞記者の磯谷の気持ちは、入江にもわかる気がした。戦前戦中は軍部のプロパガンダ部隊と化し、戦後はＧＨＱの機関紙と化した新聞にほとほと嫌気が差したというのも、無理からぬことだった。

「あの鮫島がＧＨＱに出入りしてたというのは初耳だが、牛込の人食い鮫も、戦後は仕事を選んでられなかったってところか……」

「その鮫島ですが」

と、道夫が目つきを鋭くした。

「潜伏者である可能性は」

「なに」

入江は一瞬、言葉に詰まった。

馬鹿な、と声を絞り出した。

「ソ連の手先だというのか？　少なくともＣＩＣのウォッチリストを把握できる立場にいた男だぞ」

「ウォッチリストを閲覧できたから米国側とは限りません。むしろ逆では」

鮫島自身がソ連側に属する者だったからこそ、ウォッチリストを見る必要があったのではないか、と道夫は言う。確かにかつては強硬な反米派だったようだが。

「ＣＩＣは中野学校の出身者へのチェックが厳しかったというが」

終戦後、中野出身者には、反米者として警戒された時期があった。日本占領に反抗し、クーデターを起こす恐れがあったからだ。実際、皇統護持工作やマッカーサー暗殺計画なども企図されており、中野学校出身者にはこれに加わる者もいたという。

尤も、それらはあくまで日本国民としての愛国精神と矜持から生まれた反米行動であり、共産主義とは一線を画すものであったはずだ。

「赤いスパイと相容れるとはとても思えんが……」

「敵の敵は味方とも言いますよ」

「それが占領中ならな。だが、すでに占領は終わって、日本は日本を取り戻した」

「……。はずですがね」

道夫は納得してはいないようだった。鮫島にすこぶる警戒している。

無理もない。彼はスパイ容疑をかけられたのだ。ＣＩＣのウォッチリスト入りしていた過去を根拠に。

とはいえ、鮫島が手引き役でないなら、これほど心強い味方も他にない。同じ中野学校で学んだ諜報員同士、少人数での敵の制圧方法も心得ているはずだ。たったふたりでは心許ないが、三人目がいれば、成功の可能性はぐんと高まる。

どうなんだ、と入江は自分に問いかけた。鮫島が敵かどうか。自分の直感はどうジャッジしているのか。

あいつが波照間の言う〝悪魔〟なのか。それとも――。

「僕はあなたに従いますよ。入江さん」

道夫がシャツの第一ボタンを外しながら、言った。

「但し、鮫島にスパイの確証を得た時は躊躇なく殺害します。それでもいいなら」

「道夫」

「このデッキの見張りは、ふたりですね。たぶん、左舷側にもうひとり」

ドアスコープから廊下を見て、道夫は言った。「装備は小銃、恐らく拳銃も」

見張りが身につけているチェストリグには両方の弾倉を備え、個々の装備は決して軽くはない。腰には手榴弾を下げているところまで確認した。

「船を目的地まで持っていくつもりなら、派手な破壊はしないはずだが」

「……航行に支障のない範囲でなら使用する可能性もありますが、船内火災の恐れもありますし、恐らくは使わないでしょう。でも作戦に失敗した時は、容赦なく船を沈めにかかるはずでしょうから。……ただし、それは最終手段」

「まずは武器を奪うこと。ひとりずつ確実に仕留める、か。いいだろう。って、何してる」

道夫が客室の中を物色している。客のカバンも開けて、中のものを取りだしている。

「丸腰ではなんですから。何か武器になりそうなものを……」

手にとったのは、煙草とひげ剃り用の折りたたみ式剃刀とヘアトニックの瓶だ。瓶は尻ポケットにねじこみ、剃刀は靴下に隠した。それと傘。

「できるだけリーチが長いものを、と思って」

「あるものは全て使え、か。いい心がけだ」

入江は小型拳銃を握り、道夫は十徳ナイフを掌にしのばせた。

段取りを整え、ふたりは細くドアを開けた。見張りは廊下の突き当たりに立っているが、時折、廊下を往復して、各部屋に異状がないか、耳をそばだてている。こちらに近付いてくる時が、決行の時だった。

ふたりはドアの前に立った。見張りがドアの前を過ぎ、突き当たりまで行って振り返る頃を見計らって、ゆっくりとドアを開けた。ありったけの煙草に、あらかじめ火を点けておき、その煙をドアの隙間から廊下へと流した。

見張りが気がついた。煙草にしては煙の量が多かったので、怪訝に思ったのだろう。

銃を構えて中を覗き込んだ。だが、室内には誰もいない。その時だった。ドアの陰から手が伸びて、見張りの顔をめがけてヘアトニックをぶちまけた。液体が目に入って怯んだところに、ふたりが両脇から躍りかかった。

入江はかがんだ姿勢から銃身を下から勢いよく持ち上げ、見張りが姿勢を崩したところへ、すかさず道夫が膝裏へ足刀を入れて膝を床につかせた。首根っこを後ろから摑んで力いっぱい床へと押さえ込み、肺を圧迫して声も封じた。その時には、入江が銃を取り上げている。

ドアを閉めた。船室のドアは船の揺れで簡単に閉まらないよう、比較的重く作られている。

それが音を遮蔽するのにも役だった。

見張りの体をベッドシーツでぐるぐる巻きにして拘束した。まだ二十代とおぼしき若い兵だ。あばた面が木訥とした印象だが、目は血走っている。ヘアトニックのせいではない。

道夫を見た途端、あからさまに顔が引きつった。

「あんた、まさか……っ」

「さて」

入江は拳銃の銃口を、男の顎下につきつけた。

「……色々聞かせてもらおうかな」

Ｇ２の下部組織にいた頃から尋問には自信のある入江だったが、昔取った杵柄を発揮する前にゲームオーバーになった。

＊

死人に口なしとは、このことだ。

せっかく捕らえた犯行グループの男は、だが、尋問を始めて間もなく息絶えた。自決用の毒を襟の内側に仕込んでいたらしい。敵に情報を漏らす前に、自決するよう訓練されていたのだ。

この船上で、四人目の死者だ。

道夫は冷徹だった。死んだ男から戦闘服を剝ぎ取り、自らが着込んだ。身分証のようなものはないかと所持品を探ったが、何も出てこない。用心深いものだ。

「入江さん、これを」

チェストリグの中に、船内図を発見した。

「一般配置図ってやつか。改造後のだな」

図面の端に佐世保の造船所を示すマークが入っている。そこから流出したようだ。

入江たちのような生粋の工作員なら、そもそもこんな図面は持たない。事前に頭の中へしっかり叩き込んでおくものだからだ。道夫が船内図を確認して、

「……制御室が空白になってますね。やはり彼らは知らないのでは」

「だったら、好都合。行くぞ」

ふたりは廊下に出た。

念のため人質を連行するフリをして、入江が先を歩き、道夫はその背中に銃をつきつけるポーズをとった。階段口まで出たところで、新たな赤霓梯団員と鉢合わせた。

見ると、銃をつきつけながら連れてきたのは、ナギノ博士ではないか。

新型エンジンの開発者ナギノ博士だ。

「おい、待て」

道夫がすかさず声をかけた。「その男をどこに連れていく」

その言い方があまりに堂に入っていたからか。団員は、道夫を見て、驚いたように敬礼した。

「う、海原団長の指示で、ブリッジに連れていきます」

「そうか。なら俺がこの男と共に連れていく。貴様は持ち場に戻れ」

「その人は誰です」

「技術者だ。この船の」

団員はナギノを引き渡した。

道夫は、ナギノをブリッジに連れていくふりをして、その途中にある暗室へと連れ込んだ。幸い誰も見てはいなかった。ナギノはようやくそれが道夫だと気がついた。

「大丈夫ですか。博士」

「君は佐賀くんか。どうしたんだ。そんな格好をして。まさか君も」

「いえ。この格好は単に敵の目を欺くためです」

写真現像のための赤いランプの下にしゃがみこんで、入江たちは経緯を話した。ナギノは〝乗っ取り〟という事態に激しく動揺していた。

「……では、あれはやはりソビエトへの亡命者なのか。我々を人質にとって何かを要求するつもりで」

「亡命者かどうかはわかりません。とにかくなんとか人質を救出し、乗っ取りを失敗させたいのです」

入江が身を乗り出して言った。

「他の乗客はどうなってますか」

「ああ。醍醐氏や江口議員ら、主要な客はみんな、ボートデッキの一等喫煙室で会合をしている最中だったから、今もそこだろう。私も参加する予定だったが、資料を取りに部屋へ戻ったところで騒ぎに遭った」

だから入江たちと同じ一階下のプロムナードデッキにいたらしい。

となると醍醐万作らは今も全員、一等喫煙室で監禁中ということか。たまたま、ひとつの場所に集まっているところを狙われたのか。それとも誰かの手引きがあったのか。いずれにしても人質を管理する側にはやりやすい。

「一等喫煙室……。操舵室の真下だな。場所が近いから敵も人員を分散させないで済む。となるとやはりブリッジ付近は鉄壁の守りになってるだろうな」

陣容を想像して入江が言った。ナギノは「なんてことだ」と頭を抱えている。ようやくできた新型エンジンの積まれた船がこんな形で乗っ取りを許すなど、考えてもみなかったろう。しかも相手は米国の仮想敵だ。ソ連の手先と思われる。

「あんな連中に乗っ取られるくらいなら、いっそこの船を沈めてしまってくれ！」

動揺のあまり自暴自棄になるナギノを、入江がなだめた。

「落ちついて。連中をどうにか制圧できる方法を考えます」

「無理だ。武装したテロリストに君らだけでどうにかなるとでも思ってるのか！」

「最善は尽くします。ですから」

入江はナギノの肩を強く摑んで訴えた。

「博士の力を貸してください。あなたなら、この船の全てを知っているはず。協力してください」

第四章　スリーパーは踊る

ナギノ博士は、容易には新型エンジンの正体を明かそうとはしなかった。

米国で極秘開発され、その試験運航に本国の船を用いず、日本の中古船を使うほどだ。そもそもアグライア号の誕生自体、異例尽くしであり、最終仕様書の内容も鵜呑みにしていいものか、分からない。この船は、船自体が〝密謀〟である可能性さえある。

ナギノ博士の慎重な口振りからも、それは窺えた。

「この船に搭載されている新型の主推進機関は〝特殊ボイラー〟を備えた蒸気タービン機関だ。その〝特殊ボイラー〟の管理をするのが制御室だが、それ以上の詳細は言えない」

黒いカーテンで仕切られた暗室の、赤いランプの下で、ナギノ博士は声を抑えて語った。

入江は頭の中で〝特殊ボイラー〟という言葉を反芻した。

「……もしかして、この船の煙突から煙が出ていないのは〝特殊ボイラー〟だから?」

「その通りだ。この船は燃焼排気ガスを出さない。更にいえば、燃料を燃焼するのに吸気する必要がない」

入江は思わず道夫と顔を見合わせた。空気もいらないボイラーだと？　あり得るのか？

ナギノは青白い顔で、両手を組んだ。

「もっと言えば、補給燃料すら要らない」

「なんですって」

「この船に積んであるのは、補助ボイラーでの運転時に使う最低限の油だけだ。主機関での航行中は、油を使わない。だから燃料の補給も必要ない。一度海に出れば、何年も無補給で航行できる。どこの港に寄港することもなく、どんな遠隔の目的地までも行けるということだ」

何年も補給が要らない船……。この船がそうだと言うのか。一体どんな技術を用いれば、そんなことが可能なのだろう。海水を燃料にでもしているというのか。

その気になれば、延々と航行し続けられる。必要な補給といえば乗員の生活物資のみで、それさえまかなえるのであれば、どこの港にも寄港せず、地球を回り続けることさえ可能だという。それは、つまり寄港予定を無視した難ルートをいくらでも開拓できるということだ。

「そんな夢みたいな話が本当に……」

と言いかけて、入江は児波通産大臣の言葉を思い出した。

この船は、未来の船だ。資源もないこの国の繁栄の鍵となる。

あの言葉は「資源を必要としない」新しい技術がここにある、という意味なのか。

「……確かに、日本の経済発展にとって一番の障害は何かと言えば、資源のなさだ。資源がないゆえに、それを求めてわざわざ海の向こうまで出て行かねばならなかった。そしてあの戦争に繋(つな)がった」

資源不足に陥った戦争末期には〝油の一滴は人間の血よりも尊い〟が合言葉だった。

占領中、入江たちはアメリカから圧倒的な物量の差を見せつけられ、国力ですでに負けていたことを嫌でも痛感しなければならなかった。この国に一番乏しいものは何かと問われたら、資源だという他はない。そのために道を誤ったとも言える。

充分な資源に恵まれていたならば、大陸で自らの分を越えた振る舞いをすることもなく、遥(はる)か南方資源地帯まで兵を送り出すこともなかったかもしれない。

「この船が未来だというのは、そういう意味なんですか」

「今はまだあくまで船用に留(とど)まっている技術だが、汎用(はんよう)性はすこぶる高い。いや、むしろ陸上でこそ大きな力を生み出すことになるだろう。この新しい技術は必ず産業を変える。社会を変える。人類の未来を変える。私はそう信じている」

「……ですが、波照間教授は批判していましたね」

道夫が口をはさんだ。

「危険性のほうが大きいって」

やけに攻撃的な口調に、入江は少し驚いた。

「その新しい技術は、本当に〝夢の技術〟なんですか。本当に〝未来〟を作れるんですか。〝未来〟を破壊するものになるのではありませんか」

いつもは一歩引いたところから物事を眺めているような道夫が、いやにつっかかっていくものだから、入江は違和感すら覚えたほどだ。

道夫は目に力をこめると、重たい一重まぶたが二重になり、別人のように眼光鋭くなる。

「おい、道夫？」

ナギノはじっとそれを受け止めて、答えた。

「――新たな荒野に踏み出す時、君のように行く手を危ぶむのは、人間のごく自然な感情だ。だから波照間の懸念を否定はしない。だが危ぶんでばかりでは、人も社会も技術も、新しい段階へのブレークスルーは決してなし得ない」

「そうやって、あなたたち米国が手にしたものが、この国に何をもたらしたのか。忘れたとは言わせない」

強い怒りを滲ませる道夫の、その横顔を赤ランプが不穏に照らしていた。ただ単に〝米国嫌い〟というだけでは説明できない根深い情念を、入江は感じ取った。その一言に込められていたのは嫌悪などと生易しいものではない。怨念、に近いものがある。

もしや道夫は、この船の正体を知っているのでは……、と内心疑ったほどだ。

だが、ここでナギノと討論させている場合ではない。入江は道夫をたしなめるようにして間に入った。

「議論は後でゆっくりやれ。ともかく今は連中をなんとかしないと。このまま人質にされて北極海縦断なんて冗談じゃないからな」

「仕留めますか。ひとりずつ」

道夫が冷徹に小銃を持ち上げた。

「いや、できるだけ生かして情報を得るのが先だ」

「さっきのように自決されるだけでは？　危険を冒すより仕留めた方が確実です」

道夫の印象が変わったと入江は感じた。ジャムスの任務では〝偵察スケッチ〟が本業だったというが、武器の扱い方といい無駄のない格闘術といい、本当は実戦経験のほうが多いのではないか。

入江たちはナギノ博士に〝制御室の制圧〟を提案した。ナギノの専門は新型エンジンであり、船そのものに精通しているわけではなかったが、エンジン回りについては彼の助言なしには行動できない。ナギノ自身、この状況に強い危機感を抱いていた。操舵室（そうだ）のことよりも、やはり制御室がどうなっているかが気がかりであるようだった。

「このアグライア号に搭載している新型船用炉は、まだ世界のどこも実用化してはいない技術だ。誰にでも扱えるものではない。君たちに協力しよう。但し」

ナギノはひとつ条件をつけた。

「制御室ではむやみな武器の使用は厳禁だ。精密機器がひしめいている。そのどれかが機能しなくなっただけで、大事故に繋がりかねない」

博士の厳重な物言いに、入江は内心緊張した。

「制御室およびボイラー室内では、一切火器を使わないと約束できるなら」

「もし使用した場合は……？」

「その後に起こることに責任がもてない」

入江と道夫は、再び顔を見合わせた。何かただならぬものを感じたが、お互い口にはしなかった。わかりました、と承諾した。

「ともかく入江さん。行きましょう」

「ああ。敵が何人いるかも定かでない状況だ。手探りになるが、地道に行くか」

三人は暗室を出た。

＊

濃霧の中、抜錨したアグライア号は仙台湾を東に針路をとった。

鉈の刃のような舳先で濃霧を切り裂きながら、速力をあげて太平洋の沖へと向かっている。

晴れていれば、金華山が左舷に見えるはずだ。

針路二十。むろん視界不良のため、乗っている入江たちにはどこに向かっているかもさだかでない。わかるのは、この船が今から遥か北の海へと向かうということだ。

銃声が聞こえたのは、見張り兵を二名倒して銃を奪ってから、間もなくのことだった。近くはなかったが、入江たちの耳にははっきり聞こえた。一階下のアッパーデッキだ。乗客もしくは乗組員が撃たれたのかもしれない。

「博士はこちらに隠れていてください。安全を確認したら迎えにきます」

使用されていない洗濯室にナギノを隠し、ふたりは従業員用階段で、階下へ向かった。銃を構える道夫を先頭に廊下を進んだ。くぐもった銃声とともに銃弾が耳元をかすめたのは、そのときだ。思わず廊下の角に身を潜めた。再び銃弾が壁にはねた。すかさず道夫が応戦した。

「……あそこ、死んだ祖父江社長の客室です」

「なんだと」

道夫は赤雹梯団の戦闘服を纏っている。気づいた入江が道夫の肩を摑み「撃つな」と止めた。わずかに顔を出し、撃ってきた相手を一瞬で確認した。……あれは。

「待て、撃つな！」

廊下の先に向けて、入江が怒鳴った。

「俺だ！　入江だ、鮫島！」

銃撃がやんだ。声でこちらを認識したのだろう。「入江か」と返事が聞こえた。

「一緒にいるのは佐賀くんだ。敵の装束で欺騙してる。危害は加えん」

入江が丸腰で廊下へと出ていった。道夫は敵の狙撃に備えてなおも銃を構えていたが、入江に言われて銃口を下げた。応じるように、ようやくドア陰から黒スーツの眼帯男が現れた。

鮫島克己だ。

醍醐万作のボディガードだった。

小銃を手にしている。敵から奪ったらしい。部屋を覗き込むと、頭から血を流した犯行グループの男がひとり、倒れている。ぴくりとも動かない。

「……殺したのか」

「テロリスト相手に容赦はしないよう訓練されてる」

鮫島は無表情だ。青白い顔に黒い眼帯、深く窪んだ眼窩。後ろに撫でつけた髪から、一房、前髪が落ちている。それ以外は着衣に乱れもない。

「ここで何をしてた。鮫島。醍醐たちと一緒だったのでは？」

「医務室でマクレガー中佐の遺体検分に立ち会っていた」

階下での騒ぎを聞きつけて、犯人グループには見つからぬよう抜けだし、醍醐たちとは別の部屋に隠れて状況を窺っていたという。見れば、襟元が赤く血に染まっている。見張りと揉み合いになり殴打された痕だ。側頭部の髪が血で濡れている。見かけ以上にタフな男だ。

入江はこちらの経緯も伝えた。

「……海保の船から乗り込んできたようだが、敵の正確な人数がわからん。だが、ブリッジを占拠したとなると、相応の人数が」

「五人だ」

え？　と入江は聞き返した。

「海保の船から乗り込んできたのは、五人だけだ。窓から確認した」

鮫島が隠れていた船室からは、舷門が見える。乗り移ってきたのは、たった五人だった。

「どういうことだ。そのうちのひとりは、俺たちを監禁した。残り四人でブリッジどころか船丸ごと占拠したというのか。いくらなんでも少なすぎやしないか」

入江さん、と道夫が鋭く声を発した。彼は足許（あしもと）にしゃがみこんで、鮫島が倒したテロリストの顔を確認していた。道夫は緊迫した口調で、

「この男、キャビンボーイの下田（しもだ）です」

「キャビンボーイだと？」

入江も死んだ男の顔を覗き込んだ。どこかで見た顔だと思ったら、昨日のディナーで入江たちのテーブルを担当したボーイではないか。純朴な好青年だった。言葉にやや東北訛（なま）りがあって、はにかむように笑う顔が、どことはなしに懐かしかった。

「なぜ……」

「蜂起したのだ」

と、鮫島が醒めた声で言った。

「テロリストたちは元からこの船に乗り込んでいた。海保船から五人が乗り込むのを合図に〝潜伏者〟どもが一斉蜂起したということだ」

「なん……だと……っ」

足許にいるこの男が証拠だった。外部から乗り込んできたのは、ごく一部に過ぎない。すでに犯行グループの仲間は、最初から何人もそれぞれ正体を隠して乗り込んでいたに違いない。

確かにそうでなければ、説明がつかない。この船には乗組員も合わせれば、百名以上が乗っている。しかも一ヵ所ではなく、広い船内に散らばっている。操舵室の占拠だけならば、確かに数名でも可能かもしれないが、ナギノ博士の証言からしても、十名以上は確実にいる。

このキャビンボーイのような〝潜伏者〟が蜂起したのだとすると、一体この船には全部で何人の仲間が乗っているか、見当もつかない。

「そいつらが蜂起して操舵室も制圧したというのか」

「尤も、制圧すら必要なかったかもしれない」

と鮫島は吊り上がった目をますます細くした。

「ブリッジの連中自体が、犯行グループの一味だった、というならな」

「馬鹿な……！　航海士が敵の仲間だっていうのか！」

鮫島は船首のほうへと視線をやりながら、言った。

「操舵室の状況を確認できたわけではないが、突入・制圧したにしては静かすぎる」

関係者以外、出入りはできない。

特殊な新型船であるアグライア号は、セキュリティも厳しい。部外者が簡単には立ち入れないようにしてあり、風防ガラスは防弾仕様となっていた。実際、入江が道夫と共に操舵室を訪れた際も、事前にボディチェックをされたほどの厳重さだった（その時はまだ拳銃はカバンの中だったので取り上げられずに済んだ）。

その操舵室を、容易に部外者と分かる者が占拠するとしたら、余程の力ずくでなければ不可能ではないか。だが派手な銃撃音などもなかったところからすると、やはり関係者が手引きをしたと見て間違いない、と鮫島は言った。

「航海士か操舵手に〝潜伏者〟がいたとみるのが自然だ」

操舵室内で、その〝潜伏者〟が蜂起したとするなら、それは誰だ。

当直は、ゼロヨン・ワッチ（十二時から十六時の当直）。二等航海士と操舵手である甲板員がいるはずだ。しかし、投錨の後だったから、手薄だったかもしれない。操舵室にどういう顔ぶれが残っていたかは分からない。

鮫島が胸ポケットから一枚の白黒写真を取りだした。

その顔写真は、船長の松尾航一郎だった。

「松尾氏は戦時中、アリューシャン方面に赴いた輸送船の一等航海士だった……」

入江は道夫と顔を見合わせ、鮫島に訊ねた。

「その輸送船というのは、アグライア号の前身の姉妹船のことか。確か『さんちあご丸』と」

「ああ、それだ。その船がアッツ島沖の海戦で、触雷して沈没。松尾氏は漂流中、米国艦船に救出されて捕虜となり、その後、米国の収容所に送られた。以後、情報提供者となり、米軍に協力することと引き替えに米国籍を得ている」

「米国籍を？」

「ああ。この船の船長に松尾氏が選ばれたのも、かつての姉妹船で一等航海士を務めた経験を買われたんだろう。だが、問題はこの船じゃない」

鮫島は相変わらず冷たい半眼で言った。

「松尾船長が収監されてた米国の収容所だ。そこからソ連側のスパイが数名出てる。松尾氏が収監されていた時期と重なる」

「松尾船長が犯行グループに関わっていると言いたいのか」

すると、死んだ下田の遺体を悼むように見下ろしていた道夫が、しゃがんだ姿勢のまこちらを見上げて問いかけてきた。

「なんで、あんたが船長の経歴まで知ってるんです。鮫島さん」

「私は醍醐万作のボディガードだ。乗り込む船が安全かどうか、乗員のプロフィールも調べている。もちろん君の経歴もね」

道夫は黙り込んでしまう。

鮫島が道夫を一瞥して「入江くん」と咎めるように呼んだ。

「なぜ彼を連れてきた。君は私の忠告を聞かなかったのか」

——佐賀道夫には気を付けろ。

入江は注意深く鮫島の言葉を反芻した。道夫が目で訴えてくる。僕はスパイなんかじゃない、信じてくれ、と。

「ウォッチリストに載ったというだけで、スパイ容疑とは。さすが牛込の人間は用心深いもんだな」

「……ほう？　私はどうやら有名人のようだ」

「こいつは俺の相棒だ。道夫を信じる」

てらいもなく言い切った入江の言葉に、驚いたのは、鮫島ではなく、道夫のほうだった。「相棒」という言い回しが意外だったのだろう。

「入江さん……」

「ふん。何もわかっていないな、入江秀作。ウォッチリストに載った理由こそが問題だというのに」

なに、と入江は気色ばんだ。鮫島は冷ややかに道夫へ向かい、

「抑留時代の評判は、すこぶる悪かったそうじゃないか。佐賀道夫」

「なんの話です」

「ライチハの炭鉱では、ソ連側への情報提供者だったと聞いた。請われるままに日本軍の内情をべらべら喋り、そのせいで酷い尋問を受けさせられた日本兵が何人もいたそうじゃないか。ちょっと通訳ができたからと、敵将校に取り入って、厚遇を得たと。ずるがしこいヤツだと。……同じ収容所の連中は、皆、貴様を軽蔑してたと聞くぞ」

「本当なのか。道夫」

入江は「まさか」と思い、道夫を見た。道夫は気まずげに目をそらした。

「……」

「道夫」

「事実ですよ。入江さん」

道夫は苦々しそうに答えた。

「あんな劣悪なところ、一日も早くオサラバしてしまいたかった。帰国をちらつかせるのが奴らの常套手段ですからね」

「仲間を売ったのか」

「売ったんじゃない。本当のことを話しただけだ。生き延びるためです。生きて帰るためです。シベリアじゃおんなじ日本人だって、信用ならなかったんだから。……でも僕はスパイじゃない！」

と道夫は訴えた。

「信じてください。入江さん。僕は何も知らない！」

「……。信じるさ」

今度は鮫島が目を剝いた。入江は迷わず、

「おまえの言葉を、俺は信じる」

入江自身、道夫に対する何が自分にそう言わせるのか、よくわからなかった。英夫の肉親であるがゆえの愛着なのか。それとも英夫への罪悪感が——罪滅ぼしを願う気持ちが、弟をかばうというかたちで顕れたのか。そうでないならば、道夫が吐露したシベリア帰りの苦難に対する同情なのか。鮫島への反発なのか。

そのどれでもあって、どれでもない気がした。すると——。

「……大した偽善者だな」

鮫島が声をあげて笑い始めた。

「そんな薄ら寒い言葉でこの男から何を買ったつもりなんだね！　佐賀英夫への懺悔のつもりか。信じるとか信じないとか、そんなメロドラマは児戯に等しい。それとも軍隊持たぬ国の軍隊というやつは、児戯を専らとする集団なのか」

あからさまに嘲った後で、鮫島は挑発するように言った。

「……気持ちで物事を断じていいのなら、私だっていくらでも言うさ。君の流儀に従って発言するならば、私は〝信じない〟」

入江は鮫島とにらみ合った。

だが、そうはっきりと宣言しつつ、道夫を断罪しようとしないところを見ると、道夫がスパイであるという決定的な証拠はまだ持ち合わせていないのだろう。

緊張を漲らせる入江と鮫島の間に、道夫が割って入った。

「……入江さん。僕を偵察に行かせてくれませんか」

「偵察」

「船員の蜂起が本当にあったなら、一体何人が動いているのか、把握すべきです。僕が状況を確認してきます。制御室に向かうのは、確認後に。そして可能ならば先に無線室を」

入江は鋭く反応した。「できるか」

「ええ。状況次第で」

「駄目だ」

と言い放ったのは鮫島だった。銃口を道夫につきつけている。

「貴様を偵察になど行かせたら、こちらの動きを敵に報告されるだけだ」

「どうしても僕を敵の手先にしたいようですね。鮫島さん。ウォッチリストに載ったって以外に、何の根拠が」

「おまえは佐賀英夫の弟だ」

鮫島は冷淡に言った。

「理由はそれだけで充分」

入江は意味を捉えあぐねた。

「……おい待て。英夫の弟であることが、どうして裏切りの根拠になる」

「……」

「答えろ、鮫島！」

道夫も恨めしそうに鮫島を睨んでいる。兄を根拠とされてやむなしとする理由が、道夫にはわかるのか。

「どういうことなんだ。道夫」

「指示をください。入江さん。あなたの判断で」

「相手にするな。入江」

「鮫島さん、あんたには聞いてない。僕は入江さんの指示を待っている」

入江が答えをためらったのは「英夫の弟」の意味が読み解けなかったためだ。しかし冷静になって一旦、頭の中で状況を整理した。道夫の裏切りを警戒したわけではない。ただ、いくら偵察は彼の専門だったとはいえ、どこに敵がいるとも知れない船内では危険のほうが大きいと感じたのだ。

その一方で、道夫は一瞬だけ見たものを正確に記憶し、後から描き起こせる能力を持つ。カメラなどなくても正確に記憶できる脳は、ジャムス時代にも重宝された。

「三十分と時間はとらせません。行かせてください」

入江も道夫の性分を理解しはじめている。

「行くなと言われても行く気だろう」

「偵察など余計だ。殺せ」

鮫島が即座に牽制した。

「敵は見つけ次第、仕留めれば済む話だ」

「駄目だ」

入江が鋭く睨みつけた。「人質の命がかかってる。乗客が死んでもいいのか」

「立て籠もりでは、敵を制圧するのが先だ。貴様こそ中野で何を習って……」

鮫島に銃をつきつけたのは、道夫だった。威嚇された鮫島は口を閉ざした。

「……僕は入江さんに従いますよ。僕を信用できないなら、鮫島さん。一緒に来てください。僕を監視すればいい。でも勝手な真似をするようなら、その場で撃ちます」

道夫の目つきは、見る者の心胆を寒からしめるような殺気を秘めていて、脅し文句がただの「脅し」には聞こえなかった。

だが、鮫島も負けてはいない。

「それはこちらの台詞だ。おまえを監視する。佐賀道夫」

船はようやく湾から外海に出たのか、揺れが大きくなってきた。拍子を取るようなピッチングとローリングが、交互にやってくる。時折、船体が軋む音がする。波に揺られるこの感じが、着実に北極海へと航行中であることを教えていた。

かくして鮫島も、自分が殺害した下田という「工作員」から戦闘服を奪った。

道夫は見張りをするため通路へ出ていった。残って着替える鮫島に、入江が問いかけた。

「さっき言ってたことは本当なのか」

「なんのことだ」

「道夫のことだ。収容所での評判」

「事実だ。それに奴はイルクーツクからライチハに移送されたことになっているが、確認したところ一ヶ月ほど所在不明になっている。内務省本部(MVD)に連れて行かれたとの疑いが濃い」

「内務省……モスクワに？」

「だからAカテゴリーだった。だが証拠が摑(つか)めん。嘘発見器でも反応がなくCICも追い詰めきれなかった」

入江は黙り込んでしまう。鮫島は胸のボタンをはめながら、

「潜在的ソ連エージェントだった可能性は極めて高い。元関東軍の参謀でスパイ疑惑で自殺した、中本策二(なかもとさくじ)ともたびたび接触があった。しかも、奴を泳がせた後、監視していた者がふたりほど死んでいる」

入江はますます険しい表情になった。

「……なんでもっと早く言わなかった」

なんのことだ？　と鮫島がチェストリグのストラップを調整しながら言った。

「〝マルヤ〟」

と、入江が言うと、鮫島が手を止めた。

「……。なんでわかった」

「俺が保安隊の人間だって知っているのは〝マルヤ〟だけだ」

――軍隊持たぬ国の軍隊というやつは……。

先程の一言で、入江には分かったのだ。警察予備隊から保安隊と名を変えたその組織は、日本に再軍備を求めるアメリカの意向のもと、できあがった集団だった。

鮫島は止めた手をまた動かしながら、自嘲するように言った。

「たった四年だ」

「なに」

「……日本に軍備を放棄させておいて、舌の根も乾かぬうちに再軍備しろだなんて。いくら朝鮮戦争の兵站線を守るためとはいえ、たった四年で米国は百八十度、方針転換した。日本の軍需工場も武器も弾薬も全部燃やしたくせに。平和国家なんて崇高なスローガンを押しつけられたかと思えば、今度は同じ口で〝軍をもて〟だ。日本人の主体性なんてどこにもない」

「国と国の戦争で負けたんだ。そもそも負けた国が主体性なんて持ってられるほうがおかしい」

「ほう。米国の肩を持つのか。GHQの犬らしいな」

「その主体性のない国の保安隊に、おまえもいるんだろう」

「背広を着ていたとは言え、俺は根っからの軍人だ。軍人は所詮(しょせん)、軍隊でしか生きられん」

鮫島は入江同様、醍醐万作の身辺警護という名目で潜り込んでいたらしい。

なぜすぐに名乗りでなかったのか、と問われ、鮫島は答えた。

「標的は君を警戒していた。不用意に接触すれば、こちらまで警戒される恐れがあった」

「標的とは、誰のことだ」

「祖父江だ。丸菱電機の社長」

入江は目を剝(む)いた。祖父江？　殺された祖父江社長がソ連スパイだったというのか。

「相手は重電メーカーの社長だぞ。確証はあるのか」

「私がずっと追ってきた男だ。一昨年、中平たちと訪米した際にNY(ニューヨーク)で多くの財界人とも会っているが、その中に、アレン・ギルバートというエコノミストがいた。元GHQの民政局にいて、東京のプレスクラブで左翼分子と交流のあった男だ。CICからも目を付けられていたが、スパイだという決定的な証拠は得られないまま、本国に戻った。だが、この男がかつてゾルゲの一味だったことがわかった」

「リヒアルト・ゾルゲの」

ドイツ人のソ連スパイのことだ。戦時中、日本において重大な諜報(ちょうほう)活動を繰り広げたと巷間では言われており、首謀者のゾルゲは特高警察に捕まって絞首刑となったが、その諜報団の幾人かは戦後、政治犯の釈放に紛れて野に放たれたという。

「今度の件も、祖父江とギルバートの電話での会話から把握した。暗号名〝ＣＳＤＲ〟。内容不明ながら、船上で極秘事項〝カサンドラ〟のやりとりがあると」

入江はようやく把握した。暗号名は〝cassandra〟の頭文字か。

「やりとり……。つまり〝カサンドラ〟というのは〝アグライア号〟のことか」

船そのものを指すコードネーム。だったとするなら、やりとりというのは——。

つまり『アグライア号』乗っ取り計画。

「祖父江たちの企みを阻止するのが我々の任務だった」

「だが、その祖父江は殺された」

「殺したのは、マクレガー中佐だ」

「見たのか」

「ああ」

鮫島はブーツの紐を結び上げながら言った。

「プールデッキに呼び出されていた。そこでモーニング珈琲を受け取ったはずだ。強い睡眠薬入りのね」

昏睡したところでプールに落とし、溺死させた。

波照間教授の殺害に、皆が気を取られている間の犯行だったという。昨夜の【N】政策を語る会合に、中佐の姿もあったところから、恐らくその席での祖父江の振る舞いが、殺害を決断させたのだろう。

「一体、何の話をしていたんだ」

「この船の新型エンジンを開発したEB社との技術提携をどうするかという話だった。江口議員はあくまで国産での独自開発にこだわり、醍醐万作は輸入を支持して、紛糾した。そこで祖父江氏はひとり、独自開発でなく、ライセンス契約での国産を訴えていたが、いま思えば、EB社の技術情報を手に入れるための誘導だったかもしれない」

祖父江の意見は却下された。そう簡単にEB社が手の内を見せるはずもなかった。

「おそらく交渉に失敗した際は、アグライア号ごと奪う、というような計画だったのだろう。だが、当の祖父江は死んだ」

「その祖父江を殺したマクレガー中佐も、殺された。犯人の目星は」

「ない。だが、蜂起した〝潜伏者(スリーパー)〟が複数いることを思えば、そいつらの中の誰でもおかしくない」

入江は厳しい顔になった。

「では、波照間教授を殺した犯人は」

「わからん。波照間氏については、米国側にもソ連側にも、消す動機が見あたらない」

――あなたは危険に向かっている。

――この船には悪魔がのっている。

波照間のあのメッセージは、この事態を指していたのだろうか。

「……。波照間氏は【N】政策の関係者ではなかったのか」

「日本学術会議会長をしてた江口議員の働きかけがあったらしい。例のエンジンの、日本開発チームに招き入れたいようだった」

「すでに目の前に完成してるものを、独自開発というのも奇妙だな。それは本当に船用エンジンのことなのか」

鮫島が鋭く反応した。入江の読みはどうやら核心をついていた。

「児波さんは『この船の機関に使われている技術は、日本の産業を変える』とまで言っていた。アグライア号の新型ボイラーはそこまで革新的なのか？」

鮫島は黙り込んだ。

靴紐を結ぶ手が止まっている。

入江がその手許を見つめながら答えを待っていると、鮫島はおもむろに口を開いた。

「……この船を改造した佐世保の元工廠に、協力者がいた。艤装中に不審死を遂げた」

「不審死？」

「船体改造は日本人作業員の手で行われたが、米軍の監視下で秘密裡に行われていた。元々、安全性が高い船形だったが、ボイラー室を厳重に守るために、厚い二重底にする対座礁構造や、舷側に甲板を二層増やす対衝突構造という、特別な改造が行われた。しかもボイラー室はコンクリート壁で囲まれている」

米国製の特殊ボイラーが入った容器は、米軍の輸送船で直接搬入された。取り仕切ったのは米国の技術者だったが、作業に携わる日本人作業員は、行動も厳重に管理され、造船所からの外出すらままならず、帰宅も許されなかったという。

「情報を我々に渡そうとしていた協力者は、容器の据付作業に携わっていたが、艤装用岸壁で奇妙な転落死を遂げた。肝心な部分の情報は、最後まで持ち出せなかった」

つまり、鮫島たちも新型ボイラーの正体はいまだ把握できていないということか。

鮫島は言った。

「船を米国で建造せず、日本の中古船なんぞを使ったところを見るに、この新型エンジンは、米国内でもまだ運用が認可されてないんだろう。要するにテストだ。実験だ。万一、事故が起きても、海の向こうの日本なら揉み消せると」

「つまり、この船の存在が公になったら、米国内でも問題が起きるということか」

「ああ。……最悪、米国は連中の要求を聞かざるを得ない状況になるかもな」

鮫島が何か投げてよこした。見ると、小さな鍵だ。

「祖父江の遺体のポケットにあった鍵だ。君に渡しておく」

ここは祖父江社長の部屋だった。何の鍵かは分からない。鮫島は、どうやら祖父江の部屋を探るつもりで、ここまで来たようだ。

出ていきかけた鮫島の手首を、入江は咄嗟に摑んだ。もうひとつだけ、訊いておかねばならないことがあった。

「おまえ、佐賀の何を知ってる」

「なんのことだ」

「さっきの言葉。道夫が佐賀の弟だから信用できないとは、どういう意味だ」

佐賀英夫は誰よりも忠国の志高く、全ての中野学校出身者の手本とも言える男だった。

「信用ならない」と切り捨てる根拠がわからない。

鮫島は怪訝そうに言った。

「……。君が佐賀英夫を陥れたのは、彼の悪行を把握したからではないのか」

ぴんとこない様子の入江を見て、鮫島はあしらうように低く笑った。

「知らなかったのか？　親友といえど情に流されず、ヤツに制裁を下した君は、大した英雄だと思っていたが、とんだ見込み違いだったようだ。中野の暴れん坊はただの甘ちゃん坊やだったわけか！　……だとしたら、佐賀英夫は、君が思っているような男ではない。あの男こそ中野学校始まって以来の恥辱だ」

どういうことだ？　と入江は問いつめようとした。

が、ドアをノックする音に遮られた。道夫だった。「早くしろ」と鮫島を急かしている。鮫島は、こけた頰にうっすら笑みを浮かべ、「戻ったら、な」とだけ言い残し、出ていった。

ふたりの間に流れていた微妙な空気に、道夫は気づいたらしい。

「入江さん。あの人の言うことは、あまり気にしないように」

「おまえは知ってたのか。道夫。佐賀が何をしたのか」

道夫は言葉を濁した。そして、

「……だから言ったでしょう。兄に似ないでよかった、と」

道夫は鮫島と一緒に出ていった。入江は立ち尽くした。

俺が制裁を下した？

佐賀の……悪行だと……？

あの佐賀英夫に、背信行為があった……？

いや違う。友を裏切ったのは、この俺のほうだ。道夫たちは何か勘違いしているのでは。

——僕は、兄に似ないでよかったと思いますよ。

あれは芸術家肌の道夫が、徹底した現実主義者だった〝優秀な兄〟への反発を滲ませた言葉だと解釈していたが……。

中野学校の恥辱？

自分のあずかり知らぬところにもうひとつの顔を持っていたというのか。だとしても、なぜそれを道夫が知っている？

鮫島は狩猟にでも赴くような様子だった。

その鮫島に撃ち殺された「下田」という若者の遺体に、入江はシーツをかぶせて合掌した。あたら若い命を——戦争を生き延びた命を、こんな形で落としてしまうとは、本人は本望であったかもしれないが、家族や友もいたのではないか。

ここまでする赤雹梯団とは何なのか。その団長・海原巌とは何者なのか。

梯団、と名乗っているのがひっかかっていた。

シベリア抑留者のグループが〝梯団〟を名乗る例が多くあったからだ。

霧笛が太く鳴り響いた。

入江は我に返り、ゆっくりと立ち上がった。

波が高くなってきたようだ。終わることのない揺れに体はすでに慣れ始めていた。どの道、海にいる限り、逃れられない。

道夫がソ連の工作員などとは、まだ信じる気にはなれなかった。第一、敵なのだとしたら、いまだに自分を生かしているのは不自然だ。どう考えても、利用するより殺すのが早い。

入江は鮫島に渡された小さな鍵を見た。

――祖父江の遺体のポケットにあった鍵だ。

〝マルヤ〟が追っていた祖父江。

「何かあるのか？」

部屋の鍵にしては小さすぎる。室内を見回した。

目に付いたのは、革トランクだ。大きさからすると、この鍵のようだが。

正解だった。鍵のかかっていたトランクが、その鍵で開いた。だが、中身は大方出されて空っぽだ。

拍子抜けして、蓋を閉じようとしたその時、蓋の膨らみにふと違和感を覚えた。入江は革の表面を触ってみて、一部だけ奇妙にかさばっていることに気づいた。裏側を念入りに探ると、片側だけ布で念入りに裏張りが施されている。

ナイフで切れ込みを入れて剝がしてみると、出てきたのは書類の束だ。

「これは?」

板目紙の黒表紙で綴じられた分厚い書類は、論文のようだった。ドイツ語でびっしりと書かれ、時折、化学式や図面も記されている。

「なんだ。これは……」

別の封筒には、設計図のようなものが入っている。

どこかで見た覚えがある。これは運研の赤井が持っていたものではないか。アグライア号のエンジン設計図?

履歴書も入っている。造機設計者ナギノや改造設計責任者ホーキンス、艤装設計や機装設計、この船の改造に関わった人々のデータだった。学歴職歴から家族構成、プライベートの趣味から支持政党、思想傾向、第三者からの評価まで網羅されている。

ここまで調べ上げているということは、やはり祖父江はソ連側のエージェントだったのか。データの内容に目を走らせていた入江が、ふとナギノ博士のプロフィールに釘付けになった。

「物理化学研究所で〝イ号研究〟に参加。……〝イ号研究〟だと？」

物理化学研究所とは確か、日本で初めて物理学や化学を専門に設立された研究機関のことだ。〝イ号研究〟という呼び名もどこかで聞き覚えがある。

「確か、これは」

「陸軍の……秘密研究だ」

入江は反射的に振り返り、ブローニング拳銃を向けた。

ほんの少しだけ開いた扉に体をねじこませるようにして入ってきたのは、褐色肌の大柄な男だ。元新聞記者でバーテンダーの磯谷晋平だった。

「磯谷……。いま何て言った」

荒い息の下から、磯谷は告げた。

「イ号研究ってのは、戦時中、陸軍の命令で行われた、……原爆製造のことだよ」

*

船内は不気味なほど静まり返っていた。

状況を知るべく、偵察に出た道夫と鮫島は、人影もないシェイドデッキを巡回中だ。

赤雹梯団の戦闘服を着ているので、見た目は犯行グループの一員だが、油断はできない。奪った銃で武装しているとはいえ、危険な状況には変わりない。

「なんで前に出ないんですか。人を楯にしてるつもりですか」

道夫が背後にいる鮫島に言った。階段をあがり、プロムナードデッキに出た。船首側に一等社交室、船尾側に一等食堂があり、それを囲むように幅二・六メートルもの通路幅がある屋外デッキがしつらえてある。船首側の舷側には風防が張り巡らされており、雨天でも外の空気を吸えるエリアでもあった。

「うかつに背中を見せて、騙し撃ちされては困るからな」

鮫島は答えた。あくまで道夫の監視役に徹している。

隻眼の不利を見せない。目のつぶれた右側に、道夫が立つのを嫌っていた。

「信用ならないのは、お互い様ですよ」

かたや軍事資料部の戊班。かたやジャムスの偵察班。

共通点といえば、中野学校の出身というところだけだ。

「兄の件、入江さんは知らなかったようですね」

「身内の恥を知られて気まずいか？」

「別に。事実ですから」

突き放した物言いは、他人事のようだ。

「……だからと言って、あの発言は容認できませんよ。鮫島さん。僕は兄とは違う」

鮫島は不遜げに鼻を鳴らしただけで無視した。そのかわり、

「貴様の兄はよほどあの男から私怨を買っていたとみえる。女が絡むと、腕利き工作員

もただの人か」

「……。牛込の人間の地獄耳はゴシップ記者並みですね」

途中、犯行グループのひとりと鉢合わせたが、道夫は落ち着いたものだった。彼らの特徴ある敬礼を見事にコピーしてみせた。それが様になっていたのか、相手は不審とも思わなかったようだ。

どうやら犯行グループも仲間の顔を完全に見分けているわけではなさそうだ。少数精鋭と思ったが、蜂起した〝潜伏者(スリーパー)〟は思っていたよりも緩い繋(つな)がりであるのか。

「こっちだ」

一度、屋外に出た。デッキに面したガラス窓から社交室の様子を窺(うかが)った。ゆったりとしたソファとテーブルが並ぶ室内に客の姿はなく、代わりに大勢のキャビンボーイや男性船員が集められていた。犯人たちの指示で、ひとつの場所に集められ、監視されているらしい。

室内に二名、左右両舷側の入口に一名ずつ、兵が配置されている。

「……中にいる兵は、どちらもキャビンボーイだった岡村(おかむら)と曾根(そね)です」

「一体、何人送り込まれているんだ。採用時の身元調査はどうなってる」

「身元調査する部署の中にまで、協力者がいたのかもしれませんね」

こうなると、もう信用できるものは何もない。

まずいな、と道夫がうめくように言った。

「水も食料も限られてる。占拠者たちは少しでも長くもたせるために、最低限の有用な人間だけ残して、あとは船からおろすかもしれませんね」

「どうやって」

「人道的なリーダーなら救命艇でおろすでしょうが、事態が外部に漏れるのを防ぎたいなら、最悪、全員殺害ですね」

犯行グループの兵に扮して人質と配置人員とその場所を確認した。道夫は一度見たものは正確に記憶できる。いわば人間カメラのようなものだから、長居をしなくても、全員の容貌まで記憶してしまえた。

更に階段をあがり、ボートデッキにやってきた。この階には、娯楽施設と客室がある。船首側には一等喫煙室があり、この船の中では操舵室についで眺望のいい部屋でもあった。

醍醐万作をはじめとする招待客――例の【N】政策に関わる日本人は、皆、そこにいた。

児波大臣や江口議員もいる。

皆が青ざめて肩を縮めている中、醍醐万作だけがふてくされたように煙草を吸っていた。

「国会議員に大蔵官僚、新聞業界の大ボス……。あんな連中でも、死なれたら利権に関わる奴らが大勢いる。しかも現職大臣を人質にとられては、政府も動かざるを得ないだろう」

「相手が日本ならね。米国はわかりませんよ」

「いや。米国にとっても死なれたら困る連中なら話は別だ。今後の局面を担う重大な駒として」

「それだけ巨額の案件だってことですか。革新的な新型船用炉とやらは」

鮫島は一瞥(いちべつ)しただけで、答えなかった。道夫を信用していない。

そのときだ。扉の向こうにいる醍醐万作が、変装中の鮫島にめざとく気づいた。

「おい、おまえ！　そんなところで何をしてる」

猛然と立ち上がり、騒ぎ出した。

「貴様、ボディガードのくせに今まで何をしてた。さっさとこいつらをやれ」

と怒鳴り散らすのを見て、ふたりは「まずい」と思った。この場から離れるよう、道夫が指示しかけたが、鮫島は真逆の行動をとった。

自分から堂々と喫煙室に入っていったのだ。これには見張りの兵も驚いた。

鮫島は、醍醐万作の脂ぎった額に、銃口をつきつけた。

「雇い主顔でいちいち騒ぐな。おまえらは人質だ。おとなしくしていろ」

「な……なんのつもりだ。これは……」

「まだわからんのか。私がおまえの護衛についたのは何のためか」

「まさか貴様、はじめから」

鮫島はなお強く、額に銃口を押しつけた。醍醐万作は手をあげた。

「わ、わかった……。従うから撃つな」

「今度騒いだら殺す。ここにいる全員もだ。命が惜しかったら立場を弁えて、おとなしく従っていろ。逆らったら、ためにならんぞ。……いいか。警備兵。こいつらが騒いだら、かまわん。即座に撃ち殺せ」

と見張りの兵に言いつけ、部屋から出た。指示の仕方があまりに堂に入っていたので、幹部のひとりと思いこんだらしい。これには道夫も感心した。

「自ら裏切り者を演じて事を収めるとは……。大した度胸ですね」

「くだらん。行くぞ」

ふたりはデッキに出た。救命艇を吊してある屋外デッキは、風防もなく濃霧がまともに吹き付けてくる。霧はどんどん船尾へと流れ、あっという間に小銃は結露した。

外海に出てから、うねりが大きくなっていた。舳先でかきわけた波が砕ける音も、やけに荒々しい。視界は依然不良だ。濃霧のため、船尾付近はヴェールの向こうに隠されたようで、ここからはほとんど見えない。

「見てください。弾薬だ」

窓越しに舞踏室を覗き込むと、箱が積まれている。海上保安官に偽装して乗り込んできた男たちが運び込んだもののようだ。数名の兵が機関銃をセットしている。

「結構な量だな……」

「今ならやってしまえるぞ。片づけるか」

「仕留めた途端、あっちの機銃がうなりをあげるでしょうね」

と道夫が斜め上をさすように、あごをしゃくった。

船首側に外階段があり、一階上は「ウィング」と呼ばれ、両舷側に張り出している。着離岸の際の見張り場で、揚錨機に指示を出すためのアンカーテレグラフが設置してある。

その横に機銃が置かれている。

見張り兵の姿も見えた。

「……。操舵室ですね」

厳重な警戒ぶりだ。後方には船長室もある。

恐らく海原なる幹部たちも、あのフロアに立て籠もっているのだろう。

「さすがにあそこにあがれるのは、ごく一部の士官だけでしょう。我々が下手に近付いたら即撃たれます」

「だったら、なおさら、あがれ」

鮫島の命令に、道夫は目を瞠った。

「いま、なんて……」

「……貴様が連中の仲間なら、撃たれることなく迎え入れられるわけだ。佐賀道夫。貴様がソ連の工作員かどうか、確かめるまたとない機会だ。さあ、行け」

鮫島の右手は腰だめにリボルバー拳銃をつきつけている。「行かないか」と撃鉄をあげた。

なんて無茶な注文だ。脅迫だ。行かないのなら撃つ、という。

道夫は青ざめた。

「……あんたって人は……」

「この船に貴様が乗っていると判明した時から、この状況は予測できた。貴様がカサンドラ計画とは無関係なら、ここで証明してみろ。どうした。あがれないのか。あがれないのは、自分だけは撃たれずにあがれる、とわかっているからか」

鮫島は冷徹な眼をしている。

「あそこに立て籠もっているのは、貴様の仲間だ。手引きしたのも貴様だ。そうだろう。俺に後ろから撃たれたくないなら、言う通りに動け。貴様を楯に操舵室を奪――」

不意に、鮫島が背後に気配を感じた。振り返りかけた刹那、うなじに強い衝撃をくらって、その場に昏倒した。道夫が振り返ると、鮫島の右背後から近付いていた男が、拳銃を握って立っている。

汐留泰司だ。『アグライア号』内装設計者の。

銃把の部分で、鮫島を殴り倒したらしい。

汐留は倒れた鮫島を無表情に見下ろしていたが、やがて道夫を見て、うなずいた。

道夫も、うなずき返した。

＊

死んだ祖父江の客室に現れたのは、元新聞記者の磯谷晋平だった。追われていたらしい。

磯谷は長身をドアの隙間にねじ込むようにして入ってきたが、身を隠す前に追っ手に見つかった。応戦したのは入江だった。たちまち銃撃戦になり、ふたりを倒したが、すぐに応援を呼ぶ声が聞こえた。

「ここは危険だ。来い！」

入江は綴じ論文を小脇に抱え、磯谷とともに廊下に飛び出した。乗員専用ハッチに飛び込み、階段を駆け下りる。時折、応戦しながら、セカンドデッキまで一気に駆けた。

アッパーデッキ以下は機関部員しか立ち入れない。明らかに上部とは内装も構造も違う、配管むき出しの狭い通路を走った。

「おい、行き止まりだ」

「いや、ここでいいんだ。こいつの向こうだ。入江。援護しろ」

目の前には水密扉が閉まっている。入江が追っ手の銃撃に応戦する中、磯谷がぶ厚い扉をあけた。ふたりはそこに飛び込み、扉を閉める。内側から鍵をかければ、銃弾でもこじあけられない。

「ずいぶん頑丈な部屋だな。大丈夫か。磯谷。脚はどうした」

「ああ。厨房から逃げ出す時に撃たれた。多少、出血しているが動脈は無事だ」

犯人グループに占拠された時、磯谷は厨房で片づけをしていたという。全乗員乗客の食事を仕切る厨房も、監視下に置かれた。磯谷は見張り兵の隙をついて、外へと飛び出したが、発砲されて傷を負った。

「泳いでもこの船から逃げ出すつもりだったが、飛び込む度胸がなかった」

「馬鹿。浮き輪を抱えて飛び込んだところで低体温で死ぬのがオチだ」

「あんたなら何とかしてくれると思ったんだよ」

磯谷は入江を捜していたのだ。

「えれぇことになったな。まさか船ごと乗っ取られちまうとは。何者だ」

「ソ連製の武器をもってた。全員日本人のようだが供与を受けてるところを見ると、東側の後ろ盾があるのは間違いない」

「アカの日本人工作員か。なんて大胆な……う……っ」

ケガの痛みを訴える磯谷に、入江は手近なもので応急手当をほどこした。

「それよりさっきの話の続きだ。〝イ号研究〟とは原爆研究のことなのか。まさか」

「そうだ。戦時中、陸軍の要請で原爆製造の研究をしていた機関だ」

入江は息を呑んだ。磯谷は肩で息をしながら、

「イ号の名前の元になった猪熊博士に直接取材して聞いた話だから、間違いないぜ。尤も

も、記事はGHQの検閲にびびったデスクに却下されたが」

物理研の主任研究員で、物理学者の猪熊勇人博士。日本の原子核研究における第一人者だった。

当時、気鋭の若手物理学者だったナギノ博士とは、師弟の間柄であったという。

「なんてこった。噂には聞いていたが、日本でも実際に原子爆弾の製造をもくろんでいたとは……」

入江も衝撃を隠せない。

磯谷が「当時はウラニウム爆弾と呼んでいたようだがな」と付け加えた。

原爆開発は、陸軍航空本部からの要請だった。一九四一年。真珠湾での開戦より前の話だ。アメリカも同じ頃に原爆開発のマンハッタン計画を本格的に始めていたから、スタートラインは一緒だったわけだ。

「猪熊博士らは元々、原子核分裂で起こるエネルギーを動力に利用するという研究を行っていたが、時局柄、戦果に直接繋がる応用研究へと移っていったんだろうな」

「それが原爆製造か」

「はじめはそのつもりではなかったが、その莫大なエネルギーを爆弾に転用できると博士が判断したあたりから、陸軍も、戦局を覆す切り札として原爆開発に本気になってったようだぜ」

尤も、原爆開発は成功しなかった。

というより、原材料となる天然ウランが手に入らなかったのだ。それが少資源国・日本の現実だった。

軍は海外での酸化ウラン鉱石の確保に奔走し、猪熊らは爆薬となすためのウラン濃縮に挑んでいたが、どれも行き詰まり、結局〝イ号研究〟は頓挫し、終戦の三ヶ月前に中止を余儀なくされてしまった。その一方で、アメリカの〝マンハッタン計画〟は最終局面に入り、原爆開発に成功した。かくして人類初の核兵器は、一九四五年八月、広島と長崎に投下された。

入江は重苦しい顔つきになって黙り込んだ。

磯谷も押し殺した声で言った。

「GHQの言論統制で、俺たち新聞は、原爆の被害についてすら、おおっぴらに報じることはできなかった。その残虐さを日本国民に知られて、反米感情が強まるのを奴等は恐れたんだろうさ。ピカドンが炸裂したその真下で、どれだけの人間が地獄を見たか。つい最近まで報道することもできなかった」

磯谷はケガの痛みではなく、無念で顔を歪めた。

「アメリカは卑怯だ。大統領のトルーマンは、自らが手に入れた『絶対的兵器』の威力を、神をも恐れぬ顕示欲で世界に見せつけておきながら、国際的な批判を恐れて、その本当の恐ろしさを隠そうとしやがった。いいや、奴等はきっと、原爆の破壊力の凄まじさに浮かれて、たくさんの人間を滅ぼした後で、やっと放射能ってやつの恐ろしさを知ったんだ。奴等は三年前の原子力委員会で、はっきりとこう言いやがった。広島と長崎の犠牲を〝実験結果〟だってな」

磯谷の言葉のひとつひとつに、怒りの深さを感じ取った入江は、問いかけた。

「……おまえさん、もしかして身内に」

「ああ。実家が……広島じゃ」

磯谷の力強かった眼差しがふと、翳った。だが、多くは語らず、察してくれ、というようにこちらを見つめ返す。すがるような眼差しだった。

「記者として広島で起きたことを包み隠さず報道しようとした。それが使命だと思った。じゃが、爆心地で撮った写真は、GHQに没収されるか、自主廃棄せよと強要されたけえのう。社内の自己検閲に阻まれて、取材に出ていくことすらままならんかった。わしは上に逆らって、無茶した挙句、会社をやめさせられた」

それでも執念を捨ててなかった。横浜でバーテンダーをしていた、というのは、あくまで表向きだ。磯谷はフリージャーナリストとして取材を続けていたのである。

去年、ある写真雑誌に広島での原爆の惨状を伝える特集が組まれた。磯谷は記事を書き、自宅に隠していた写真も掲載した。その雑誌は、占領中、原爆の悲惨さを隠し通されてきた国民に衝撃を与え、大きな反響を呼んだ。

「そうだったのか……。そこから〝イ号研究〟のことを？」

「ああ。まさか日本でも原爆開発が進んどったなんて、思いもよらんかったがな……」

尤も原子爆弾は、戦前から〝未来の兵器〟のように言われ、児童雑誌にも載ったほど、奇妙なあこがれをこめて語られてきた。

「日本では、金も物資もあらゆるものが足りてなくて、とうとう成功はせんかったが、もし成功しとったら、日本も投下しとっただろうからな。米国に」

戦争だった。兵器の開発競争は世界中で行われていた。

それでも磯谷は怒りを収めなかった。現実に投下され、命を奪われ、今も苦しみ続ける人間が大勢いることを考えたら、虐殺兵器を使用したアメリカの罪を責めないのは、どう考えてもおかしい、と強い口調で主張した。

「〝イ号研究〟について探るうちに、ナギノ博士に行き着いた。ナギノは猪熊博士の右腕ともいうべき、柱のひとりだったが、終戦後、米国から引き抜かれて、バークレーの研究所に移った。米国がよく使う手だ」

敗戦国の科学者を引き抜いて、その研究成果と才能とを自国のものとする。それと引き替えに、過去の戦争犯罪については目を瞑るというものだ。ドイツではナチスのもとで働いた科学者が、米国に引き抜かれた例があるし、日本でも人体実験で悪名高い部隊の科学者が、研究成果を引き渡すことと引き替えに、戦犯としての追及を免れている。

「ナギノ博士は戦犯取引とは違うたが、敗戦で引き抜かれたひとりだった」

「……待て。磯谷。ナギノ博士が引き抜かれたのは〝イ号研究〟に関わっていたからなのか」

「ああ」

「もしかして、殺された波照間教授も」

「同じく〝イ号研究〟に参加しとった」

波照間は留学先の欧州帰りで、純粋に原子核研究の徒だった。当時の世相からすると、研究を続けるためには軍からの予算が必要だったという一面もある。

波照間は日本に残ったが、占領中はGHQから原子力エネルギーに関する研究が一切、禁止された。ようやく解禁されたのは、占領が終わった一九五二(昭和二十七)年――つい去年のことだ。

ナギノが渡米に応じたのも、日本では原子力研究が禁じられ、自分の研究が滞ることを嫌ったからだろう。波照間をこの船に同行させたのは江口議員のようだが、ナギノは彼の乗船を拒まなかった。その七年の差を、かつてのライバルに見せつけるためだったのか。

「しかし、ナギノ博士は船用炉の開発をしていたのでは」

磯谷は押し黙った。

沈黙の意味を、入江が察した。

「まさか、おまえさんがこの船に乗ったのは……」

「確かめるためじゃ」

バーテンダーに身をやつして、この船に潜入した。報道者として。

ナギノが開発したという〝船用炉〟の正体を確かめるために。

「佐世保の元工廠で、この船の艤装中に事故死した作業員がおった話は聞いとるか」と磯谷が言った。入江は思い出した。確かそれは、鮫島の協力者だったという者ではないか。

「わしの友人だった。昔、呉の工廠で一緒に働いた友だ。米原という。船が好きな男で、終戦後も希望して造船会社に勤めた。わしがヒロシマの報道で無茶をして新聞社をやめさせられたのも知っとった。そいつが死ぬ前日、突然、わしに電話をよこしたんじゃ」

「電話を？」

「この船に換装された船用炉のことだった」

入江は瞬きも忘れて、耳を傾けた。磯谷は神妙に、

「あいつは、その正体を知って、わしに伝えてきたんじゃ」

入江は緊張気味に問いかけた。

「………。それで見たのか。この船の〝新型船用炉〟を」

「機関室にはキャビン担当者は立ち入れない。じゃが、あんたも見とると思うが、この船にはあちこちに奇妙な測定器がついとる。ここにも」

暗い通路の壁についている。一見なにを意味するのか分からないメーターがある。室温計でも気圧計でもない。

「あれはガイガーカウンターだ」

「ガイガー……カウンター」

「放射線量をはかる測定器のことだ。万一の放射能漏れに備えとる」

入江は息を呑んだ。

おぼろげだった輪郭が急速に鮮明となり、くっきりと像を結んだ。この船が載せているものの正体が推測できたのである。

「確かめたいか。なら、ついてこい」

磯谷が取りだしたのは、鍵だった。目の前にもうひとつ扉がある。その扉の鍵だった。開けると、その先は鉄製の階段になっている。磯谷が先におりる。入江も後に続いた。

「変だとは思わんかったか。入江。この船の煙突からは航行中も煙が出ない。燃料補給もなしにアルハンゲリスクまで行ける。醍醐万作たちの会合でも〝エンリッチ〟という言葉が何度も出てきた。あれは〝enriched uranium〟――すなわち、濃縮ウランのことだ」

「ウラン……」

「ああ。そうだ。あれを見ろ。入江」

その大きな空間には、無数の配管がめぐらされている。ポンプや圧力弁らしきものもある。まるでプラントだ。時折、蒸気が抜けるような音がする他は驚くほど静かで、船の機関室特有の騒々しさが全くない。頭上をかまぼこ形のハッチコーミングが覆い、その真下には巨大な銀色のカプセルがある。釜を伏せたような形をしている。

「なんだあれは」

入江は不気味そうに覗き込んだ。ボイラー？それにしては八角形の異様な形をしている。

「同じだ」

磯谷が乾いた声でつぶやいた。その顔は緊張で強ばっていた。

「米原が隠し撮りしたのと同じ。こいつが佐世保で搭載された、格納容器」

「格納容器？」

もうわかったろう、という顔を磯谷は、した。

「あの中に入っているのは、原子炉だ」

入江は目を瞠った。

絶句した。

「……まさか……」

――原子核分裂で得られるエネルギーを動力に利用するという研究を……。

磯谷はうなずき、押し殺した声で告げた。

「この船は原子力で航行しとる。『アグライア号』は、世界初の原子力船なんじゃ」

第五章　心臓の正体

「原子力船……だと？」

入江はそう言ったきり、なかなか次の語句が出てこなかった。

そうだ、と磯谷晋平は声を潜めた。

「原子炉で作った熱で航行する船のことだ」

「それは原爆の力でこの船を動かしてるということか」

原子力、と聞いて、真っ先に浮かぶのは原子爆弾のことだった。正確には「原子核分裂でできる熱エネルギーで蒸気を発生させてタービンを回す」のが、原子力船だ。だが、入江は諜報（ちょうほう）のプロであっても科学者ではない。

「おい、俺たちはそんなおっかない船に乗ってるのか」

「……アメリカやイギリスじゃ、すでにそいつで発電する方法とやらを開発しとるらしい。俺も詳しかないが、電気を起こすのと同じ仕組みで、この船を動かしとる。見た目は中古船だが、中身は〝原子炉〟を載せた最新鋭船だ。こいつは、その実験航海なんだ」

入江は絶句した。

乗船してから感じてきた様々な違和感。いまようやく腑に落ちた。

「あのデカイ容器の中に、原子炉がある……のか」

なんという船だ。このアグライア号は。

南米航路の花形客船として生まれてきて、戦中は改造空母としての使命をうけ、戦争を生き延びて、客船に返り咲いたかと思えば、原子力船などというものに生まれ変わるとは。

元々、ディーゼル船だったものを空母改造の時に蒸気タービンへと主機関を換装していた。そのことも原子力船になるには、適していたのだろう。蒸気を生むためのボイラーこそ、原子炉へと変わったが、主機関の構造は基本的に活かせる。その上、外部からの衝撃にも強い二重底に改造した堅牢な船体だ。

だとしても、なんという運命だ。

心臓移植のようなものだ。換装は。

空母から、ただの客船には戻れなかった。原子炉という未知の心臓を移植されて、最新鋭船『アグライア号』となったのだ。『さんぱうろ丸』は。

入江は「なんて連中だ」と壁を叩いた。

「よりによって日本の船でそんな実験を」

「……。遠く離れた日本でなら、事故が起きても影響が及ばんとでも思ったんじゃろうよ。ヒロシマ・ナガサキで放射能被ばくのデータをさんざんとっときながら、治療にはほとんど活かさなかった連中じゃけえ」

思わず広島なまりがにじむ磯谷の言葉には米国への怨みが滲んでいる。

漁師のような褐色肌は、この男をいつも陽気で快活に見せるのだが、今の磯谷は、ひたすら重苦しいしわを眉間に刻んでいる。

「わしの友人は、この船に換装されたのは原子炉だとわしに漏らしたせいで殺されたんじゃ。ただの事故なんかじゃない。ＣＩＡだか何だか知らんが、恐らく、あの電話は盗聴されとった」

入江は神妙な顔になった。

「何年も燃料補給なしで航行できる、とナギノ博士は言っていた」

——この船はまさに夢の船だ！　来るべき未来の船だ！　私は素晴らしいものを見たよ。

児波通産大臣の言葉が甦った。その「素晴らしいもの」とは、まさに原子炉そのものだったのか。児波があんなに興奮していた理由はこれか。最近、巷で言われる「原子力時代の到来」というやつだ。占領中、そんな言葉が流行った。ＧＨＱが報道規制で原爆の惨状をひた隠しにする一方でやたらと原子力賛美をする報道が目についた。原子力機関車、原子力飛行機……。そういう夢物語のような世界がやってくると。

だがそれは「未来の話」だと思っていた。

「……もう完成していたとは」

夢物語が現実になったということではないか。

資源の乏しい日本の燃料問題を解決して経済発展に貢献する技術だとも言っていた。

日本を復興させるために必要だとも。

――敗戦で四等国に落ちた日本が、力強く復活するための鍵が、この船にはのっている！

――世界に返り咲くための、新しい力が！

熱に浮かされたような目だった。

まるで魔法の機関だとでもいうような、児波の熱狂に……いや、その前から。乗客や船主たちの奇妙な高揚感に、ずっと心のどこかで違和感を覚えていた。何か過剰な期待感がこの船には満ちていた。

初めから種はあったのだ。この船には。

そういう得体の知れない何かを呼び寄せる力の正体が、これか。

「まさか……。連中の狙いは」

入江は思い至った。はじめから、要人たちでは、ない？

「狙いは、この船なのか？」

この〝世界初の原子力船〟そのものではないのか。

だとしたら、犯人たちが目的地をアルハンゲリスクに設定した理由も納得できる。

モロトフスクには工廠（こうしょう）がある。軍艦や潜水艦も製造している。ソ連も原子力船を作ろうとしている？　そのためにこの船を〝盗もう〟というのでは？

――この船には悪魔がのっている。

――あなたは危険に向かっている。

波照間のメッセージが突然、奇妙な符丁となって、入江の頭の奥を鈍く軋ませた。

彼は船の乗っ取り計画に気づいていたのか。だから殺された？

「佐世保で死んだわしの友は――米原は、広島で被ばくした」

磯谷が思い詰めた表情で言った。

「八月六日は呉におったが、翌日、家族の安否を確かめるために広島に入って、死の灰を浴びた。以来、原因のわからん体調不良に苦しんできたと。佐世保でこの船の正体を知った米原は、最後の電話でわしに訴えた。〝この船には悪魔がのっている。この船を完成させてはいけない〟と」

奇しくもそれは、波照間のメッセージと同じだった。

「あれが友の遺言になった」

「じゃあ、おまえは、そいつに応えるために」

「わしの家族も原爆で殺された。骨も残らんかった。世間の連中は、原子力は原爆とは違う、夢のエネルギーだともてはやすけれど、わしにはとてもそうは思えん」

磯谷は拳を震わせた。

「……わしはこの船が怖い。怖くて仕方がない。こいつはきっと死んだ米原の気持ちだ。

この船にゃ米原の亡霊が乗っとる。止めろ、止めろ、と俺に囁いてくる。悪魔を止めてくれと」

——この船には悪魔がのっている。

入江は今まで〝悪魔〟とは誰か〝人〟を指しているのだと思っていた。が、それは〝乗っている〟のではなく〝載っている〟だったのか。

今まさに稼動中の原子炉を収めた目の前の格納容器を見つめ、ごくり、とつばを飲み込んだ。核分裂反応。あの中でたった今も原爆と同じ現象が……？

「……すまん、磯谷。俺には、この船がいいものなのか悪いものなのかは、わからん……。だが、死んだ友人の亡霊に急き立てられるおまえさんの気持ちは、少しわかる気がする」

「あんたも、身に覚えがあるのかい」

佐賀英夫の死顔が入江の脳裏に甦った。

「俺の場合は、そんなにかっこいいもんじゃないがな」

鮫島の言葉で、英夫の輪郭が不意にぼやけたと感じていた。

——佐賀英夫は、君が思っているような男ではない。

——あの男こそ中野学校始まって以来の恥辱だ。

「俺は……。何を見てたんだろう」

入江は目の前の格納容器をぼんやり眺めた。

「あいつの何を見ていたんだろう。誰よりも理解している気でいた。あいつは俺のことなんか理解してないだろうが、俺は全部理解してるんだ。なんて思いこんで、あいつよりも上に立てているつもりでいたんだ」

磯谷は黙って聞いている。長年新聞記者をやってきた男は、人の心の機微を読むのが習性になっている。

「思えば、あいつを好きだと思ったことは、一度もなかったんだ」

しっぺ返しというやつだ。理解と優位を、混同していた自分への。

英夫の〝真の姿〟。

向きあうのが怖いと感じた。

この船のように。得体の知れない怪物に出くわすのではないか。

美しい客船の姿に目を奪われ、その腹に抱えるものが見えていなかった。

そういう〝真実〟が、この船には乗っている。

「……男同士ってやつぁ単純なようでいて、簡単じゃないけえの。わしだって、米原の鼻につく自慢話が大嫌いだった。亡霊を持たない男なんか、そもそもおりゃせん」

慰めとも、気休めともつかないことを言って、磯谷はぶっきらぼうに入江の肩を摑んだ。その粗暴な反応が、入江の心を少しだけ軽くした。

「磯谷。あの連中の狙いはやはり、この船じゃないかと思う」

「乗っ取りの狙いは、船そのものか」

「武装集団はソ連側から武器供与を受けていたようだ。だとしたら、これは単なる亡命騒ぎじゃない。この船を狙ったのも偶然じゃない。この船の存在は、ソ連側も摑んでた」

殺された祖父江社長は、この乗っ取り計画のために、ソ連側に利用された節がある。原子力船を盗む。

それが〝カサンドラ〟計画の正体、だとしたら。

「だとしたら、ますますこの船をソ連の領海まで行かせるわけにいかない。日本の領海にある間に船を取り返さなければ」

どうにかして、連中を排除しなければならない。入江はシミュレーションした。やはりスナイパーになりきって、ひとりずつ仕留めていくしかないのか。

或いは親玉の首をとって、武装解除させるか。それに応じる面々ならいいが。

「連中の弱みはなんだ」

船用原子炉設計者ナギノ博士。原子力船を盗む理由が、その技術を手に入れることなら、自ずと、この船の最重要人物は、船会社の社長でも現職大臣でも政治家たちでもない。ナギノ博士ということになる。

「博士は今どこにおるんじゃ。入江」

「銃撃戦に巻き込まれないよう、安全なところに……」

嫌な予感がした。

入江は、小脇に抱えた論文をもう一度、見た。何ページにもわたって難解な数式や図が記されている。磯谷は目の前の格納容器と交互に見比べた。

「おい、入江。それはまさか、この原子炉の」

「戻ろう、磯谷。胸騒ぎがする」

ふたりは原子炉室を後にした。


敵の目をかいくぐり、戻ってきた祖父江の部屋には、もう誰もいなかった。道夫たちも戻っていない。入江はサイドボードの二段目の引き出し裏に〝125〟と書き込んだ。伝言の残し場所は前もって決めてある。

「なんじゃ。この125ってのは」

入江が見せたのは、机に入っていた英文の聖書だ。聖書の125頁という意味だ。並んでいるアルファベットに丸をつける。暗号文を知らせるためだ。相手が見たら、頁ごと破る。破り方もあらかじめ決めてあるので、後から相手に正しく伝わったかどうかも確認できる。

「これでいい。とにかく出よう」

問題は、この論文だ。自分が所持していると、何かあった時に没収される恐れもある。入江は図書室に向かった。海洋図鑑を開いて頁をごっそりむしり取る。そこに論文を押し込んで本棚に戻した。

部屋を出た入江は、破った頁を海に捨てて、階段をおりた。向かった先は、洗濯室だ。

だが人の気配がない。

「ナギノ博士が消えた」

「なんだと」

「ここを動くなと言っておいたのに。もしや連中に見つかったのか」

入江は辺りを見回した。アメリカ製の大きな洗濯機の前にはシーツ類が積まれている。アイロン台も異状なく、争った形跡はないが……。

「無茶をしたのでなければいいが」

ソ連側にこの船が奪われるくらいなら沈めたほうがいい、などと不穏なことを口走っていた。海に飛び込みでもしない限り、脱出のしようもない。袋の鼠は自分たちも同じだが、原子炉の全てを知っているであろう博士の身柄が敵に拘束されては、ますます奪還が難しくなる。

船窓から外を見ると、大海原は夕闇に包まれていた。

横浜を出港してから二日目の夜が訪れようとしている。霧は晴れつつあったが、右舷側に広がる暗さを増した太平洋は、夜空と海が溶け合って境目もない。デッキにも明かりが灯り始めている。

こんな非常時でも、時間がくれば腹は減る。

厨房のコックたちは当然、連中の制圧下だろう。他の人質には食事も自動的に支給されるだろうが、隠れているこちらはありつくのも難しい。長丁場ともなると、糧道の確保は存外、大きな問題だ。

「何か喰わんと、そのうちガス欠で動けなくなるぞ。入江」

「そうだな。俺にいい考えがある。腹も満たせるし、一石二鳥だ」

入江の〝考え〟を聞いた磯谷は、あからさまに不安な顔をした。

「無茶だ。そんなことしたって、面が割れてるヤツに鉢合わせたら、すぐバレるぞ」

「そん時ゃそん時だ。どの道、俺たちの未来は、船がどこかの港に着くか、海に飛び込むかの二択しかない。偵察に出た道夫たちの安否も気になる」

「佐賀道夫のことか」

そうだが？と入江が答えると、磯谷がふと表情を曇らせた。

「なんだ。道夫がどうかしたか」

「ああ……。昼間、射殺された米軍将校なんだが……」

言いづらそうに磯谷が言った。

「……その将校と佐賀道夫が一緒にいるところを見た」

「なんだと」

「英語でのやりとりだったが、何か不穏な様子だった。佐賀を詰問していたように見えた。ふたりが居た場所も、中佐が死んでいたあのデリック柱の近くだった」

──佐賀道夫は、潜在的ソ連エージェントだった可能性が極めて高い……。

鮫島の言葉が脳裏に甦った。殺されたマクレガー中佐は元ＣＩＣで、道夫にスパイ容疑をかけて取り調べた側の人間だ。鮫島でさえ道夫がリスト入りしていたのを知っていたなら、マクレガー中佐が気づいていてもおかしくはない。

「道夫が中佐殺しの犯人だったとでもいうのか」

「わからん。が、中佐が死んだ後、気になって、あいつが寝起きしている六人部屋をこっそり探ってみたら、ベッドの引き出しから、こいつが出てきた」

磯谷が取りだしたのは、拳銃だ。掌に収まりそうなほどコンパクトだが、銃把には星のマークが入っている。

入江はいよいよ絶句した。

「……ＰＭ」

ソ連で開発された九ミリの自動拳銃だ。マカロフ拳銃と言い、つい二年ほど前にソ連軍に正式採用された新型である。そんなものが道夫の所持品から見つかったと知り、入江は、目の前がぐらりと揺れるのを感じた。それが何を意味するのか。

磯谷も殺しの現場まで目撃したわけではない。

だが事件現場で発見された銃弾も九ミリ。

入江は立ち尽くす他ない。鮫島の疑惑が現実のものになりつつあった。

「うそだ……。道夫……」

＊

「やはり、持っていないようだな」

第二貨物倉に、中年男の声が響いた。

そこにいる長身の男は、汐留泰司だ。白髪混じりの長めの髪に、短くあご髭を生やし、軽快な麻ジャケットに身を包む。アグライア号の内装デザイナーだ。

体には年齢相応の厚みがあるが、緩みはなく、よく鍛えた肉付きだ。そして手には、デザイナーなる職業にはおよそ似つかわしくないものを握っている。拳銃だ。

銃把には星のマークが刻まれている。

汐留の足許に座り込んでいるのは、鮫島だった。

気を失っている。先程、汐留が昏倒させた後、薬物で眠らせた。今は通風管に縛りつけられ、身動きがとれない状態にしてある。その着衣を探っていた汐留が、諦めて、道夫に言った。

「……祖父江社長の遺体から、この男が抜き取ったもんだと思っていたが」

道夫は貨物倉の水密扉に耳をあてて、外を警戒しているところだった。

「てっきりアレを捜してたのかと思ったが」

と道夫が答えた。入江といる時とはうって変わって、冷淡な目つきになっていた。

「祖父江の部屋は捜索したが、見つからなかったぞ」

「トランクの中は」

「いや。確認する前にこいつが。あの中か」

「かもな」

　汐留は道夫よりも年齢は二十歳近く上であるが、道夫は敬語も使わない。武装集団から奪ったモシン・ナガンを手にしている。

　貨物倉にはほとんど荷もなく、やけにがらんとしていて、小さな声でもよく響いた。

「どうする。この男、危険だ。始末しておくか」

　と汐留が問いかけた。道夫はしばし考えたが「いや」と首を振り、

「殺すのはいつでもできる。それより問題は」

「入江か。大臣の護衛とかいう。保安隊がよこした情報部員なんだろう。下手に船内を引っ掻き回される前に早々に退場してもらったほうがいいと思うが」

　道夫は黙っている。汐留はその反応を受けて、

「死んだ兄貴を看取った友人を手に掛けるのは、良心が痛むか」

「……………。まさか」

　道夫は突き放すように言った。

「兄の友だからと言って特別な思い入れなどない。米軍の犬に成り下がってふぬけてしまっても、中野では首席を争った男だ。たったひとりで船の奪還など到底不可能だろう

が、万一ということもある」

「なぜ、先にやっておかなかった」

「……」

「入江の乗船が判明した時点で始末しておけばよかったろうに、なぜみすみす見逃していた」

「……。連中がどこまで我々の計画を把握しているのか、確かめる必要があった」

「本当にそれだけか」

道夫は頑なに無表情を守っている。

汐留はためいきをつくと、ネクタイを緩めて、拳銃を上着の下のホルスターに差した。

「それより海原たちが日本政府に要求を突き付けたぞ。D論文と人質の交換を持ち出してきた」

道夫が「なんだと」と目を剝いた。舌打ちをした。

「海原め……。どういうつもりだ。人質は単なる楯だったはずだ。大体なんで奴がDのことを持ち出す」

「わからん。応じると思うか」

「いや。十中八九、ない。そもそもこの程度の面子と引き替えにできるはずもない」

道夫は心底苦々しそうに、キールの軋む音へと耳を傾けた。

「……米国が黙ってないぞ」

「この作戦のそもそもの目的は、米国の原子力船を奪うことだ。米軍にもれたら、すぐに偵察機が飛んでくる。位置を把握されるのも時間の問題だな」

「全速で逃げても、ベーリング海で捕まる。一旦マガダンの港に逃げ込んだほうがいい」

マガダンはオホーツク海に面したソ連の海港都市だ。汐留は懸念を露わにして、

「海原はDとの交換に備えて、どこかで人質をおろすだろう。寄り道をしていたら、ますます航海日程が遅れる。ベーリング海を越えられなくなるぞ」

「…………。とにかくD論文を見つけるのが先だな」

道夫は冷静さを保っている。

「あんたには作戦遂行の監視という役目がある。沖。アグライアの内装設計者としてねじこむために、金森さんも多少無理をしたようだが」

金森はアグライア号の改造を請け負った佐世保にある造船所の役員だ。この〝極秘船舶〟の情報を最初に得てきた人物でもあった。

「……だが、おかげで誰もあんたの正体には気づいてない」

「本当の〝汐留泰司〟は今もシベリアの空の下だ。今頃はロシア人の若妻と仲良くボルシチを食ってることだろうよ」

汐留はかの地の空気を思い出すように、遠い目をした。

「俺もうまいボルシチが食えてたら、こんないまいましい祖国になんか戻ってきやしな

かったろうな」

「僕もだ」

道夫も乾いた眼差しになった。

「お互い極寒のシベリアで足の指を何本も失いながらしぶとく生き延びた仲だ。だが連中みたいに祖国に革命を夢見るほど楽天家にもなれなかった」

横波に煽られて、船が一瞬浮いたような感触がした。道夫は揺られ続けて安定しない足場に、自らの境遇を重ねている。

「覚悟はいいか。汐留……いや、沖」

沖、と呼ばれた「汐留」は、マカロフ拳銃に弾倉を押し込んだ。

「ああ。二度と生きて陸を踏めるとは思ってないさ」

「忘れるな。ベーリング海峡を越えられなかった時は、この船を——沈める」

行くぞ、と言って、道夫は汐留とともに貨物倉を出ると、扉に外から鍵をかけた。

＊

横浜港を出港してから、三十時間が過ぎた。二日目の夜だ。

金華山沖を北へ航行中だ。霧は晴れてきて、左舷には気仙沼辺りの明かりが望めた。

船内に、ようやく食事が振る舞われたのは、夜九時を過ぎる頃だった。船が乗っ取られてから六時間が経過しようとしている。

乗っ取り犯も空腹ではいられない。ギャレーにはシェフもいたが、限られた食材で長い航海をするためには毎食の分量も抑えねばならない。豪華なディナーのための食材は、ことごとく賄い食のような簡素な料理となって出てきた。

人質になっている客や乗組員のもとにも、料理は運ばれた。配膳は監視付のキャビンボーイが行った。寸胴ごと各部屋を回り、ひとつの皿にライスと煮付けと肉を数切れ、載せる。味気ない配給の仕方は、まるで戦時中の捕虜収容所だ。

「おい、たったこれだけか」

人質にされた醍醐万作は憤慨したが、犯行グループの面々は相手にもしなかった。

「この船内では全員平等。諸君がどのような社会的立場にあろうが、全員が同じ食事をとる。この船に階級などないと知れ」

あくまで〝ソビエト的規範〟によって船内を統率しようとする。

「おとなしく従いましょう。社長」

なだめたのは〝懐刀〟の合田だった。

「いまは命が大切です」

児波たちも黙って飯を喰らった。

食事は操舵室のあるナビゲーション・ブリッジにも振る舞われた。むろん犯行グループに占拠されているため、警戒は厳重だ。

操舵室には、三日月一等航海士と湊二等航海士がいた。

厳めしい顔で、霧の濃い前方を注視している。

「キャプテンはどちらに」

「船長室だ。しかし、船長権限は奪われた」

三日月一等航海士は冷ややかに答えた。

「身柄を拘束した。いまはこの私がキャプテンだ」

配膳のキャビンボーイは、顔を強ばらせた。

一等航海士と二等航海士が、赤雹梯団の一員だった、と気づいたのだ。

制圧された士官たちは、士官室に集められ、武装兵の監視下で食事をとる。皆、私語はない。まるで監獄の囚人のようで、まともに会話を交わすこともできない。

拘束された松尾船長は、船長室にいた。

「入れ」

船長机に向かっている。ソファには戦闘服を着込んだ中年将校が三人、腰掛けている。

赤い腕章をつけている。〝赤雹梯団〟の幹部だった。

中でも、奥に腰掛ける中年将校。年齢は、四十半ばか。分厚い胸板といかついあご。

広い額と太い眉はいかにも意志が強そうで、豊かな髭は乃木大将を彷彿とさせる。

キャビンボーイは配膳の支度を始めた。

「食事はそこに置け」

監視兵に指示されるまま、黙々と皿に盛りつける。珈琲を注ぐ。そうしながらも、男たちの様子を窺っている。

ボーイは、入江が変装したものだった。

その後、磯谷の協力を得て、キャビンボーイの配膳係とすり替わりに成功した。整髪し、眼鏡をかけて制服に身を包めば、にわかボーイのできあがりだ。幸い、中野学校時代にホテルで職業訓練を受けたことがある。

入江は松尾船長に食事を差し出した。そして、

「キャプテンは紅茶でよろしかったでしょうか」

その声を聞いて、松尾船長はようやく入江に気づいた。一瞬、驚いた顔をしたが、入江は監視に気づかれないよう、唇に人差し指をたてた。

「ああ。私は紅茶だ。頼む」

入江は、紅茶をカップに注ぎながら、机にかけた指でふちを軽く叩き始めた。

独特のリズムは、モールス信号だった。

――みな、無事ですか？

松尾は読み取ったのだろう。同じく気づかれないよう、指先で、

――ＹＥＳ。

と返した。操舵室は敵に占拠されているが、幸い死人も怪我人も出ていなかった。

――あれが海原？

と訊ねた。ソファにいる中年将校のことだ。

――YES。

「おい、何をしてる。置いたら早く下がれ」

監視兵が銃口をつきつけてくる。入江はさっと指を隠し、他の者にポットの珈琲を注いでまわった。船長室に珈琲のよい香りが広がった。皆、慌ただしく食事をとり始めた。

入江は扉のそばに立ち、終わるのを待った。

「乗員乗客で所在が確認できないのは、現在のところ、この十名です。団長」

名簿を差し出したのは、副官の浜野だ。野武士を思わせる風貌で、やたらと眉が太い。

もうひとりの副官・八代が細面の公家顔であるのとは対照的だ。

差し出された名簿を、海原が見た。

「隠れたネズミは十四か。だが、いくら隠れたところで船内に逃げ場はない」

「味方兵にも所在不明者が出ています。アッパーデッキの二等客室で、明石団員が死体となって発見されました」

「どういうことだ。殺害されたのか」

「服毒による自決と思われます。しかし所持していた銃と服がなくなっていました。乗客乗員のうちの誰かが、明石から奪って、なりすましている可能性があります。アッパーデッキ担当の下田も、交代時間を過ぎても現れません。殺害されている可能性も」

「乗客乗員のうち、所在不明者の名は」

「乗員では、機関部の砂山三機士。甲板部の小田甲板員。そして司厨部の磯谷晋平。それから……これは、その、まだ確認中なのですが」

言葉を濁した浜野副官に、海原が神経質そうに聞き返した。

「なんだ。何かあるのか」

「司厨部に、佐賀道夫、という名が」

「なんだと。佐賀道夫？」

海原と八代が途端に顔色を変えた。

「どういうことだ。佐賀道夫が乗っているというのは」

「今回の作戦に加わっているという話は聞いていません。同姓同名では」

「それが……先乗りでキャビンボーイとして潜入していた者の話によれば、間違いなく、あの佐賀道夫本人だったと」

海原たちの顔色がサッと変わった。

警戒に満ち満ちた顔つきで、お互いを見やっている。

「どういうことだ。八代副官。誰が奴を乗せろと言った。俺は聞いてないぞ」

「上の指示があったのかもしれません」

「指示だとしても、なぜコソコソ隠れている。なぜ我々のもとに出てこない」

後ろ暗いものを持つ者同士が腹を探りあうような、そんな奇妙な空気だった。

入江は固唾を呑んで聞いている。表情が強ばっている。なぜ道夫を知っている。この海原たちの反応はなんだ。所在不明ということは少なくとも、まだ殺されても捕まってもいないということだが。

道夫が隠し持っていたマカロフ拳銃のことが、頭をよぎった。所持していたのはソ連製の拳銃。マクレガー中佐殺しの犯人容疑。だが、その名は赤雹梯団を困惑させている。

「それとこれも不可解なのですが、内装設計者に汐留泰司という名も」

海原たちは怪訝な顔をした。

「聞きおぼえのある名だな。何か聞いているか」

「容姿は別人なのですが……ただそれも……その」

なんとも要領を得ないやりとりが続いた後で、浜野副官が付け加えた。

「乗客で所在不明は、運輸省の赤井と江口玲。父親のほうは捕らえたのですが、息子はいまだに」

江口議員の息子。あの生意気な天才少年だ。

「ナギノ博士は引き続き捜索中。それから身辺警護で乗船した鮫島と入江の二名も、所在が確認されておりません」

矛先がいきなりこちらに向けられたので、入江は心臓が跳ねた。顔は平静を装った。

八代と呼ばれたほうの副官が、

「醍醐氏と児波氏に同行する、民間警備会社の警備員とのことです」

「いや。警備員ではない」

海原の言葉に、入江はぎくりとした。

「入江秀作は元CICの下部機関にいた諜報員だ。奴のために有能な同志が何人も検挙された。我が恩人である元関東軍の内藤少佐も、G2に謀殺された」

入江は息を殺しながら、耳を傾けている。内藤元少佐……その名には覚えがあった。外務省の情報をソ連側に流していた男だ。マクレガー中佐（当時は少佐）の手で罠にはめられ、自殺した。一連の謀略には入江も協力していた。

「入江は我々の計画を察知して乗り込んでいた可能性もある。捜し出して一刻も早く殺せ。所在不明者も全て反抗者とみなし、発見次第、即射殺しろ。少しでも反抗の種になりそうな言動をみせた者は今のうちに排除しておけ」

幸い、海原たちは誰も入江の顔を知らない。まさか目の前のキャビンボーイが張本人だとは思いもしないだろう。

唯一それを知る松尾船長は、黙って紅茶を飲んでいる。が……。

――松尾船長が収監されていた収容所。ソ連のスパイが数名出ている。

戦時中、アッツ島沖で沈められた姉妹船の一等航海士だった。米軍にたまたま救出されて、捕虜となったが、スパイ疑惑がかかっていると、鮫島が言っていた。が、どうやら本当のスパイは、三日月一等航海士と湊二等航海士だったようだ。

だが、ここで松尾船長が一言、自分を名指しすれば、それで一巻の終わりだ。入江は気が気ではなかったが、

「そうだ。君、時計のねじ巻きは済んだかね」

松尾船長が声をかけてきた。船内時計のねじ巻きは、キャビンボーイの仕事だった。そのキャビンボーイたちも、今は全員監視下だ。

「船内時計が止まると、皆も不便を感じるだろう。長い旅になるだろうから。午前零時にねじを巻くことだけは怠らずにやってくれ。それから来島船医から薬をもらってきてくれ」

薬ですか？　と入江は問い返した。

「持病の薬だ。この騒ぎで取りに行くことができなかった。メモを渡そう」

「わかりました」

「おっと」

船が揺れ、松尾が弾みでカップを床に落とした。割れたカップを見て、すかさず入江が片づけにまわった。ふと松尾と目があった。

どうやら、わざとこぼして、入江がここに留まる時間を稼いでくれたようだ。

松尾船長の胸中を、入江は探った。松尾はどうするつもりなのか。

その間も、海原たち赤雹梯団の幹部たちは打ち合わせに余念がない。

「食糧ですが、やはりこの量ですとアルハンゲリスクへ着く前に底をつくかと」

「せいぜい二、三日分の食糧しか積んでおりませんから。補給がないことには」

原子力客船であるアグライア号は、燃料補給もいらない。だが、人間はそうはいかない。

　そこへ船内電話が鳴った。とったのは、八代副官だった。無線室からのようだった。しばし話をして、

「日本政府からの回答です」

　入江は密かに反応した。やはり〝要求〟を行っていたのだ。

　海原が立ち上がった。

「来たか。回答は」

「はっ。日本政府からは『そのようなものは存在しない』と」

「ほう。あくまで〝ディアブロ〟の存在は認めず、か」

　入江は怪訝な顔をした。――なんのことだ？

　ディ、ア、ブ、ロ？

　海原は含み笑いを漏らすと、またソファへと腰をおろした。

「……哀れな。人質になった現職大臣やあの政治家たちは、日本政府から切り捨てられたということだ」

　海原は決然と太い眉をあげると、冷ややかに言い放った。

「最低限の乗員を残し、他は処刑しろ」

　入江はギョッとした。これには松尾船長も副官たちも驚いた。

「殺害するのですか」

「そうだ。あくまで〝ディアブロ〟との交換に応じないつもりなら、行動で示すまでだ」

「容認できん！」

松尾船長が椅子を蹴って立ち上がった。

「食糧をもたせたいなら、最低限の乗員だけ残して、他の者は救命艇で退船させてくれ。乗客乗員の命を奪うことだけは、船長として断じて見過ごせん」

毅然と言い切った松尾のほうへ、海原が厳めしい表情で近付いてきたかと思うと、おもむろにその顔を殴りつけた。

「指示を下すのは、この私である。君は黙って船の航行にのみ責任を負っていればよい」

松尾船長が、海原の前で土下座した。

「頼む！　乗客乗員に手は出すな！　殺害するのだけはやめてくれ、このとおりだ」

海原は答える代わりに松尾の肩を蹴り倒した。床に突っ伏す松尾を、入江はかばい、思わず後ろベルトに隠し持っていた拳銃を握りかけた。が、手が止まった。

ここで海原を殺したところで、副官二名と監視がいる。監視は小型機関銃を握っているから、蜂の巣にされるのが関の山だ。海原と副官二名の銃は、腰のホルスターにある。三人が抜く前に、監視を確実に仕留め、なおかつ海原たちを仕留める。

弾倉に残っている弾は、四発。

入江は内心舌打ちした。——厳しいか。

すると、松尾がスッと手を伸ばしてきた。思いとどまれ、というように。

海原が無線室に指示した。

「再度要求しろ。午前零時まで待つ。その後、応じなければ、一時間につきひとりずつ、五十音順に人質を殺す。いいな」

告げてから、海原が松尾船長に向かい、

「……船に残す最低人数の乗員を朝までにリストアップしろ。それ以外は処刑する。日の出までに屋外デッキに集めろ。いいな。私は団長室にいる」

と言うと、浜野副官のみを連れて、船長室から出ていった。

入江は戦慄を覚えた。なんて残忍な男だ、海原。眉ひとつ動かさなかった。食糧のために大勢殺して、アルハンゲリスクまで辿り着くつもりか。

ごとり、と音がした。

振り向くと、部屋に残っていた八代副官が、テーブルに突っ伏すようにして倒れ込んでいる。監視兵も壁にもたれて座り込んでいた。入江はふたりに近付いて確認した。

昏睡している。

「薬か。入江くん」

「はい。珈琲に盛りました。でも海原たちは飲みませんでしたね。用心深い」

船長室には松尾と入江だけとなった。

「本当は全員眠らせてしまいたかったんですがね……。手持ちの量に限界が」

「持ち込んでいたのか」

「はい。児波さんが不眠気味だというので、念のため。こんな形で役に立つとは思いませんでしたがね。それよりケガはありませんか。操舵室を占拠された時に暴力などは」

「抵抗した操舵手が軽いケガをしたくらいだ。君もよくぞ無事にここまで辿り着いたな」

松尾船長によれば、武装集団の人数はおよそ二十名。そのうち、操舵室・船長室のある、このナビゲーション・ブリッジには、海原たちを含めて七名。残りの十数名が、階下を占拠制圧しているという（ただし、そのうちの二名は死亡した）。

「機関室の状況は」

「制圧された。武装兵に監視されている」

松尾船長は険しい顔を崩さない。入江は神妙な顔になり、

「キャプテン。この船の新型ボイラーの正体は——」

「……………」

「原子炉。アグライア号は、原子力船。そうですね」

松尾は驚かなかった。

「児波氏から聞いたのか」

「この目で見ました」

「そうか」

松尾は机の上に置かれた地球儀を見て、言った。

「原子炉を載せた、世界初の船だ。まだどこも実現させていない。原子力を用いて航行している最初の船だ。極秘の実験航海だった。私も含め航海士と甲板部員及び機関部員のほとんどは、戦時中、米国に連行された日本人捕虜だ」

「なんですって」

「多くは海軍や戦時徴用船の船乗りだった」

松尾船長はじめ、あの前島機関長も、アッツ島の海戦で撃沈された艦船から脱出したところを捕らえられ、米国本土へと連行された。彼らは終戦後も一度も帰国することはなく、米国籍を与えられ、日本では戦死したとみなされている。

「我々は米軍の監視下に置かれ、この船を動かすための教育訓練を受けてきた。即ち、舶用原子炉運転に関わる訓練だ。最新の原子力プラントの扱い方を叩き込まれた。実験段階のこの極秘船に乗り込む乗員として、我々、日本人捕虜があてられたのだ」

入江は息を呑んだ。

船長以下航海士四名、甲板長以下甲板員十名、機関長以下機関士九名、操機長以下操機手七名。

計三十名の元日本人捕虜だ。

「これは実験航海の一環であり、日本政府要人へのお披露目だ。客船風にしたのは、要人をもてなすための偽装に過ぎない。あくまで原子力船用炉の実用性を確かめるための」

「その実験に、なぜ日本人が……」

「船用炉の開発者が、ナギノ博士だったということもある。それ以上に、人体実験でもあるのだ。恐らく」

「人体実験……ですって？」

「船内の空気も水も、全て毎日、放射線量測定を行っている。乗員は被ばく量を測定するため、毎日朝昼晩の三回、採血されている。そして想定される原子炉事故が起きた際には、我々はそのサンプルとなる」

「原子炉事故……のサンプル」

「だから、捕虜を乗せたのだ」

原子炉がある場所は、安定した陸上ではない。常に状況が変化する海上だ。荒天の最中、波濤に揉まれることもあるだろう。そういう場所で原子炉を動力とする。何がどういう状況になるかは、誰にも予想がつかない。

その最も基礎となるデータを取るために、中古船を改造して原子炉を搭載させたのだ。

それがこの『アグライア号』だった。

「だからって、そのために日本人の捕虜を使うなんて。日本人ならいいと思ったのか！捕虜だったら人体実験に使ってもいいと」

「それは戦争中、日本人もやってきたことではないか」

醒めた眼差しになって、松尾船長は言った。

「元より我々は、米国の艦船に助けられていなければ、アッツ島沖で命を落としていた身だ。人体実験であろうがなかろうが、文句を言える立場でもない」

「だからと言って……っ。戦争はとうに終わったんだ。あなたがたはもう捕虜じゃない。帰国して家族の元に戻る権利がある」

「家族はもうとうに戦死したものと思っているだろう。今ある我らは亡霊も同然だ」

「亡霊だなんて」

「それに彼らが我々を選んだのは、日本人船乗りの優秀さをよく知っているからだ。現にこの船のクルーは、原子力船の仕組みも動かし方も、みるみるうちにマスターした。米国人よりも飲み込みは早かった。入江くん、この船はね……我々、日本人捕虜の誇りでもあるのだ」

入江は、松尾船長がこの船に神棚を据えた意図を痛いほど理解した。

〝生きて虜囚の辱めを受けず〟

捕虜になるくらいなら、死ね――と。

日本兵は皆、そう教えられてきた。

だが、松尾たち戦時徴用船の乗組員は、民間の商船乗りだ。輸送船として使われ、敵の攻撃を受けて沈んだ商船は数百隻に及んだ。

「虜囚の辱めを受けるな、とは、職業軍人の言う言葉だ。だが、我々は軍人じゃない。そうでない者にとっては、生きることこそが一番なんだ。米国籍を手にして日本人ではなくなっても、心は日本人だ。そう思っている仲間と動かしている船が、この『アグライア号』なんだよ。入江くん」

「キャプテン……」

「三日月と湊が工作員だったのは、残念だった」

松尾船長は苦々しく言った。

「連中の目的は分かっている。この船を盗むことだ。ソ連側の工作員として、この船をソ連へと持ち込むこと。だが、船という形を奪うだけでは駄目だ。動かすことはできない。この『アグライア号』を知り尽くした我々、日本人捕虜のクルーなしでは、形を手に入れたところで、その魂まで手に入れることはできんだろうな」

いくら最新科学の結晶であっても、動かすのは生身の人間だ。

人間が身につけた〝技術〟なのだ。

「どうするんですか。まさか」

「我々クルーは皆、ひとりにひとつずつ、これを持たされている」

松尾船長が開襟シャツの胸元から取りだしたのは、銀色の筒状ペンダントヘッドだ。

「中に、青酸カリが入っている」

「！……それはつまり……っ」

自決をするための、毒——だ。いざというときの。

松尾船長は自分の命を摑むように、小さな銀の筒を握りしめた。

「この船に何かあった時は、クルー全員、これを飲むことになっている。私の号令ひとつで」

入江は青ざめた。その覚悟に気圧されるものを感じていた。

「……いけません。キャプテン。自決は最後の手段です。いや、そもそも、あなたがた日本人捕虜が米国の機密を守るために死ぬ必要なんて、ない。しかもその技術は」

——俺はこの船が怖い。怖くて仕方がない。

磯谷の声が甦る。そこにナギノ博士の言葉が重なる。

——この新しい技術は必ず産業を変える。社会を変える。人類の未来を変える。

——そうやって、あなたたち米国が手にしたものが、この国に何をもたらしたのか。忘れたとは言わせない。

道夫の声が聞こえた時、入江は忸怩たる想いを嚙みしめた。なぜこの船を、日本人が動かしているのか。痛烈な皮肉のようにも聞こえた。「この船は誇り」だとも言った。本当にそう思えるのか。設計者もクルーも、日本人だ。戦争に負けた日本人が生みだした船だ。それは敗戦からこっち、辛酸をなめ、ずっと屈辱を嚙みしめ通しだった自分たちの、なけなしの矜持だったのか。

この船はいったい誰のものなのだ。

「入江くん。君の厚意はありがたいが」

「いいえ。なんとかします。乗客も乗員も、もう誰ひとり死なせない。死なせてたまるか」

入江の脳裏には、佐賀英夫の死に顔が焼き付いている。

「……船で死んでく人間をみるのは、もうたくさんなんですよ」

「何か策はあるのか」

「いえ。あいにく」

確実な方法は、鮫島の案なのだろう。武力制圧された状態から状況をひっくり返すには、とにかくスナイパーとなって全員仕留めていくのが近道なのだろう。

だが、そうやって、この船上でこれ以上、血が流されるのは、入江には耐えられそうにない。米国船籍の船上で、日本人同士殺し合いなんて、冗談ではなかった。

「全員ひっ捕らえて救命艇にでも押し込んで、海に流してしまえればいいんですがね」

日の出までに最低限の乗員をリストアップしろ、と海原は命じた。

「……それもあるが、問題は連中が日本政府に対して、人質交換の要求を出したことだ」

「なんなんですか。ヤツが言ってた〝ディアブロ〟というのは」

〝ディアブロ〟なるものの存在を、日本政府が認めなかったことに、彼らは不満を漏らしていた。

松尾船長にも、その正体は分からないという。

「〝悪魔(ディアブロ)〟……と引き替え、か」

――この船には悪魔がのっている。

波照間教授の遺言とかぶる。入江は引っかかるものを感じていた。偶然だとは片付けられない。

「……しかし、要求を出したおかげで、この船が乗っ取られていることが船外にも知られるところとなった」

「やはり、まだ救難信号は」

「ああ。真っ先に無線室を押さえられた。だが、外部に船内の異常事態を知らせる手間は、おかげではぶけたわけだ」

「人質交換はリスクでもありますね。そもそもアグライア号を確実に盗むなら、俺だったら、外部とは一切連絡をとらず、乗っ取りにも気づかせないように事を運びます」

「そのとおりだ。この船を奪われて、米国が黙っているとも思えない」

「米軍が救援をよこすかもしれません。アラスカ軍(ALCOM)が動いてくれれば、ベーリング海峡を封鎖して、航行を阻止できるのでは」

「事はそう簡単じゃない。アラスカ軍が動くとなると当然、ソ連軍も黙っていないだろう。最悪、武力衝突が起こる可能性も」

そうでなくともベーリング海にはソ連の潜水艦がたくさん待ち受けている。この計画が単なるはねっかえりの日本人亡命者が企てたものならいざ知らず、ソ連共産党が関わっているような事案であれば、当然、アグライア号の海峡航行を手助けするだろう。そこに米軍が動いたなら、衝突は火を見るより明らかだ。

「君が考えている以上に、状況は厄介だよ」

入江も理解した。確かに、一口にアルハンゲリスクに向かう、と言っても、その北極海航路には〝関門〟があるわけだ。ベーリング海峡は極めて狭水路であり、海の要衝。何より米ソの国境が接する場所であり、緊張が高い。

「日本政府へ要求したとなると、アメリカ側にも伝わったとみていいでしょうかね」

「………。海原も当然、口止め工作はするだろうが。問題はこの船が極秘の実験船であることだ」

世間にはこの船の正体は知られていない。原子炉を腹に抱えた船であることも。

そして、あくまで未認可の〝実験〟船であることも。

「危険を伴う」

松尾船長の言葉裡に、入江は嫌でも感じ取らねばならなかった。

この船が、日本人捕虜だけで航行させられている意味までも。

「この船をベーリング海に行かせてはならない。その前になんとしても、彼らを武装解除させなければ」

「………。のんびりしてる場合じゃないってことですね」

或(ある)いは、武装集団の動きが鈍る未明まで待つことも考えていた。だが……。

「どの道、夜明けには処刑が始まってしまう」

入江は腹を決めねばならなかった。

「協力してください。キャプテン。どうにか全員が生きて無事、横浜港に戻れるよう。私が〝交渉〟を試みます」

第六章　アポロンの呪い

薄暗い貨物倉の中で、鮫島は肩を揺さぶられて、ようやく意識を取り戻した。

通風管に縛り付けられた姿勢で、第二貨物倉に閉じこめられていた。薬を嗅(か)がされて昏睡(こんすい)させられていたためか、頭が重かった。鮫島の肩を揺さぶっていたのは、少年だった。

「ああ、よかった。生きてたんだ。死んでるのかと思ったよ」

「おまえは……江口議員の息子じゃないか」

鮫島を起こしたのは江口玲だった。他に人影もない。

船内灯を頼りに、鮫島はあたりを見回した。

「ここはどこだ」

「貨物倉だよ」

「なんでこんなところにいる」

「ここに隠れてるようにって父さんから言われた。そしたら、おじさんが運び込まれてきて」

「誰だ。私を運び込んだというのは」

「キャビンボーイのお兄さんだよ。佐賀とかいう。それと内装設計者の汐留先生」

佐賀と汐留だと？　と鮫島は声を荒らげた。身を乗り出そうとしたが、体を縛り付けられていて、かなわなかった。鮫島は声に怒気を孕ませ、

「佐賀め、本性を顕したな。しかも汐留だと？　あの内装設計者まで共犯だったとは」

「あんたもあの海賊たちの仲間？」

赤霍梯団のことだ。なるほど、船に無理矢理乗り込んできて乗っ取るのは、はたから見れば立派な海賊行為だった。馬鹿を言うな、と鮫島は叱りつけた。

「海賊は佐賀のほうだ。入江の奴もまんまと騙されていたわけだ。あのふざけたアカどもめ。今度こそ仕留めてやる。……おい、縄を切るのを手伝え」

「刃物がないから無理だ」

「右足の靴底に仕込んである」

言われるままに靴を脱がせると、分厚い靴底が蓋になっており、その中に小柄ほどの薄い金属板が隠されている。ふちが鋭利になっていて丸い包丁のようだ。玲はそれを取りだし、鮫島を縛っている縄を切った。

「よし。いま何時だ」

「わからないよ。でも腹時計からすると、もう夜だな。ああ、腹減った。いつまでこんなとこに隠れてないといけないんだよ」

鮫島は自分の所持品を確認した。武器は当然なくなってしまっている。船尾側の壁に

人が出入りできる水密扉を見つけた。しかし開閉のためのロック解除は通路側からしかできない仕組みになっていて、貨物倉の内側からでは、体で押しても全く動く気配がない。

「無理だよ。ボーイのお兄さんたちが閉めていったから」

簡単には破れない分厚い鉄製の扉だ。

鮫島は頭上を見上げた。天井の中央部分が艙口（カーゴハッチ）となっており、荷の出し入れを行うため、開くようになっている。だが、ハッチの蓋は大きな鋼板になっていて、外のデリックブームで吊（つ）り上げて開ける仕組みだ。それを巨大な帆布で覆って厳重に防水している。

「中からは開けられんか。閉じこめられたな」

「眼帯のおじさん。こっちは？」

玲が呼んだ。見ると、奥の隔壁に垂直ラッタルがついている。

「このはしごから出られるんじゃない？」

見ると、上部へあがれるようになっている。高さは二階分はありそうだ。荷役者が甲板から船倉へと出入りするため設けられた人用ハッチだ。鮫島は迷わずよじ登った。マンホールほどの大きさのハッチカバーで頭上を塞（ふさ）がれている。ポンツーン蓋についているハンドルを回し、押し開けることができた。

そこは暴露甲板になっている。風と波飛沫（しぶき）がまともに吹き付けてくる。すぐそばにはフォアマストがそびえたっている。操舵室からの視線を警戒し、物陰に隠れる。ともあれ脱出に成功した。

　後から玲もついてきた。

「なんでついてくる。隠れてろと言われてたんじゃないのか」

「いやだよ。腹も減ったし、小便したいし、あんなとこにいたら酸欠になっちゃうよ」

「足手まといだ。戻れ」

　目鼻立ちのきれいな少年は、舷側に立つと、海に向かって放尿しはじめた。妙に腹の据わったところがある。玲はすっきりした顔で戻ってくると、今度は食べ物をねだり始める。鮫島は嫌そうな顔をした。

　その時、プロムナードデッキの船窓に人影が横切った。鮫島は玲の襟を引き、横倒しになったデリックブームの陰に身を潜めた。

「ねえ、アルハンゲリスクってどこ？　あの海賊たち、この船乗っ取ってどうすんの」

「大方、この船と乗客を人質に取って、身代金でも要求するつもりなんだろう」

「身代金？　原子力船を乗っ取って？」

　鮫島が目を剝いて、玲を見た。

「おい。今なんて言った」

「だから、原子力船」

「原子力船だと？　この船は原子力で動いてるのか」

「正確には、原子炉の熱で作った蒸気の力」

「新型ボイラーは原子炉なのか。原子炉を船に載せているのか」

「そうだよ。昼間、父さんと一緒に機関室を見せてもらったから間違いないよ」

鮫島は数瞬、黙ってしまった。

「見たのか。その目で」

「うん。原子炉室の中まで入って原子炉格納容器を見学させてもらった」

事も無げに言った玲に、鮫島は絶句した。

「そんな船が……もうこの世にあるとは」

「加圧水型舶用原子炉っていうんだ。なかなか面白かったよ。ナギノ博士が説明してくれた。そもそも加圧水型の利点は——」

語り出すと立て板に水だ。鮫島には何のことやらさっぱり分からないが、飛び級で米国の名門工科大学に入学するだけのことはある。

「もういい、わかった。おまえは乗る前からこの船のことを聞いていたのか」

「ううん。でも、あちこちにガイガーカウンターがあったし、煙突から煙が出てなかったから。欧米じゃ、もう原子力発電所なんかも造ってるんでしょう」

玲は格別驚きもしなかったという。

「……だけど、核分裂の原子炉は、むやみにでかくなるばかりだし、非効率的だな。放射性廃棄物がたくさん出るし、ウランを濃縮するのも面倒でしょ。なんで核分裂炉なんだろう」

玲の言うことは鮫島には半分も理解できなかったが、この少年の頭脳が明らかに人並み外れているという事実だけは、理解した。

「君は原子炉の勉強でもしてたのか」

「日本にも戦時中にはサイクロトロンっていう実験装置があったそうじゃない。進駐軍に見つかる前に壊しちゃったらしいけど。あのナギノ博士と殺された波照間先生は、原爆研究やってたんでしょう。そのふたりが乗り合わせてるんだから、この船が原子力船だって予想できそうなものだけれど」

さしもの鮫島も舌を巻いた。……なんという少年だ。

頭がいいばかりか、こましゃくれているので、江口議員はさぞ手を焼いていることだろう。だが類い希な頭脳の持ち主である我が子に、世界初の原子力船を見せておきたいと思う親心も、理解できないことはない。

「僕たちどうなるの。このまま北極海まで連れていかれちゃうの？　船旅は苦手なんだ」

「船旅をしたことがあるのか」

「子供の頃にね。ドイツから。海が荒れて、さんざんだったよ」

玲の母親はドイツ人だ。江口議員は駐独の元外交官だった。玲はドイツ生まれだが、第二次世界大戦が始まり、父親の帰国と共に日本にやって来た。

「まだ小さかったけど、船酔いがひどくてぐったりしてたって……」

「しっ」

鮫島が通風筒の陰に玲を押し込んだ。近くに見張りがやってきていた。

「ここでじっとしていろ」

言うと、鮫島は音も立てずに近付いていって、見張りの背後を取ると、口を塞いで、鮮やかに当て身をくらわした。銃を取り上げると、容赦なく射殺しようとした。

後ろから飛びついたのは、玲だ。

「何をする」と鮫島がふりほどこうとしたが、玲はしがみついた。「殺すのだけは」と大きな瞳ですがられ、鮫島も引き金が引けなかった。

やむなく武器を全て奪い、ついさっきまで鮫島たちがいた貨物倉へと男を閉じこめた。

玲の前ではどうも調子が狂う。未成年者の見ている目の前で、射殺するのを憚るくらいには、良識が残っていたらしい。

「眼帯のおじさん、腹減ったよ」

「私の名前は鮫島だ」

「鮫島のおじさん。なんか食べようよ」

「いいから、さっさと父親の元に戻れ。客は全員一等喫煙室だ。人質でも飯ぐらいは食えるぞ」

「駄目だ。殺されるって、父さんが」

「連中の目的は身代金だ。人質はそう簡単には殺されん」

「でも、父さんは言ったよ。自分と一緒にいたら殺されるって」

鮫島は意外な言葉を聞いた。

「その根拠は」

「……さあ」

「米国はこの船をソ連側にむざむざ渡すわけにはいかない。交渉には応じるはずだ」

「船は助けても乗客乗員を助けるとは限らない。だから僕を隠したんだ」

玲は「ざまあみろだ」とデリック柱にもたれた。

「……自業自得さ。あの人が母さんを病気にしたんだ。母さんを孤独にした報いだ。バチがあたったんだ」

夜の海上にはひんやりとした湿った風が吹いている。この季節特有の東風は、真冬の寒風とも違っていて、冷湿さが骨まで染み渡る。陸では山背と呼ばれる風だ。餓死風とはよく言ったものだ。

塞ぎ込む少年の横顔を、鮫島は黙って見つめている。湿った栗色の髪が軽さを失って頬に張りついている。懐かしいものでも見たかのように、鮫島はふとつぶやいた。

「私の父親は、特高係の警察官だった」

「え？」

「国によろしからぬ言動をする連中を次々と検挙して、さんざん世間から恐れられた。が、戦争が終わって公職追放された後は、一転、酒浸りの惨めな余生を送ることになった」

玲は驚いた。が、また醒(さ)めた目に戻り、

「特高なら母さんの許(もと)にもやってきたよ。横柄な連中だった。スパイと疑われてた」

「ああ。その悪名高い特高だ。上の正義が変われば、末端の信念など容易に蹴散(けち)らされる。世の変化にもついていけず、今は日陰者のように暮らす父親に、同情の余地など全くないが」

鮫島は海風に吹かれている。眼帯をした異相から、不遜(ふそん)な色が束の間消えていた。

「学もなく貧しい人間にとっては、警察官にでもなって権力さえ身につければ、いくらかでもいい暮らしができる気がしたのだろうな……」

玲の視線に気づいて、鮫島は我に返った。取り繕うように、弾倉を確かめた。

「どういうこと。何が言いたいの」

「別に」

「僕は父さんを理解なんてしないよ。するもんか。あいつが母さんを妾(めかけ)になんかしなけりゃ、母さんもあんな苦労はしなかった。口さがない連中から色々言われて、周りからは白い目で見られて……。僕も小学校でさんざん虐(いじ)められた。日本になんて来なきゃよかったんだ」

「君の母親は、ユダヤ人だったそうじゃないか」

玲は目を瞠(みは)った。鮫島は乗客の身元は全て頭に入れている。

「母方の家族とは会ったことがあるか」

「………。ないよ」

「そうだろう。家族はナチスの収容所に送られたきり、帰ってこなかったはずだ。君の母親も収容所行きの列車に乗せられかけていたところを、江口議員が自分の妻ということにして助け、日本に連れて帰ってきたと」

玲は顔を強ばらせて、黙り込んでしまう。反応から見るに、知らなかったようだ。

「ひとり助けたところで、偽善者扱いされるのがオチだろうが、少なくとも江口議員が君の母親を助けなければ、君もこの世にはいないというわけだ」

「………。だから、あの人を尊敬しろっていうの」

「そんなことは知らん。ただ世間から後ろ指さされても知らんふりできるほどの面の皮が、多少あったほうが、人生、楽に生きられるというだけだ」

玲は神妙な顔になってしまう。

その時だ。屋外デッキの通路に数名の人影が現れた。

鮫島は玲の後ろ襟を引いて物陰に隠れた。犯行グループの武装兵に連れられて、ロープに繋がれた背広姿の男がふたり、歩いていく。それを見て、玲は思わず身を乗り出した。

――父さん……！

と叫びそうになった口を、鮫島が塞いだ。

ひとりは江口議員だった。船尾側へと連れていかれるところだ。もうひとりは欧米人。船主のマイケル・オーサー社長だ。鮫島と玲は隠れながら、後を追った。

武装兵は船尾側の暴露甲板にやってきた。江口議員とオーサー社長を二本のデリックブームの前に立たせると、おもむろにロープを首に巻いた。さらにその端をデリックブームへとくくりつけたではないか。

何が起ころうとしているのか。

玲はさすがに察した。真っ青になって、取り乱しそうになる玲を、鮫島が押さえつけた。

武装兵は玲の父親に銃口を向けたまま、言い放った。

「江口君。オーサー君。日本政府は我々の要求を退けた。君たちには、愚昧な政府の代わりに、その報いを受けてもらう」

もうひとりの武装兵は、デリックブームの操作レバーの前に立っている。

玲は鮫島に口を塞がれながら、激しく暴れた。叫び声をあげたが、口を押さえられて声にならない。父親を必死で呼んでいる。やめろ、やめろ、と。

江口議員は、ロープで首をくくられながら、観念したようにうなだれている。

「何か、言い残すことはないか」

と武装兵に言われ、オーサー社長は恐怖に顔を引きつらせて、聖書の一部を口にした。声は震え、我が身に起きた不測の事態にうろたえているのが伝わった。

江口議員は、だが覚悟を決めているようだった。

「……。息子に」

物陰で、玲は目を剝いた。江口議員は顔をあげて、毅然と言った。

「這ってでも生きろと。おまえの命はおまえだけのものではないと。世の人の役に立て。父の分も、母を生涯守れと」

その息子をどこに隠したのか、とは武装兵も訊ねなかった。船の中には逃げ場もない。隠れていても早晩見つかると高をくくっているのか。

武装兵は死刑執行人だった。一礼すると、ブームの操作者へと合図を送った。

ゆっくりとブームが上にあがっていく。

江口議員とオーサー社長の体も吊り上がっていく。爪先が床を離れる。

首をくくる形になった。

玲は、暴れ続けていたが、極度の興奮とショックのあまり、ついには白目を剝いて気絶してしまう。

それは紛れもなく〝見せしめの処刑〟だったのだ。

*

「ようやくお目覚めのようだな」

赤霓梯団の八代副官が昏睡から目覚めたのは、暗い部屋の中だった。

目の前には小さな懐中電灯の明かりがひとつ。握っているのは、入江だった。

その場所は船長室ではない。今は使用されていないセカンドデッキの三等船室だ。配膳車の中に副官の男を押し込めて船長室から出た入江は、エレベーターでセカンドデッキに降り、ここへと連れ出したところだ。

部屋には磯谷が待っていた。彼が待機していたランドリールームは船長室から船内電話が通じていたので、指示をするのも早かった。副官の男はようやく睡眠薬から目覚めたところだったが、まだ朦朧としていて、ここがどことも分からないようだった。

それもそのはずだ。入江の手許には割れたアンプルがある。米国製の自白剤だ。スパイの尋問用に持ち込んでいたものを、磯谷が彼の部屋から取ってきた。かつてCICの下でスパイ容疑者を尋問した時にもさんざん使った。入江が尋問を得意としていたのは、投与が難しい自白剤を唯一使いこなせたからだ。

自白剤の効果には個人差がでる。幻覚や誇大妄想を引き起こして正確な情報を話せなくなる者、万能感から反抗する者、脈絡のない情報を夥しく垂れ流してしまう者など、様々だ。入江は慎重に相手の適量を測りながら、シンプルな問いを与えていく。

「よし。このあたりでいい。君の名前は」

副官は朦朧としながら、答えた。

「やしろ……八代平吉……」

「君の軍歴または職歴は」

「元……シベリア派遣軍第……師団……憲兵隊……」

道夫と同じ。シベリア抑留から帰国した男だった。

「梯団」を名乗るところから、そんな気はしていたが、やはりその通りだった。帰国前にソ連側から〝赤化〟された工作員か。

「犯行の首謀者は誰だ。乗っ取りを計画したのは」

「……海原……団長……」

「海原と君の関係は」

「……ライチハ…の…収容所（ラーゲリ）……で…知りあっ……」

磯谷が「ハバロフスクの炭鉱だ」と耳打ちした。冬はマイナス二十度の極寒で、抑留経験者の間でも、特別、厳しい環境を強いられる収容所として知られていた。

自白によれば、八代たち武装集団のメンバーは皆、同じ収容所の出身者だという。海原と同室だった者が中心となって組織されていた。帰国後も繋がりを保ち続け、今回の決起計画が実行された。

「乗っ取りは、内務省の指示か」

「……そうだ、ときいている」

「この船を盗め、と？」

「……そうだ……」

八代たちはあくまで海原の〝兵隊〟であり、エージェントとして内務省の人間と直接繋がっていたのは海原だけのようだ。多くは、日本に帰ってからも〝抑留者〟のレッテルによって、社会に溶け込めずにいた者で、その疎外感から海原の決起に賛同したという。

「海原……さんは……収容所でも、一番の……アクチヴだった……」

自白剤の効果か。八代はこちらが聞かずとも、語り続けた。

模範兵だった。誰よりも率先して〝民主運動〟（この場合は〝共産主義の運動〟という意味だ）の活動家（アクチヴ）となり、日本人捕虜の中でも声の大きい存在だったという。そのためソ連将校からの覚えもめでたく、収容所にいる間にエージェントとして日本に送り込まれるための訓練もさせられていたようだ。帰国が早かったのは、そんな理由もあったという。

武器の調達も、道夫の見立て通り、ソ連側の協力があり、海原が段取りをつけて行っていた。

「だが、自分の肉親や国を捨ててまで、こんな無謀な計画に乗るなんて……。割に合わないと思わないのか。二度と日本には戻れないかもしれないぞ」

「日本には……居場所がない……」

八代副官はたどたどしい口調で言った。

「家族に……は……理解されなかった。民主運動も共産革命も……理解どころか……異物でもみるような目でみられた。俺たちは……ソ同盟を……社会主義を肌で知った…者。よくも悪くも……元の共同体には戻れない。村にもいづらく…家も妻子も……どこにも……帰るところなど、ない……」

入江と磯谷は顔を見合わせた。苦い思いがした。そういう世間からの強烈な疎外感が、彼らを〝活動家〟に仕立てていったのか。

道夫も、世間への恨み言を口にしていた。

社会から疑念の目で見られ、つまはじきにされる。激しく移り変わる世の中に、居場所を作れない鬱積が、その根底にはあったというのか。

「梯団のメンバーは皆、同じ収容所にいたと言ったな」

「……そう、だ……」

「先乗りで潜入していた者たちもか」

「そう……だと、きいてる……」

道夫の顔が浮かんだ。入江はますます険しい顔になった。そう。彼らはただシベリア帰りだったのではない。同じ収容所で苦難を共に乗り越えた。そういう精神的な結びつきの強さが、赤霍梯団の結束を支えているに違いない。余程の動機がなければ、こんな大それた計画を集団で決行などできないからだ。

それを聞いて、入江はこの船の乗員たちがアメリカに連行された捕虜だったことを思い出した。

なんて皮肉だ。

つまり、この原子力客船は、アメリカに捕らわれた日本人捕虜の手で航行し、ソ連に連行された日本人捕虜に乗っ取られたというのか。

入江は腹をくくった。神妙な顔つきになって、慎重に問いかけた。

「佐賀道夫は仲間か」

すると、八代副官が黙りこんだ。入江は祈るような思いで、重ねて問いかけた。

「佐賀道夫も潜伏者(スリーパー)なのか」

「……サガ……ミチ……」

八代副官の顔が急に歪(ゆが)み始めた。

低いうめき声をあげ、しきりに頭を振り、聞き取れない言葉を発しながら、苦悶(くもん)する。

「……やめてくれ……おれは……ちがう……」

「おい。なんだ。どうした」

「おれは…やってない……ちがう……ちがうんだ……！　あくまめ、おれはちがうぞ！」

喚(わめ)き始めたので、慌てて口を塞(ふさ)いだ。取り乱し方が普通ではない。やはり道夫のことを知っている。名を出しただけで、なぜこんなに怯(おび)える？

悪魔だと？　道夫に何があるんだ。

確かに同じ日本人捕虜からすこぶる評判が悪かったようなことは鮫島から聞いたが、

これは……。

　このまま騒がれては見回りの者に見つかりそうだった。入江は慌てて質問を撤回した。

「もういい、わかった。では別の質問だ。海原が政府に要求したという〝ディアブロ〟とは何のことだ」

「……ディア……ブロ……」

　磯谷が「なんだそれは」というように入江の顔を見た。入江はじっと八代副官の答えを待った。八代副官は朦朧とうなだれていたが……。

「……アポロンの、妹……」

「妹？　悪魔が？」

　八代は熱に浮かされたような口調で、奇妙なことを言いだした。

「アポロンの呪いを…解く……」

「アポロンの呪い？　アポロンとはなんだ」

「……太陽……地上の……太陽……」

　何かの隠喩なのか。暗号なのか。八代は詩人にでもなったように、

「……太陽の秘密が記された……予言の書を……手に入れろ。我々の未来を、真に救うのは……星の、火……」

　銃声があがったのは、その時だった。

　入江が反射的に振り返った。扉が薄く開いていて、そこから銃口が引っ込むのが見え

た。八代副官を振り返ると、のけぞった姿勢で、天井を仰いだまま動かない。額に一発、弾丸をくらっている。

「おい！　おい！」

磯谷が揺さぶったが、目を見開いて反応がない。即死だった。

入江は弾かれたように廊下へと飛び出した。人影が逃げ去り、通路の角へと消えるのを見た。

「おい、待て！」

後を追った。人影が消えた辺りに水密扉がある。薄く開いている。入江は迷わず飛び込んだ。そこは吹き抜けの空間になっていて、無数のパイプが張り巡らされている。鉄製のタラップを駆け下り、通路を駆けた。巨大なポンプや熱交換機、空気圧縮機といった設備が、所狭しと並んでいる。

「機関室か」

大きなドラム管を横たえたようなポンプの陰に、人影が逃げ込むのが見えた。拳銃を構えようとした入江の脳裏に、ナギノの声が甦った。

——火器を使うな。

その意味が入江にはいま生々しく理解できた。この船は原子力船。主推進機関での機器の損傷・故障は船を危険にさらす。特に原子炉の損傷。それはとりもなおさず、放射能漏れ事故に繫がりかねないからだ。

入江は舌打ちすると、拳銃をおろし、通路を走った。

「待て！　なぜ八代を撃った！　口封じか！　答えろ！」

答えはない。

「ディアブロが何か、知っているのか！」

人影がスチームパイプの奥に逃げた。入江ははっとした。――道夫か……？　まさか。

「おい、そこで何をしてる！」

後ろから太い声があがった。振り返ると、上階の通路にいたのは機関長の前島だった。小太りの体を青いつなぎに包んで、キャップはつばを後ろにしてかぶっている。

再び、発砲音があがった。入江も前島も思わず身を伏せた。血相を変え、

「おい、やめろ！　機関室で発砲するな！」

立て続けに発砲音があがる。ふたりは物陰に隠れた。前島機関長が入江の胸ぐらを摑んで揺さぶり、

「すぐにやめさせせろ！　争うなら外でやれ！」

「そうしたいんですが……うおっ！」

発砲音は数回立て続けにあがり、やがて聞こえなくなった。入江は恐る恐る物陰から首を伸ばした。船尾側の水密扉が開いている。外へと逃げたらしい。

すぐに追いかけようとして、前島に腕を摑まれた。

「君は入江とかいう警備員だな」

前島機関長とは、昨夜のパーティで挨拶をかわしていた。

「一体なにが起きている！　操舵室はどうなった。あの男たちは何者だ！」

機関室も当然のように制圧されていたが、機関長にも詳しい状況の説明はなかった。

副官を殺した犯人を追うのを一旦諦め、入江は把握した状況を全て語った。

「乗っ取り犯たちは、ソ連の元抑留者、だと……？」

前島機関長は絶句していた。

そういう前島たち乗組員は、アメリカ方の元捕虜なのである。妙なことになったな、と腕組みをした。

「ともあれ、キャプテンは無事なんだな。何か策はあるのか」

「……何を置いても操舵室を奪還することですが、相手は武装している。航海士たちを人質に取られてるようなものですから。しかし最悪、首謀者と刺し違えてでも」

馬鹿を言うな、と前島機関長に肩を摑まれた。

「滅多なことを言うもんじゃない。この船のために命を捨てるのだけは駄目だ」

「ですが、このままではまもなく処刑が始まってしまう」

入江は強い口調で言い返した。

「連中は人質や乗員の命など、なんとも思っちゃいない。赤化されたシベリア帰りは、食糧を得るために弱いものから平然と奪った。抑留中もさんざん〝吊し上げ〟で仲間を犠牲にしたそうじゃないですか。見せしめを何とも思っちゃいない。共産思想に染められて、人としての何か大事なものをなくしてる。それがアカって奴らなんだ」

「入江くん」

「同じ日本人でも、我々には理解できない連中なんです。見たでしょう。あの気味の悪い、何を考えているのか分からない無表情を。革命歌を歌って、人間らしい情も何もない。洗脳されきった姿を！」

嫌悪感を剥き出しにして、入江は言った。

しかし、前島機関長は険しい拳骨顔を動かさない。入江をじっと凝視して、そして、ぽつりとこう言った。

「思想改造を受けたのは、何もソ連の抑留者だけじゃない。我々も、アメリカから反戦思想を植え付けられた。収容所というのは、得てしてそういうものだ」

「機関長……」

「収容所だけじゃないぞ。占領中、日本全部が思想改造されたじゃないか。まさか、自分たちは自発的にアメリカ流の自由や民主主義を身につけた、とでも思っているのか」

アメリカの捕虜になった前島の口からそれを言われると、入江は黙る他ない。

「それに、吊し上げは、何も彼らに始まったものじゃない。戦争中、我々日本の国民は、誰もが、世間から吊し上げられるのを恐れて、ひとつの方向になだれをうっていったじゃないか」

入江は虚を衝かれた。前島機関長は険しい顔つきのままで、

「非国民と叩かれるのが怖くて、異なる意見を口にできなかった。そういう意味じゃアカもシロもない。集団の同調圧力ってやつに人間がいかに弱いか。本当に恐ろしいのは思想改造じゃない。戦前と何ら変わっていない我々自身のことじゃないのかね」

入江は言い返す言葉を失っていた。

前島機関長も「余計なことを喋った」と思ったのか、それきり口を閉ざし、縦横に張り巡らされた鋼管を点検しはじめる。機関室が油まみれになるディーゼル船と違って、タービン船であるアグライアはクリーンだ。力強い生き物を思わせるディーゼルエンジンとは対照的に、無機質な空間には蒸気タービン独特の回転音や循環ポンプの音が響き続けている。

「機関長は米国籍を取ったそうですが、ご家族とは……」

「連絡は取ってない。取ることも許されていない。こんな船に乗る羽目になっちまったからね」

「……原子力船だったんですね。アグライア号は」

単刀直入な入江の言葉に、前島は驚かなかった。

「あくまで実験船だ。今回の試験航海では、原子炉の出力を臨界から初めて百%に達するよう試みる予定だった。こんなことになるとは」

陸上におかれる原子炉と違って、船の原子炉は、波浪や風などの変化によって、出力が急激に上昇・下降する。負荷変動に耐えることが舶用原子炉の条件なのだ。

「ナギノ博士の設計した船用原子炉は、大した心臓だ。米国人設計者のものよりも遥(はる)かに柔軟で高性能だ。それにアグライアは、主機タービンに流れ込む蒸気量を調整して、炉の変動負荷を抑えられる設計になっている」

自慢の息子でも見るように、機関長は言った。

「訓練のため、米国製の原子炉をいくつか触ってきたが、これだけのものは、米国もソ連も、あと十年は作れないだろうな……」

日本人が生みだした原子炉、との一言が、入江の胸に刺さった。脳裏に甦ったのは、殺された波照間教授の言葉だ。

――人間が全てをコントロールできるだなんて、驕(おご)りだ。目を覚ませ、ナギノ！

「それより処刑が始まる前に交渉すると言ったが、成功させる勝算はあるのか」

「……。彼らが人質との交換の際に要求した〝ディアブロ〟とやらを利用するつもりでしたが、その正体が何か、知る前に尋問相手を殺されました」

「殺された？　さっきのやつにか」

八代副官からかろうじて聞き出せた。〝アポロンの妹〟〝アポロンの呪いを解く者〟――神話めいた謎の言葉の数々は、一体、何を意味していたのか。

「何か心当たりはありませんか」

前島機関長は顔を強ばらせていた。

そして、長い沈黙の後、重い口を開いた。

「〝アポロン〟というのは……この船に載っている原子炉の名だ」

入江は息を吞んだ。

「……まさか……この船の」

「第一号〝船用原子炉アポロン〟。ナギノ博士が命名した。あの隔壁の向こうに鎮座してる」

機関室と原子炉室は、別々になっている。船首側にあるのが、原子炉室だ。

「原子炉の名前……名前」

――〝アポロン〟の機嫌はいかがですかな。

昨夜のパーティで、マクレガー中佐が言ったのは、原子炉のことだったのだ。

「では、その妹というのは」

それは機関長にもわからない。

原子炉アポロンの妹……。

ギリシャ神話の太陽神アポロン。光明の神。

「アポロンの、呪い……」

入江は真顔になって考え込んだ。アポロンがカサンドラにかけた呪い？〝カサンドラ〟とは、ソ連側がこの船につけた暗号名だ。原子炉がこの船にかけた呪い？

「――……ギリシャ神話によれば、カサンドラはアポロンから予言の力を授けられた。だがアポロンの愛を拒んだために、彼は恨んで、誰も彼女の予言を信じないよう、呪いをかけた。その呪いのことか？」

　この船に置き換えてみる。

　原子炉がアグライア号にかけた呪い。そもそも、この船の〝予言の力〟とは何だ。

　この船が、何を予言しているんだ？　そしてそれを、誰も信じないようにさせる〝呪い〟とは。

「見つけたぞ！　あいつだ、あいつが入江秀作だ！」

　機関室内に男の声が響き渡った。上部のキャットウォークに赤雹梯団の男たちが立ち、「手を上げろ！」とこちらに銃を向けてくる。まずい。機関室を制圧した男たちだ。監視兵たちだった。

「武器を捨てて手を上げろ！」

　モシン・ナガンの銃口をこちらに向けて、階段をおりてくる。咄嗟に入江は前島機関長の背後に回ると、彼を楯にして拳銃をこめかみにつきつけた。

「来るな！　近付くと機関長を殺すぞ！」

　言ったすぐそばから耳元に小声で「すみません。機関長」と囁いた。害意はない。楯にとったふりをして、やりすごすつもりだった。前島も即座に理解して、

「おい撃つな！　俺が死んだらこの船は動かせなくなる！　こいつは本気だ、撃つな撃つな！」

武装兵たちは照準器に目をあてたまま、引き金にかけた指を緩めた。膠着状態になった。

前島は人質にとられたふりをしたまま、背後の入江に囁いた。

「入江くん。私に考えがある。彼らを追い出す方法だ」

「彼らを追い出す？　どうやって」

前島機関長が小声で手短に明かした。

入江は驚き、思わず前島の顔を間近から覗き込んだ。

「……こいつをやれば、連中はたまらず自分からこの船を棄てるだろう。どうする」

のるか？　と前島が問いかけた。入江は逡巡した。が、今はそれに賭けてみるしかない。

「どうすればいいんです？」

前島機関長が手順を説明しかけた、そのときだった。

「かまわん！　機関長ごと蜂の巣にしろ！」

上官とおぼしき者が叫んだ。武装兵が再びこちらに銃を構えた。入江たちは息を呑んだ。立て続けに発砲音があがった。

だが、倒れたのは入江たちではない。武装兵のほうだった。後方から頭部を撃たれて、次々と倒れた。入江は彼らの背後を見た。船尾側の水密扉に別の人影がある。梯団の戦闘服に身を包んだ若者だった。拳銃を手にしている。

「！　……道夫！」

「入江さん、無事でしたか！」

道夫の高い叫びが機関室に響いた。キャットウォークの鉄製階段を、靴音を鳴らしながら駆け下りてくる。巨大ポンプの脇をくぐって、柵を飛び越えてきた。

「今まで何をしてた。どこにいた」

「鮫島さんにはめられました。あやうく殺されるところだった。そちらは前島機関長ですね」

「おい、機関室で発砲は……っ」

「貫通はしてません。しない距離で撃ちました」

それを聞いて入江は耳を疑った。しかも一発も外していない。武装兵をそれぞれ一発で仕留めている。やはり道夫はただの偵察ではなかった。射撃の腕は人並み外れていて、銃の扱いに精通しており、性能も熟知している。入江は腑が冷たくなるような思いがした。——やっぱり、こいつは……。

「それより、なぜ機関室にいるんです。入江さん。今までどこに」

「……話すと長くなる。船長室に潜入してキャプテンに会えた。海原は不必要な乗員乗客を処刑するつもりだ」

「もうすでにやってますよ。江口議員とオーサー社長を見せしめに処刑しました」

なに、と入江は目を剝いた。

「処刑だと……っ。殺害したのか！」

ええ、と道夫は暗い顔をした。入江は「しまった」と青ざめたが、遅い。とうとう乗客に死人を出してしまった。自分たちが手をこまねいている間に。

「息子はどうした。玲は無事なのか」

「現場にはいませんでした。処刑を断行してるとなると、こっちの身も危ない」

蒸気発生器が低く唸(うな)りをあげ、水切り音が響く。タービンの回転音を聞きながら、道夫は焦り気味に言った。

「もう手段を選んでいられない。海原を仕留めます。乗っ取り犯は全員射殺します」

「待て。船内で銃撃戦でもやらかす気か。人質がいるんだぞ……！」

「多少の犠牲は、つきものです」

「駄目だ。これ以上、人死は出すな！」

「いつからそんなに人道主義者になったんです、入江さん。そうやって手をこまねいていたために犠牲者が出たんです」

「しかし」

「あなたは兄のトラウマがあるから船で死人を出したくないんでしょうが、やらなければやられる。そんなこた、戦地で思い知ってきたでしょう」

「そうやって生き延びたのか。ハバロフスクの収容所で」

道夫は言葉に詰まった。入江はその表情を見逃すまいと凝視して、

「副官の八代がおまえを知っていた。海原たちと同じ収容所にいた。ちがうか？」

「……シベリアに収容所がいくつあったと思うんですか。僕は」

「おまえとマクレガー中佐がデリック下で一緒にいるところを、磯谷が目撃してる。険悪なムードだったと。彼を殺したのは」

「確かに一緒にいましたが、船室の掃除の仕方にクレームをつけられただけです。それに中佐は上階からの狙撃で死んだはずです。眉間から頸部に弾が抜けていた。そう船医も確認しています」

「おまえが撃たなくても、おまえの連れが撃ったなら、同じことだ」

道夫は真顔になった。裸電球がバルブの影を床に落としている。無機質なメーターの針が震え、白ペンキで塗られた鋼管の束が、無骨な蛇のように横たわる。

萌葱色に塗られた時計に似たエンジンテレグラフの下で、ふたりは向きあった。

入江がその胸元に差し出したのは、ソ連製の拳銃だ。

「こいつがおまえのベッドから出てきたそうだ。なぜこの船に乗った。おまえは何者だ」

道夫は入江の見せたPM拳銃を見、真率な表情で入江を見つめ返したが……。

だしぬけにその手に握る拳銃の銃口を、入江の額に向けてきた。

入江は固まった。その時にはもう、道夫は冷徹な工作員に戻っている。別人のような残忍な目つきになっていた。

「道夫……おまえ」

「気が付かなければよかったのに」

乾いた声で、道夫は言った。

「そうすれば、もう少し長く生かしてやったのに」

「おまえ……なんなんだ。海原の仲間なのか。赤雹梯団の一員なのか」

いや、だったら仲間を撃ち殺したりはしないはずだ。では一体……。

不意に八代副官の怯えた顔が脳裏に浮かんだ。

——おれは…やってない……ちがう……ちがうんだ……！　あくまめ、おれはちがうぞ！

「あなたは、やっぱり人を信じすぎる」

引き金に指をかけながら、道夫は告げた。

「そんなだから、兄さんの本性も見抜けなかったんだ」

「おいよせ！　佐賀くん！」

前島の制止も無視して、なお強く入江の額に銃口を押しつけた。入江は目をつぶった。

いつ引き金を引かれてもおかしくなかった。だが、入江は銃を持つ右手をおろしたままだった。

天を仰いで、大きく息をついた。

「……。撃つんなら、最後に教えてくれ。おまえの兄貴は——佐賀英夫は、上海で何をしたんだ」

「僕の口から言っていいんですか」

「ああ。どうせ死ぬんなら、おまえの口から聞いて死にたいね」

「兄は、陸軍が作った偽の高額法幣を横領し、金塊や貴金属を大量に買いつけて、隠したんです。誰にも知られぬように」

なに、と入江は目を剝いた。道夫は冷ややかに、

「蔣政権の幹部と昵懇になり、日本はこの戦争には勝てない、と知った途端、掌を返したんです。敗戦後、来るべき世の中で、自分ひとり、勝ち抜けするためにね」

「……ばかな……。あの佐賀が」

「結局、あなたのおかげで兄の計画は失敗。兄が買い付けた金塊と貴金属はそっくりそのまま、兄がいた特務機関のお偉方が手に入れ、戦後の政治工作のための闇資金に使われたって話です。まあ、僕にはどうでもいい話だが」

そうと聞いても、入江には信じられなかった。あの佐賀が？　陸軍中野学校出身者の鑑とうたわれ、忠国の精神では誰にも負けないと言われた、あの佐賀英夫が？

「うそだ……。俺は信じん」

「人間の本性ってやつはね、沈む船の中で露わになるもんなんですよ。自分が助かりたいがために友を押しのけ、友から奪い、友を吊し上げて生き残ろうとした連中を、僕はシベリアでさんざん見てきた」

達観したような乾いた眼で、道夫は淡々と言った。

「だから、いいんですよ。兄に後ろめたさなんて感じなくても。親友なんて言葉に縛られなくても。兄はどうせあなたのためになんて死ねやしなかった。隣であなたが死んでることに気づいても、合掌する前に、あなたが食い残した黒パンにかじりついたろう。黒パンの代わりが恋人でも、同じ事だ」

道夫はより強く入江の額に銃口を押しつけた。だが、入江はもう目をつぶらなかった。なお力強く見開いて、道夫を喰らうように見つめ返した。抵抗するように。

言葉は発しない。だが至近距離で睨み合う。

思いがけない入江の抵抗を、黙らせるように、道夫は人差し指に力をこめた。

だが、入江は気迫を緩めなかった。

全てが極限の均衡をもって静止したかのようだった。前島も固唾を呑んだ。配管を巡る蒸気と水の循環音だけが響いていた。迂闊に声でも発しようものなら、それこそが引き金となって、不測にも撃発してしまいそうだ。

入江は何も言わない。無念が言葉を越えてしまったかのように。

頑なに眼で訴える。

道夫は目に力をこめ、絞るように細めた。やがて、人差し指の関節から、わずかに力を抜いた。そして、

「……。頭の後ろで手を組め」

と命じた。

「やはり、あなたを利用させてもらう」

「なんだと？」

「後ろを向いて。言うとおりに僕の前を歩いてください。逆らえば、頭を吹き飛ばします」

入江は指示された通り、後頭部で手を組んだ。腰のベルトにさしてあったブローニング拳銃(けんじゅう)を、道夫が取り上げ、すかさず前島機関長につきつけた。

「機関長。あなたは持ち場に戻ってください。原子炉(アポロン)が機嫌を損ねないように」

入江の心臓が跳ねた。やはり道夫は、この船が原子力船だということも知っていたのだ。

――その新しい技術は、本当に〝夢の技術〟なんですか。

腑(ふ)に落ちた。だから、あの時ナギノ博士にくってかかったのだ。

歩け、と道夫が銃で背中を突いた。入江は肩越しに、前島とアイコンタクトをとった。前島はうなずいた。部下の機関士たちが騒ぎを聞きつけて駆けつけてくるのが見えた。

入江と道夫は、機関室を出て、通路から続くデッキの階段をあがっていく。

赤いカーペットが敷かれた客室通路は、色気のない機関室とはうって変わって、まるでハリウッドの女優が歩くランウェイのようだ。真鍮(しんちゅう)のデッキ案内に白熱灯が映る。

「どこに行くんだ」

「操舵室」

道夫は冷ややかな表情で言った。入江は憤りを腹の底に抑え込み、

「海原に会うのか。海原とはどういう間柄なんだ。兵をあっさり殺したな。本当に仲間か」

「黙って歩いて」

「この船が乗っ取られることも初めから全部わかってたんだな。人をだましやがって。おまえだけは違うと信じていたのに」

「黙れと言ってる」

道夫の態度は、もう先程までの〝相棒の道夫〟ではなくなっていた。人が変わったような顔つきで、取りつく島もない。ジャムスで工作員をしていた佐賀道夫は、こんな男だったのか。これが道夫の本当の姿なのか。

入江を楯に操舵室に向かう。途中、武装兵が行く手を遮った。が、道夫は動揺することなく、

「佐賀道夫だ。佐賀が来た、と海原に伝えろ」

すると、武装兵は「佐賀？」と口走り、途端に怯えたように敬礼した。そして操舵室へと報告に走る。どうも反応が妙だ、と入江は思った。道夫は能面のように張り付いた無表情のままだ。

仲間を躊躇なく撃ち殺しておいて、どうなってるんだ。こいつは一体、何なんだ？

「八代副官を殺したのも、おまえか。道夫」

返答待ちをしている間、入江は振り返らずに問いかけた。道夫は声の調子も変えず、

「あいにく僕じゃない。八代副官は何を言い残したんですか」

「〝ディアブロ〟とはなんだ」

入江は捨て鉢気味に問いかけた。

「海原が身代金代わりに政府に要求したブツだ。なんなんだ。そいつは」

「さあ……。わかりませんね」

「なら、アポロンの呪いだ。呪いとは何のことだ」

「原子炉(アポロン)の呪い……。そんなのわかりきってる」

「なんだと？」

「放射能のことですよ」

入江は思わず肩越しに振り返った。道夫は相変わらず冷徹な目つきで、

「核にはついてまわる問題だ。僕の姉夫婦は、原爆で生き延びながら、黒い雨に打たれて十日後に死んだ。アグライアの原子炉は安全だ、安全対策は完璧(かんぺき)だ、なんてナギノ博士は要人どもに主張していたようだが、ここは海の上だ。浸水、転覆、衝突、座礁……機関危険はいくらでもある。いつ不測の事態で〝呪い〟を吐き出してもおかしくない。機関長は何も言わなかったんですか」

不穏なことを語る間も、銃口は下げない。

淡々とはしているが、道夫はやけに多弁だった。

「なぜ、今回の首謀者たちがこの船に〝カサンドラ〟という暗号名を付けたか。わかりますか」

「……俺が知るか」

「予言の船だからです」

予言？　と入江は聞き返した。

「どういう意味だ」

「この船に招待された顔触れ。なぜ運輸大臣ではなく、通産大臣なんですか。なぜ、大蔵官僚や国会議員や重電メーカーの社長が乗っていたと思いますか」

入江にも、それはずっと疑問だった。背中から、道夫が言った。

「原子力発電」

「なに」

「原子炉を使って発電をする。新しい発電方式です」

入江は思わず目を瞠った。

終戦から八年——。

電力不足は日本の大きな社会問題でもあった。復興を遂げ、急速に産業が発達していくのに電力供給が追いつかないような昨今だ。都市部でもいまだに停電はよく起こる。電力の逼迫を解消するために、発電所の建設は急務だ。そんなことは入江も知っている。

「だからと言って原子力で発電？　そんなのは遠い未来の……」

「米国ではもう成功させています。二年前にEBR—1という原子炉を完成させた。尤も、ほんの四つの電球に明かりを灯しただけでしたけどね。だが実用化されれば、世界に大きなインパクトを与える。いや、すでに世界各国で開発競争が始まってる」

道夫は拳銃を下げずに語り続けた。

「あのメンバーが米国に視察にいったのは、原子力発電を日本に持ち込むためだったんですよ」

「まさか。じゃあ、【N】政策っていうのは」

「〝N〟は〝Nuclear〟つまり〝核〟の頭文字です。日本における原子力開発を、政治の力で進めていこうという考えを持った人たちだ」

ようやく疑問が解けた。そう。彼らが見に来たのは単に〝新しい船〟ではない。〝実用段階に入った原子炉〟だったのだ。いわば、米国が用意した〝動くショールーム〟だ。国産にするか輸入にするかで議論していたとも言っていた。第一号舶用原子炉〝アポロン〟は、ナギノ博士という米国籍の〝日本人〟が設計した原子炉でもある。日本での製造の可否を論じていたのだろう。

「この船に使われてる加圧水型原子炉は、蒸気タービンを用いることで船の動力とすることもできるが、それをそっくりそのまま発電にも応用できる。アポロンはEBR—1よりも、遥かに高出力で、遥かに実用化に近い原子炉なんです」

入江はゴクリとつばを呑み込んだ。児波やナギノたちの言葉がひとつに繋がるのを、鮮明に感じたのだ。

「しかし、大手新聞社のオーナーまでというのは……」

「醍醐万作は、政界に進出するための武器として〝原子力〟を使おうとしてる。米国とも繋がりが深いから、あっちからしてみれば、格好の音頭取りってわけだ」

いわば、原子力開発の推進を目指す〝先鋒〟ともいえる政財界人が、この船には乗っていたのである。

「しかし、日本は原爆を落とされた国だぞ。原子力発電なんて簡単に受け入れられるわけが」

「『原爆と原子力は違う。別物だ。原爆は悲惨な兵器だけど、原子力は安全。世界はすでに原子力時代に突入している。その流れに取り残されるな。原子力は、資源のない日本の発展には欠かせない、夢のエネルギー』……大方そんなところでしょう。宣伝文句は」

醒めた口調で、道夫は言った。

「見えませんか。大海原の真ん中を、原子炉を乗っけたちっぽけな船が航く姿が――。行く手に何が起こるかもわからない。大嵐に巻き込まれ、転覆するかもしれない。雷に打たれて、原子炉が〝呪い〟を吐き出すかもしれない。でも、大海原を旅するためには、人はそんなちっぽけな船にしがみついているしかない……」

入江にも、道夫の言った意味がようやく理解できた。

「予言の船……」

「この船には全部が乗ってる。たぶん……」

そこへ武装兵が戻ってきた。海原から面会の許可が下りたという。

銃をつきつけられたまま、入江は言った。

「考え直せ。道夫。俺と一緒に闘え」

「あなたとは、こんな船じゃない、どこか陸(おか)の上で再会したかった」

入江と道夫は、操舵室にあがった。

暗い海に四方を囲まれた船の最上部。操舵室には湊二等航海士と操舵手、そしてもうひとり。

磁気コンパスの前に立ち、双眼鏡を覗(のぞ)いている男がいる。分厚い胸板でソ連軍の将校服に身を包み、まるで司令官のような顔つきで、こちらを振り返る。

海原巌は開口一番、言った。

「……佐賀道夫。この船上で〝ライチハの妖怪(ようかい)〟と再会するとはな」

道夫は無表情で見つめ返している。

第七章　悪魔を喰らう

舳先で掻き分けた波飛沫が時折、闇に浮かび上がる。

操舵室前方にある、丸いクリアビュースクリーンからは、甲板灯に照らされた船首楼甲板が見える。

操舵室のエンジンテレグラフは「FULL（全速）」「AHEAD（前進）」を指している。

主機回転計と舵角指示器は、この船が本来のコースではない北東へと進んでいることを示していた。速力二十五ノット。浅葱色に塗られた計器はどれも、この船が今まさに生きて動いていると伝えている。

「今までどこに隠れていた。佐賀」

操舵室で対面した海原が、道夫に詰問した。道夫は冷ややかに、

「この船に紛れ込んでいたネズミ退治をしてたんですよ」

「それでやっと一匹か」

海原は道夫が銃をつきつけている入江を凝視した。

「さっきの給仕だな。八代と一緒に出ていったと松尾君が言っていたが」

入江が薬を盛って眠らせたことには、まだ気づいていない。「八代はどうした」と海

原が問いかけてくる。答えたのは、道夫だった。

「八代は死んだ」

「なに」

「我々を裏切ろうとしていた。給仕らを手なずけて、操舵室を襲撃させようとしていたようだ。だから僕が射殺した」

道夫の言葉に驚いたのは、海原だけではない。入江も目を剝いた。道夫は「そうだな？」と入江に念を押してくる。入江は「そのとおりです」と演技混じりにうなずいた。

「八代が裏切りだと？　では戸田に睡眠薬を盛ったのも」

「ああ、そうだ。奴の指示だ。だから粛清した。赤雹梯団にＣＩＡの手先は要らない」

海原は絶句し、八代に対する怒気を滲ませていたが、「処置はそれでよろしい」と冷静に告げた。

道夫は、しかし、ここに至ってまだ入江の素性を海原に明かそうとはしない。てっきり命を差し出されるものと思っていたので、入江はかえって不審に思った。道夫の意図が見えない。

「それより海原。君は日本政府に〝ディアブロ〟との人質交換を要求したそうだな。一体なんのつもりだ。誰に許可をとった。君の独断か。それとも誰かの指示か」

「指示だ」

道夫は目を見開き、

「もしや内務省のグラノフ大佐か。あのひとが密かに、君へ指示を?」

海原は「そうだ」とうなずいた。

「現職大臣含む要職者たちを切り捨てることは、日本政府にはできん。応じると踏んだ」

「だが、そのためにアグライア号の乗っ取りが外部の知るところとなった。君たちの第一の使命は、この原子力船を秘密裡にアルハンゲリスクに持ち込むことではなかったか」

道夫は強い語調で言い放った。

「いくらグラノフ大佐の指示とはいえ、日本政府はおろか米国にまで伝わる恐れがあるとわかって」

「米国もこの船を停船させられん。原子力船が存在することが国家機密である以上、連中は騒ぎ立てることもできないのだ」

海原は確信を持っていた。

「そうでなくとも、世界が米国の核兵器開発に猛反発している状況だ。連中は、そいつが左翼の反米運動に勢いをつけることを何より恐れてる。この船の扱いも慎重にならざるを得ないだろう。不用意に明かすとも思えん」

「弱みをついたつもりか。どうだろうな」

道夫は醒めた口調で言い返した。

「その逆では……？　米国は世間の核アレルギーを取り除くために、原子力開発を大いに宣伝するはずだ。この船はその先鞭をつけるためのもの。米国が後ろめたさを持っとも思えんが」

「だったら尚更、この船の乗客を見捨てられん。〝ディアブロ〟との交換は充分成立する」

と言うと、海原は窓の向こうにそびえ立つフォアマストを見やった。「尤も」と言い、

「貴様が〝ディアブロ〟の在処を摑めてさえいれば、別のやり方もあったのだがな。佐賀」

入江はその一言を聞き逃さなかった。〝ディアブロ〟の在処を、だと？

道夫はそれを捜していたと？

「江口議員とオーサー社長を処刑したそうだな。海原」

「日本政府に、こちらが本気だということを知らせるためだ。奴らは米国の機嫌を損ねるのを恐れる」

「彼らはともかく、口減らしに乗員を処刑するとは……。実にあんたらしいやり方だ」

道夫はあてつけのように言い放った。

「収容所にいる時も、あんたは目障りな有能者を〝反動〟に仕立て上げ、吊し上げた。正しいことを言う人間ほど標的にした」

「なに。貴様のようなあからさまな密告者よりはマシだ。あれだけ孤立しておきながら、

吊し上げからも免れるとは……〝ライチハの妖怪〟と呼ばれただけのことはある」

〝妖怪〟だと？　入江は思わず振り返った。道夫が？

海原と道夫の間には、奇妙な緊張感がある。やはり同じ収容所だったのだ。だが、仲間でありながら牽制しあうこの物言いは何だ。

「……海原団長。問題はそこにいる男です」

口を挟んできたのは、湊二等航海士だった。

レーダーの前に立ち、一瞥もせず航行に専念していた湊が、突き放すように言った。

「彼が入江秀作ですよ」

入江は固まった。湊はポーカーフェイスで前方を見ている。その能面めいた横顔にゾッとした。海原が振り返り、

「いま何と言った。湊」

湊二等航海士は、赤雹梯団の仲間だったのだ。思えば、彼らが乗り込んできた時の当直も、ゼロヨン・ワッチ（十二時から十六時の当直）。湊二等航海士が操舵室にいた時間だった。

操舵室の制圧に労を要さなかったのは、航海士に「潜伏者」がいたためだった。

「元G2の入江秀作。そうですよね。佐賀さん」

道夫は黙りこんでいる。

「貴様が入江秀作だったのか……」

海原が顔を上気させて、つかつかと入江のいる方に近付いてきた。そのときだ。道夫がだしぬけに、銃口を向ける先を海原に変えた。

「おっと……。殺すんじゃない。彼は僕の情報提供者だ」

「邪魔をするな、殺す！　この男にどれだけの同胞が消され、牢獄送りにされたと思ってる。前団長はこいつらに轢殺されたんだぞ！　貴様がやらんなら、この私が」

海原がついに銃を抜いた。たちまち入江たちの背後から、全員が銃を向けてくる。操舵室の異変に反応したのは、左舷ウィングにいた警護の見張りたちだった。

入江と道夫は、前後から取り囲まれる形になった。

「やめろ」

道夫は冷静だった。

「そいつを殺すな。そいつは〝ディアブロ〟の在処を知っている」

なに、と海原たちが色めき立った。これには入江も耳を疑った。いきなり何を言いだすのか。

入江はそんなものは知らない。どころか、〝ディアブロ〟が何か、すら知らない。

海原は見張りたちに銃を引かせた。

「そいつが在処を知っているだと。でたらめを言うのもほどほどに」

「〝ディアブロ〟はこの船にある」

道夫は操舵室中に響くよう、声高に言い放った。

「他のどこでもない。この船だ。日本政府もどうしたって、おまえの要求に応えられるわけがない。なぜなら、この船内にあるんだからな！」

その一言は海原たちに衝撃を与えた。驚いた海原が道夫の胸ぐらを摑んだほどだった。

「この船にあるだと！　馬鹿な……！　でまかせをいうな！」

「僕がこの船に乗っているのは、なぜだと思う。アグライアの乗っ取りを手伝うためなんかじゃない。〝ディアブロ〟がここに存在するからだ」

「どこだ！　どこにある！」

「それを捜していたんじゃないか」

海原は道夫を突き飛ばし、今度は入江の胸ぐらを乱暴に摑んだ。

「どこに隠した！」

「知らん。〝ディアブロ〟なんて俺は」

「命が惜しいなら、いい加減に明かしてくれませんか。入江さん」

「だから、そんなものは知らないと……っ」

言い終わらないうちに海原から拳で殴られた。勢い余って床に倒れ込んだ。

「どうでも白を切るつもりか。こうなったら力ずくで吐かせてやる。おい、こいつを連れて行け！」

「待て。海原」

道夫が制止した。

「その男は陸軍中野学校で尋問でも口を割らない特殊な訓練を受けている。おまえら流の雑な拷問程度じゃ吐かせるのは無理だ」

「なんだと」

「そもそも、目的の物（ブツ）はこの船にあるんだから、好都合じゃないか。何も無理して捜し出す必要はない。このままアルハンゲリスクまで運べばいいだけの話だ。なにをそんなに焦ってる」

海原はいまいましげに道夫を睨（にら）みつけてきた。そして、道夫の前に立つと、物も言わずにみぞおちに拳を突き入れた。道夫の体が〝く〟の字に折れ、たまらず膝（ひざ）をついてしまった。

「このふたりを監禁室へ連れていけ。他のものは船内を捜索しろ。〝ディアブロ〟は船内にある。捜せ！」

入江と道夫は後ろ手に縛られ、兵たちに連れていかれてしまう。

海原は不自然なほど動揺している。

そんな彼らの様子を、湊二等航海士が冷めた眼差（まなざ）しで見つめている。

*

尋問は手荒いものだった。

入江は暴露甲板の上でさんざん暴力を振るわれ、延々と拷問され続けた。口を割るも割らないも、ない。〝ディアブロ〟が何かすら知らない。答えようがない。そう訴えたが、赤霞梯団の兵は全く耳を貸そうとしない。

――やめろ……やめてくれ……っ。

幻聴が聞こえはじめた。うめいているのは自分ではない。あれは戦時中のことだった。敵に捕縛されて、拷問を受けた。自白を強要され、爪をはがされ、耳たぶを切られた。隣で部下がむごたらしい悲鳴をあげていた。阿鼻叫喚とはあのことだ。人じゃない。あれはもう獣の声だ。助けを求めて吠えている。入江さん、自白してください。お願いします。自白してください。あんたが喋ってくれれば俺たちは楽になれるんです。お願いです。入江さん。全部吐いてください。入江さん。

吐けるものなら余さず吐いてしまいたい。いっそ吐いて、この呵責という拷問から解き放たれたい。だが、吐くべきものが何もない。それが苦しい。

――助けてやってくれ。佐賀。

入江は心の中で叫んでいた。

――頼む。おまえしかいないんだ！

部屋の隅に男がひとり、ひっそりと立って、こちらを見つめていた。それは佐賀英夫の亡霊だ。船に棲む亡霊なのだ。

冷ややかにこちらを見ている。

――俺はおまえが思うような、きれいな人間じゃないんだよ……。入江。

わかってる。俺が見ていたのは、結局、自分が見ていたいおまえでしかなかったんだろう。

――軽蔑してくれ……。入江。

軽蔑？　するもんか。誰が軽蔑なんてしてやるもんか。

だって、俺はほっとしてる。おまえが俺とおんなじ、ずるくて汚い利己的な人間だったことにほっとしてる。

そうと知ってようやくおまえから解放された気がしたんだ。

おまえが人を出し抜いて生き汚く生きようとする男だったと知って。おまえに裏切られたことで。俺はようやくおまえを理解できるような気がしている。

もっと早くそうなりたかった。

そうなれていたなら、あの日メモを握りつぶさないですんだかも知れないのに。

――許してくれ。佐賀。

爪の剝がれた指を、震わせながら、英夫へと差し伸べた。青白い顔でたたずむ英夫の亡霊に。

――もう一度この手を摑んでくれ。

おまえの呪いも、俺の呵責も……。

俺が自ら望んで受けた。ただそれだけが、おまえとのなけなしの絆だと思っていたからだ。

戦渦の時代を経て、それだけしか、俺の手には残るものがなかった。それだけしか。

――許してくれ、佐賀。

入江は手を伸ばした。

――こたえてくれ、佐賀……！

「ずいぶん手ひどくやられましたね」

入江が目を醒ますと、驚くほど近くに道夫がいた。

部屋の中だった。室内は狭く真っ暗で、かろうじて窓から漏れる甲板灯の光が見えるだけだ。

拷問はいつのまにか終わっていた。タフが取り柄の入江だったが、それでも責め苦に耐えきれず、とうとう気絶してしまったのだろう。そんな入江を見、団員たちは「殺してはまずい」と思ったようだ。

――吐くまで続けるからな。

拷問は中断した。

水責めでずぶ濡れになった入江が放り込まれたのは、船尾楼にある「病室」だ。船の最後部にあり、船内で伝染病患者が発生した際、隔離するために設けられた船室だった。

道夫が先に監禁されていた。

膝を立てて座り込んでいる。こちらを冷ややかに見ている。

夢の中の英夫と同じ眼差しで。

朦朧としていた入江だったが、次第に状況を思い出し始めた。と、ともに怒りがこみあげてきて、摑みかかろうとしたが、後ろ手に縛られていて、ままならなかった。

「この、うそつき野郎……っ。ゆるさないぞ、道夫。おまえが言ってたことは全部うそっぱちだった！　一から十までうそまみれだ！　何ひとつ本当のことなど、ありゃしない。やつの弟だからって、情に負けて信じた俺が、ばかだった……」

「………」

「鮫島が正しかったんだな。おまえはソビエト内務省直属の……！」

「利用させてもらうと言った」

道夫は突き放すように言った。

「だから生かした」

入江は思わず黙った。こちらが拷問を受けている時間を、道夫はしっかり休息にあてたらしい。人が一番眠気に襲われる時間帯だ。短時間でも深く眠る訓練を受けている道夫は、目も冴えていた。

ボロボロになった入江には、それが癪に障った。

「どういうことか説明しろ。〝ディアブロ〟とは何のことだ。そいつがこの船にあるっては、時間稼ぎのでまかせか。それとも」

「波照間教授の遺言」

道夫が乾いた声で言った。

入江は息を呑んだ。

「……まさか……」

――この船には悪魔がのっている。

波照間教授が児波大臣に伝えた、あの言葉。

「あれは〝ディアブロ〟のことです」

入江は理解が追いつかない。混乱して、

「ちょっと待て。あの言葉は原子炉を悪魔になぞらえただけじゃなかったのか」

「あなたに話す必要があるとは思えない」

「ふざけるな！　この船で何が起きてるのか。知ってること全部、俺に話せ！」

入江はくってかかった。こうなっては破れかぶれだ。どの道、敵に素性がばれた以上、長生きできるとも思えない。「ディアブロの在処を知っている」ことになっているから、かろうじて生かされているだけだ。

「おまえは知ってるのか。どこにあるのか」

「分かりません。分かるのは、この船にあることだけだ」

「その〝ディアブロ〟の正体はなんだ。アポロン原子炉に関係するものか？」

執拗に食い下がった。

「俺はどうせ殺されるんだ。冥土のみやげに教えてくれてもいいだろう」

「僕は中野の出身ですよ。冥土のみやげなんか、迂闊にくれてやるとでも思うんですか」

「おまえと海原は仲間だが、対立してる。優位に立つために俺を利用してんだろ」

入江は目を血走らせて言った。

「だったら取引だ。俺をおまえの都合のいいように使え。その代わり、おまえの知ってること全部教えろ。一蓮托生だ。アルハンゲリスクまでつきあってやる」

「その前に処刑されるのがオチですよ。江口議員のように」

「上等だ。そいつがおまえの望みならな」

暗い部屋の中で間近に睨み合う。道夫には入江がそこまで捨て身になって喰らいつい てくる理由が理解できない。

「そんな直情径行で、よくも諜報員なんてやってられましたね。入江さん。資質に欠けるどころか、全く向いてない。僕が教官なら、途中で退学させますよ」

「ああ、佐賀にもよくそう言われたよ。おまえは心がありすぎる。感情を殺せない奴に任務なんて無理だってな。だが、そういう俺が生き残って佐賀は死んだ。教官も言ってなかったか。最後まで生き残るのが、イイ諜報員なんだって」

「生き汚いだけだ」

「汚かろうがなかろうが、人間生き残ったもんが勝ちだ。泥をすすっても糞尿にまみれても」

道夫は苛立ったように言い返してきた。

「あなたは所詮アメリカの手先だ。僕はソビエトのために血を流した。相容れるわけもない」

「その前に日本人だ」

入江は強く言いきった。

「同じ日本人同士が米ソに分かれて闘ってるのもおかしな話だ。それにおまえは俺の親友の弟だ。俺の弟分みたいなもんだ。弟分のやらかすことを、黙って見過ごしておけるか」

「その弟分はあなたの大嫌いなアカなんですがね」

「ああ、アカは嫌いだ。大嫌いだ。薄気味の悪い奴等め。スターリンなんかクソくらえだ。共産主義なんて胡散臭いもの信じる奴は頭がおかしい。だが、おまえは別だ。アカの前に、佐賀の弟だ」

「気色悪いのはあんたのほうだ。アメリカ帝国主義の権化め。欲深で下品で、節操がない。アメリカから『グッボーイ、グッボーイ』と頭を撫でられてる日本人はみんなそうだ。説得なんかされませんよ。転向なんかするもんか」

「ああ、どうでもいい。そんなこと。だが俺のそばにいろ。俺から離れるな」

道夫が虚を衝かれたような顔をした。入江は諭すように、

「俺を嫌ってもいい。軽蔑してもいい。だが蓮の花の音を聞きに行ってひとりで池で溺れるくらいなら、俺もいっしょにつれてけって言ってんだ」

「入江さん……」

道夫の表情が、初めてわずかに、素顔のような無防備さをさらした。

銃声が響いた。続けて二発。扉の外だった。

ふたりが身構えると、デッキに靴音が聞こえた。扉がギイッと軋んで、細く開いた。

「生きてるか。佐賀」

姿を現した男を見て、驚いたのは入江だ。

「……あんたは……。汐留さんじゃないか」

内装デザイナーの汐留だった。だが、手には拳銃を握っている。道夫がベッドに隠していたのと同じソ連製のものだと気づいた時、入江は身を強ばらせた。道夫は驚かなかった。

「悪いな。沖」

と別の名を呼んだ。そのときには表情も「工作員」のものに戻っている。入江は聞き逃さなかった。ふたりの繋がりを瞬時に察した。

汐留は道夫の手を縛る縄をナイフで切った。そして道夫にモシン・ナガンを渡した。入江を拷問にかけた男の所持していた銃だった。入江は息を呑み、やがて憤りをにじま

せて、

「……。汐留さん。あんた南方帰りだって言ってたのは嘘だったのか」

なりすましていたのだ。

この船を探るために、内装デザイナーである「汐留泰司」のプロフィールを騙っていたのだ。

「いい仕事をさせてもらったよ。おかげで充分、船内の情報を得られた。……それより佐賀。海原はどうだった」

ああ、と言って道夫は縄目が残る手首を軽く揉んだ。

「やはり、睨んだ通りだ。海原は〝ディアブロ〟の入手を何者かから指示されてる」

「確かか」

「間違いない。証左は摑んだ。アルハンゲリスクまで行かれてはまずいんだろう。海原には何か〝ディアブロ〟をモスクワに持ち込まれては困る理由があるようだ」

「どういうことだ。まさか」

ああ、と道夫はうなずいた。

「恐らく海原の裏に、別の黒幕がいる。モスクワではないものからの指示を受けている。〝ディアブロ〟をどうしても手に入れたい者……。誰だ」

端で聞いている入江にも、ふたりのやりとりから状況が見えてきた。海原という男、団長というポジションを利用して、本来の作戦意図とはかけ離れた行動に及んでいるらしい。

「……道夫。おまえたちの乗船目的は、もしや最初から海原の」

「あの男は当局の監視対象になってましてね」

道夫は受け取った小銃をいじりながら言った。

「赤雹梯団の団長として実行指揮を任されたのはよかったが、少々不穏な噂があった。本部はチェッカーを送り込む必要があった……」

だから、海原は、道夫たちが乗船していることを、乗りこんでくるまで知らなかった。

「本部というのは、モスクワのことか。CSDR計画をもくろんだのは、やはり内務省と軍なのか」

道夫が銃をいじる手を止めた。

そして、目を細くして入江を見た。

「そういうあなたは、何者なんです」

「……」

「保安隊ですか」

お互い腹を探り合っている。

入江は床に伏したまま、上目遣いに見つめている。

「おまえたちソ連方は、この船をアルハンゲリスクに持って行きたいんだろ」

「ええ。そうです」

「わかった。なら、そうしろ」

道夫と汐留は、意表をつかれた。

「……どういう風の吹き回しです？」

「奪還はもうあきらめた。それよりも人命だ。乗員乗客の安全だ。見せしめ、粛清……そういう行為を一切させないこと。俺の条件はそれだけだ」

「いいんですか。みすみす敵に船を渡して」

「船と人命、どちらが大事かは考えるまでもない。そのかわり、おまえたちふたりに協力する。だから答えろ」

真剣な面持ちで、入江は問いかけた。

「ディアブロとは何なんだ」

汐留が首を振り、道夫に用心深く口止めした。

「答えろ、道夫。そいつさえ手に入れれば、あの海原をコントロールできるっていうなら、一緒に探してやってもいい」

「だめだ。佐賀」

汐留が強く制止した。だが、入江はひき下がらない。

「道夫」

入江のまっすぐな眼差し（まなざし）に、道夫は揺れていた。何年も固く戸を閉ざし、わずかな光も届かなくなった部屋へと、踏み込まれてくるような心地がした。

——こいつは俺の相棒だ。道夫を信じる。

道夫はどこか悩ましげに眉を歪めながら、自分の中に理由を探すように黙り込んでいたが、やがて腹をくくるため、一度天を仰いで目をつぶると、入江をまっすぐに見据えて答えた。

「地上の太陽」

入江は目を瞠った。

「なに」

「まだ誰も実現させていない。太陽と同じ原理でエネルギーをもたらす——」

道夫は静かに言った。

「核融合炉の名前です」

入江は息を呑んだ。

太陽と同じ原理だと……？

「どういう……ことだ？」

「このアグライア号に載ってる原子炉よりも、遥か先を行く、全く新しいエネルギー炉のことです。アポロンは核分裂によって莫大なエネルギーを生むが、ディアブロは核融合によってエネルギーを生む」

そのふたつの違いが、入江にはよくわからない。

「かくぶんれつ……かくゆうごう。何が違うんだ？」

「核分裂の力というのは」

苦り切った汐留が、横から補足するように説明した。

「大きな原子核が小さな原子核に分裂する時に生じるエネルギーのことだ。アグライアの原子炉は、核分裂炉。これにあたる」

「……対して、核融合は小さな原子核同士が融合して大きな原子核になる時に生じるエネルギーのこと。太陽が熱と光を発しているのと、全く同じ原理だ」

あとを引き継ぐように道夫が言った。

「名前は似てるが、まったく別の仕組みです。重水素なんかの燃料を一億℃で燃やして、反応を起こす」

「一億℃だと……？　そんな高温状態を生み出せるのか」

「……想像もつかないが、ディアブロでは可能なんだそうです」

物質は超高温にすると、原子核と電子がはなれて自由に活動しはじめるプラズマ状態になる。

そのプラズマを一億℃以上に加熱して封じ込める。

だが、これが難しい。ゆえに、実用は非常に困難とされていた。

「しかも、核融合は核分裂よりも、安全性が高いんだそうです」

核分裂炉は、核分裂反応を、炉心に制御棒を出し入れすることでコントロールする。

だが、制御棒がない状態では、連鎖的に果てしなく反応を続けてしまう。時に暴走の危険をはらんでいる。

「この船の原子炉もね。……だが核融合のほうは、燃料が供給され続けなければ、反応は起きない。連鎖反応も起きないから、暴走しないとされるそうです」

「それが……おまえらが探してるディアブロなのか？」

　この船に原子炉が載っている、というだけでもまだ信じられないのに、その先を行く核融合炉だと？

「ついていけない……。俺はかつがれてるのか」

　そもそも、このアグライア号に乗っていてさえも、それが原子炉の火で動いているなどとは実感できない。

　格納容器を見たとは言え、その熱核反応自体が目に見えるわけでもない。実感できるのは、せいぜい「黒い煙も出さずに船が動いている」というくらいだ。

　核分裂炉はウランなどの重い物質を燃料に用いる。ウラン自体が限りある物質だ。濃縮する手間もいる。

　だが、核融合炉はありふれた物質を燃料にできる。

「究極、海水が燃料になるんです。いくらだって燃料にできるって話です」

「海水が、だと？　つまり無尽蔵ってことじゃないか」

　目の前にある海が、燃料なのだ。

　資源価格に振り回されることだって、ない。

「利点はまだありますよ。核分裂炉みたいに、処理にも困る、高レベル放射性物質を出さずにすむ。……つまり放射能を帯びたゴミを出さず、もちろん黒く煤けた煙で空気を汚すことなく、従来の発電の数千倍のエネルギーを生み出すことができるという」

「数千倍だと!?」

「つまり、人類は自ら太陽を生み出すんです」

暗く狭い船室で、道夫は予言者のように告げた。

「それが〝核融合炉ダイアナ〟――。人類が手にする、究極の火」

入江は絶句した。

彼らの口から次々と出てくる言葉に、圧倒されていた。

「〝ダイアナ〟は、波照間教授がその核融合炉につけた正式名。……その〝ダイアナ〟に、我々がつけたコードネームが〝ディアブロ〟です」

「波照間教授なのか。そいつを開発したのは」

道夫は、こくりとうなずいた。

「そうです」

「波照間教授の……核融合炉」

途方もない話に、入江はぼうぜんとしていた。

ただ船体に砕ける波の音と、足許から伝わる波の揺れが――。あのピッチングとローリングを延々と繰り返す不快な感覚が――〝死〟を忘れさせない波の鼓動が、かろうじて入江の理性を繋ぎ止めていた。

「その〝ダイアナ〟……〝ディアブロ〟がこの船にあるとはどういう意味だ。現物があるわけじゃないんだろ」

「……むろん。載せられる規模のものでもない」

「存在するのか。机上でなく」

「まだ実験段階でしょうね。だが、最も実用に近い、画期的な仕組みだと」

「なら、この船にあるという〝ディアブロ〟は」

「D論文」

道夫は言った。

「波照間教授が記した一連の論文です。数式による理論から具体的な構造図まで。すでにできあがっていると」

「おまえたちが探しているのは、その論文だったわけか」

世界初の船用核分裂炉アポロンの生みの親――ナギノ博士。

世界初の核融合炉ダイアナの生みの親――波照間教授。

そのふたりが、この船には乗り合わせていたのだ。

「だが、波照間教授は何者かに殺された」

その頭脳も永遠に失われたということだ。

彼が到達した「画期的な仕組み」というものが、どういうものだったのかは、今となっては、彼が残した〝D論文〟だけが頼みだ。

それだけが、この世に残された――まだ現実には存在しない核融合炉ダイアナの存在証明というわけか。

「まさか、あのアタッシュケースか」

と、入江がはっとして言った。

「波照間教授の部屋からなくなっていた、アタッシュケース」

道夫と汐留が「図星」のリアクションを見せた。道夫は神妙な顔で、

「たぶんね」

「そのアタッシュケースは運研の赤井さんが持ち込んだものだ。中に図面みたいなものが入っていた。てっきりアグライア号の原子炉の設計図かと」

「ちがいますね。それがディアブロだったんだ」

「でも……。なぜ運研の赤井さんが持っていた？」

「赤井氏は、かつて波照間教授と共にドイツ留学していた人物です」

道夫はモシン・ナガンの弾倉を確認しながら、語った。

「京都の帝大で原子核物理が専門だった。その後、海軍の要請で、やはり原爆製造の研究を行っている」

「海軍も？」

「ああ。波照間教授やナギノ博士らのイ号研究とは別に、海軍でも原爆研究をしていた

んだ。尤もこちらはすぐに頓挫したが。終戦後は、運研で動力炉の研究をしていた。波照間教授とは長年にわたって親交があって、たびたび研究のアドバイスをしていたらしい」

「では、例の図面を赤井氏が持っていたのは」

「恐らく、アポロンを製造したEB社のストーン社長に売り込みをかけるため」

実用化に向けては莫大な研究費が要る。だが、日本の学究機関も企業も、それを出せるだけの体力がない。ナギノが米国でアポロンの実用化にこぎつけたように、波照間たちもまたEB社の力を得ようとしていたようだった。

「なら、あの時、階段で俺とぶつかった時も……」

――拾います！　自分で拾いますから、かまわないで！

赤井はストーン社長に会っていたのかもしれない。

入江が赤井とぶつかったのが、十二時頃。その後、波照間教授の部屋にアタッシュケースがあったのを玲が見ている。甲板員の見回りがあった午前二時頃だ。

翌朝、教授は死体で見つかった。その時にはアタッシュケースはなくなっていた。

「犯人が持ち去った？　つまり、あれは〝ディアブロ〟を手に入れるための殺人？」

それ以後、アタッシュケースは見つかっていない。

「この船に乗っていた〝ディアブロ〟を欲しがる者か……。核融合炉の特許だけでも莫大な利益が見込める。EB社にしろ丸菱にしろ。喉から手が出る」

「それで真っ先に困るのはナギノ博士だな」

と言ったのは、道夫だった。

「波照間さんの核融合炉が実用化されれば、最新の核分裂炉さえも、効率の悪いオールドテクノロジーになる。EB社が核融合炉に舵を切れば、研究予算をごっそり持っていかれかねない」

「それが動機で殺した？」

待てよ、と入江が道夫たちのやりとりをさえぎった。

「まさか祖父江社長のトランクにあった。あれか？」

「祖父江のトランク。開けたんですか。あなたが」

「ああ。鮫島から鍵を預かって。紐で綴じられたドイツ語論文だ。図面や化学式も記されていた。まさかあれが」

「D論文……」

〝核融合炉ダイアナ〟——暗号名〝ディアブロ〟。

道夫と汐留の顔つきがたちまち変わった。

「それはどこに。まだ部屋に？」

「中身だけ隠した。図書室に」

「まずい。海原に見つかる前に回収しないと」

道夫たちはすぐに部屋を出ていこうとした。置いていかれかけた入江が慌てて、

「おい、俺の縄も解け。一緒に行く」

「駄目だ。そこにいろ」

「馬鹿。俺が行った方が早い」

背に腹はかえられない。道夫が汐留にあごで指示した。入江の縄をナイフで切ってほどいた。

三人は船尾楼の病室から出た。

入江を拷問した兵は、すでに汐留が仕留めていた。同胞だというのに容赦がない。スクリュー音が邪魔をして汐留の銃声は聞こえなかった模様だ。しかし船尾楼から図書室に向かうためには、一度、暴露甲板をつっきらなくてはならない。そこには見張りがいる。暴露甲板は荷役用のハッチとデリック柱があるだけで、身を隠すものもないから、不用意につっきろうものなら一発で見つかる。

「下に降りよう」

「どうやって。ここには階段もないぞ」

「船尾から降りる」

船尾部分は波よけに覆われている。それを伝ってひとつ下のアッパーデッキの通路へと降りられる。しかし落ちたら、下は海だ。覗き込んだ入江はぞっとした。

「こりゃまずいな。うまく内側に飛び降りないと、スクリューに巻き込まれて魚の餌だぞ」

「怖いならそこにいればいい」

道夫はもうすでに、柵(さく)を乗り越えている。身を船外にさらして、手すりを摑(つか)みながら、懸垂の要領で体を下にずらした。

風が強い。真下は、海だ。巨大なスクリュープロペラが起こす白波が、暗い海にくっきりと浮かび上がっている。白い航跡は、闇の向こうへとかき消えていく。スクリュー音のおかげで物音は隠せるが、うっかり手を滑らせたら、一巻の終わりだ。道夫は腕の力で体を支えながら、体を軽く振り、階下のアッパーデッキ通路へと振り子の要領で飛び降りた。身軽だ。

見張りがいないのを確かめると、下から身を乗り出して上に残るふたりへ合図した。

「手すりが濡(ぬ)れてる。手を滑らせないように」

入江は念のため、袖口(そでぐち)で手すりを拭(ふ)き、乗り越えた。拷問を受けたばかりでダメージが気にかかったが、幸い、肉体はタフにできている。下の通路に飛び降りることになんとか成功だ。汐留は少々腕の力に問題があったが、下で入江と道夫に補助されて、どうにか降りた。

夜空は先程よりもいくらか星が減った。白み始めている。夏至が近いから明るくなるのも早い。明るくなれば闇にまぎれた行動はしにくくなる。

行くぞ、と入江が促した。そのとき。

道夫が沖のほうを見て、ふと足を止めた。一点を見つめている。

「どうした」

「いえ。いま、波間に何か」

海はまだ暗く、時折、波頭が白く浮かぶだけだ。ブイでも浮いていたのか？　と問いかけたが、道夫は首を横に振った。ブイではなかった。この船についてきていた。あれは……。

「潜望鏡……？」

入江と汐留はぎょっとした。

「潜水艦でもいるっていうのか」

「いや、わからない。もう見えなくなった。だが……」

道夫の視線を追って、入江も沖合いを凝視した。闇の海に、他に船はない。気のせいだったか。いや、と入江が手すりから身を乗り出した。

「いるのか……」

潜望鏡を出すくらいだ。潜望鏡深度まではいえ、潜行中の潜水艦が海中にいるということだ。しかしそもそも潜水艦は水中ではせいぜい数ノットしか出せない。だから、商船などを追跡するときは、夜闇にまぎれて水上航行をするというのが定石だ。この船を追跡しているなら、水上航行しているはずだが、だとしたら潜望鏡は出さない。

波間に目を凝らしても姿が見えない。白波も立っていない。

「どこの潜水艦だ」

「わかりません。でも潜行してこの船についてこられる潜水艦なんて、聞いたことが……」

鯨でもいたんじゃ？　と汐留が言ったが、道夫は見間違いということはしない。あれは確かに人工物だった。入江も不安そうに沖を見つめた。

海はまだ闇深く眠っているようで、『アグライア号』が起こす波音以外は何も聞こえない。

*

未明だというのに、船内には武装兵たちがうろつきまわっている。

海原の指示で〝ディアブロ〟を捜している。

入江たちは見回りの目を盗んで、図書室のあるシェイドデッキにやってきた。さすがに未明という時間帯は人の動きを鈍くするのか。赤雹梯団（せきはくていだん）もそこは人間だ。本来なら見張りも交代制だろうに、海原が〝ディアブロ〟の捜索を急がせているのだろう。

疲労と眠気はピークになる。どんなに訓練された兵も、気力と集中力が落ちる時間帯だ。

その点、道夫は短時間深睡眠で回復していたし、汐留は最初から未明に動く心づもりで指示を受けていたらしい。入江は、といえば、拷問からの気絶が深睡眠代わりになっていた。肉体のダメージはあるが、タフな男だ。

汐留を見張りに立たせて、入江と道夫は図書室に飛び込んだ。

明かりをつけては見つかってしまうので、頼りにするのは内窓から差し込む甲板灯だけだ。入江は隠した図鑑をすぐに見つけた。

「あったぞ。これだ」

幸い、まだ見つかっていなかった。中を確認した。板目の黒表紙と黒紐で綴じられた論文。

道夫と入江は息を呑んだ。

「これがD論文……」

さっと確認したが抜け頁はない。間違いない。これだ。

確かに図面は何かのプラントの設計図のようだった。だが暗くてよく見えない。奥に読書机が設置してある。電球のスタンドも備え付けられていた。道夫は読書机に向かうと、迷わずスタンドの明かりをつけてその真下に論文を置いた。

「おい、なにしてる。見つかるぞ」

「いいんです。見張って」

言うと、道夫は血眼になって論文を一枚一枚、確認し始めた。五十頁にも及ぼうかという分量を、スタンドの明かりの下で次々と見ていく。瞬きもしない。凄まじい集中力だ。

「おい、まずいぞ。見回りが来る」

見張りをしていた汐留が小声で叫んだ。「海原だ。海原たちがこっちに来る」

部下を引き連れて船内を必死に捜し回っているようだ。この分では波照間教授と祖父江社長の部屋も、全部くまなく捜されただろう。物をひっくり返す音やら怒声やら、騒然としている。荒っぽい家捜しだ。「くまなく捜せ！　どこかにあるはずだ！　見落とすな」と海原の叱咤する声は図書室にまで聞こえてきた。入口で見張りに立つ汐留が焦っている。

「まずい。いいから一旦ここを離れよう。佐賀……っ」

道夫は耳を貸さない。スタンドの下でひたすら図面を一枚一枚見ている。物凄い集中力だ。急かす声も聞こえていない。入江も業を煮やした。

「道夫、なにしてる。論文を持ってここから出よう！」

海原たちが近付いてくる。

駄目だ。もう逃げ場がない。観念しかけた、そのとき。

ようやく全ての図面を見終わった道夫が、何を思ったか、突然、論文の板目表紙を引きちぎった。そして尻ポケットからガスライター用のオイル缶を取りだすと、歯で蓋を開け、オイルを論文にふりまいてしまう。入江たちが「あっ」と思った時には、もう遅い。道夫はライターを灯し、論文に火をつけた。ぼっと燃焼音がして、真っ赤な炎が勢いよく上がった。火は瞬く間に紙束全体を包み、松明のように燃え始めたではないか。

道夫はそれをブリキのゴミ箱に突っ込んだ。

「おい、なにやってんだ！　気でも狂ったのか！」

すぐに拾い上げて火を消そうとした入江の手を、道夫が摑んで止めた。首を横に振った。「これでいい」と。波照間のD論文はみるみるうちに火に焼かれていく。なすすべもない。

「おい、そこで何をしている！」

とうとう海原たちに見つかった。

三人は逃げなかった。袋の鼠だ。銃を向けられ、やむなく手をあげた。道夫の足許にあるブリキのゴミ箱の中からは焚き火のように炎があがっている。武装兵が三人を拘束したが、こんな部屋の中で焚き火でもない。海原にはそれが何を意味するのか、気づくまで数瞬を要した。

「まさか……っ」

海原が部下たちを搔き分けるように飛び込んできて、ゴミ箱から火に包まれた紙の束を取りだした。すぐにはたいて火を消したが、形をとどめているのは板目紙の黒表紙のみで、綴じられた紙の束はほとんど炭化している。何が書かれていたのかは、すでに大方、判読不能だ。

海原は真っ青になった。

吠えるような勢いで道夫の胸ぐらを摑み上げた。

「佐賀、貴様！　これはなんだ。まさかD論文ではないだろうな。燃やしたのか、〝ディアブロ〟を！　波照間の遺産を！」

激しく揺さぶられても、道夫は薄く目を開いて見つめ返すだけだ。海原は逆上した。

「貴様、自分が何をしたのか！　わかっているのかあああ！」

逆上した海原は、血走った目を剝き出して、銃を抜き、道夫の頭につきつける。憤怒に駆られるまま引き金に指をかけた、そのとき、汐留が叫んだ。

「よせ、海原！　D論文は、佐賀の頭の中だ！」

なに？　と海原が振り返った。汐留は必死の形相で、

「佐賀の頭を吹き飛ばせば、今度こそ〝ディアブロ〟はこの世から消え去るぞ！」

海原は息を呑んだ。どういうことだ、と振り返った。

「佐賀は一度見たものを正確に記憶することができる。その上、見たままを図に描き起こすこともできる。つまり〝ディアブロ〟は佐賀の頭の中に入ったんだ。佐賀を殺せば、二度と取り出せなくなるぞ」

海原は驚愕し、梯団の者たちはざわめいた。

「はったりだ……っ。そんなことできるわけが」

入江も思い出した。そういうことか。

道夫は一度その目で見たものは、全て詳細に覚えていられる。それが判読不能な外国語でも、見たままをまるで写真にでも撮ったように脳に焼き付けてしまえるから、意味

がわからずとも記憶できるのだ。類い希な記憶力の持ち主だった。

だが、それが何を意味するか。入江には、悟ってしまえた。

「……まさかおまえ、はじめから……っ」

D論文は永久に失われた。

今は道夫の脳内にしかない。つまり――。

道夫自身が〝ディアブロ〟になった、ということに他ならない。

海原は半信半疑で銃を引いた。

「馬鹿な……。ひとつも間違いなく覚えられるわけが」

「そいつは本当だぞ。海原」

兵たちに後ろ手に拘束された入江も、青ざめた口調で言い足した。

「道夫は読めもしないアラビア語の本を、一瞬見ただけで覚えたそうだ。ジャムスの特務機関で偵察をまかされたのも、一瞥で記憶できるその能力があったからだ。道夫を殺したら、ディアブロは本当に失われるぞ。それでもいいのか」

さしもの海原もそこまで言われては手が出せない。

道夫は不敵な表情で見つめている。

そう。これが道夫の「任務」だった。

〝ディアブロ〟を記憶し、本体を破棄せよ――。

このためにアグライア号に乗船したのだ。

「おのれ……〝ライチハの妖怪〟が……」

「……これでやっと、対等に話ができる。話してもらおうか。海原」

悪魔を喰らった道夫は、傲然と言い放った。

「おまえが誰のために〝ディアブロ〟を求めるのか」

＊

佐賀道夫は一等特別室「富士」の住人になった。

この『アグライア号』で最も豪華な部屋だ。ベッドルームとリビングルームがあり、もちろんバストイレもついている。つい先程まで海原が占拠していた特別室に、道夫は連れてこられた。

道夫が向かうテーブルに、海原が紙とペンを差し出した。

「書き起こせ。D論文を」

海原の指示を、だが道夫は無視し続ける。道夫が書き起こさない限り、海原はそれを手に入れられない。道夫はペンを取ろうとはしなかった。

「書き起こすのはアルハンゲリスクに着いてからだ。それまでは記憶の中に留める」

「貴様、本当に記憶しているのか」

「信じないなら、試してみろ」

海原は机の引き出しから聖書を取りだした。海原の所持品ではなく、客室の備品だ。あてずっぽうで開いた頁を、道夫に三秒だけ見せ、すぐに隠した。

「……………。いまの頁の十行目にあった、最後の単語はなんだ」

「バビロンの王」

海原は確かめた。その通りだった。道夫はほんの三秒しか見ていない。頁にぎっしりと印刷された英文を、読みもしないで、当てて見せたのだ。海原の顔が引きつった。

確かにこれは写真のようなものだ。頭でシャッターを切り、脳内フィルムに焼き付けた画像から、言われた単語を拾う。文章の意味が分からなくても覚えていられるのは、脳の中で残像を「見ている」からだ。

海原は認めるしかなかった。

かろうじて燃え残り、炭化を免れた板目紙の表紙の端には「H.Hateruma」のサインがある。

燃えた論文は無惨な有様だ。道夫から、その内容を引き出せるのも、道夫本人しかいない。

「どの道、書き起こしたら最後。僕の中に残る〝ディアブロ〟の記憶を消すために、あんたは僕を殺すだろう。冗談じゃない」

道夫は肩を竦め、真顔に戻って、海原に問いかけた。

「〝ディアブロ〟を手に入れてどうするつもりだった」

「……」

「あんたは〝ディアブロ〟の開発者が誰かまでは、知らなかったようだな。米国に亡命したユダヤ人科学者だとでも思ったか」

「この疫病神め」

正面のソファに腰掛けた海原は、憎々しげに道夫を睨んだ。その時だ。ドアをノックする音がした。梯団員に伴われ、姿を現したのは、運研の赤井だった。拘束されていた。

「貨物倉に隠れていたところを発見しました」

「運研の赤井か。座れ」

赤井は顔面蒼白だ。促され、道夫の隣に腰掛けた。

「波照間のD論文。この船にあったというのは本当か」

「……。なぜそれを」

「君が所持していたのを見ている者がいる」

「は……波照間氏を殺したのは、私ではありません」

問いかけてもいないのに言い訳を始めた。どうやら殺人犯と疑われた、と勘違いしたようだ。赤井は広い額に脂汗を滲ませて、

「私は、見せただけです。醍醐氏らに」

「【N】政策の連中か」

「はい。研究の後ろ盾であった日本学術会議の江口議員を通じて、紹介するつもりでし

た。夜、一等喫煙室に皆様が集まったところでお願いしました。〝ダイアナ船用炉〟の研究資金を国に援助してもらえるよう。〝アポロン船用炉〟よりも遥かに優れたエネルギー炉であることも。しかし獲得できるだろう原子力予算内では難しく、そもそも核融合炉は荒唐無稽だと言われ、反応も芳しくなく……」

「受け入れられなかった」

「絵空事のようにあしらわれました。元々、占領中はGHQの命令で原子力研究を固く禁じられてきましたから、波照間氏はごくごく内密に――ばれれば処分されることも承知で、私費で研究を続けてきたのです。賛助者である江口議員も秘密研究に便宜をはかってくれましたが、しかしもう限界でした。継続のためには、来年にも国会に提出するという国の原子力予算案が頼みだったのです。それも一蹴されました。そこで私は波照間氏に提案しました。こうなったらアメリカでの研究を、と。EB社に売り込んでは、と」

「〝アポロン〟の製造元に」

「しかし彼は承諾せず。どころか、研究を止めると言い出し……」

道夫が身を乗り出した。

「止める？　成果は見込まれてるはずだろう」

「理由は言いませんでした。とにかく米国にだけは渡したくないと。D論文も破棄すると言いだしたので、私は」

「殺して奪ったのか?」

「私ではありません。信じてください! その後でした。会合に同席した祖父江社長が、私に声をかけてきて丸菱での研究開発を申し出てくれたのです」

道夫はぴくりと反応した。——殺された祖父江社長が?

「論文は祖父江さんの部屋で見つかった。祖父江さんに渡したのはあなただったのか」

「丸菱電機で開発研究を行う、D論文を買い取る、と申し出てくださいました。願ってもないことでしたので、私はすぐにのりました。波照間氏もそれならば承諾するだろうと……でも」

歯切れが悪い。道夫はその心底を見極めようと顔を覗き込み、

「論文を売ったのか。丸菱に」

「金儲けのためじゃありません。波照間氏には翌日改めて相談するつもりでした。私はただ核融合炉開発の道が閉ざされるのは、惜しいと……」

「売ったんだな」

赤井はいたたまれなくなったか、身を縮こまらせた。

「祖父江社長から『D論文を読ませて欲しい、一晩貸してくれ』と言われて、応じました。ただ波照間さんの許可をとっていなかったので後ろ暗くも感じ……。祖父江社長にはスタッフルームで中味を渡し、私は空のアタッシュケースに鍵をかけて、波照間氏のもとに返しました。彼は留守でしたが、部屋の鍵は開いていたので、置いて部屋に戻り

ました」

江口玲がアタッシュケースを見たのはその後だった。だが部屋に戻った波照間は翌朝殺され、アタッシュケースがなくなっていた。これが鍵です、と赤井はポケットから小さな鍵を取りだした。

「論文は翌朝には返すつもりでした……。が、波照間氏が殺され、その後、祖父江社長から『D論文がなくなった。誰かに盗まれた』と知らされて、混乱してる間に、今度は祖父江さんが」

そのD論文は彼のトランクから出てきた。

祖父江にはソ連のスパイ疑惑がかかっていた。盗まれたと虚言して、自らの懐に収めようとしたのだろう。祖父江に渡った時点でソ連側はまんまと〝ディアブロ〟を手に入れていたことになる。だが、その祖父江もマクレガー中佐に殺された。

マクレガーは〝CSDR(カサンドラ)計画〟に気づいていた節がある。

「……ともかく、D論文は本当に存在したんだな」

海原が確かめたかったのは、それだけらしい。

「あとは貴様だ、佐賀道夫。どうでも論文を書き起こしてもらう」

「ここでは書かない」

「では人質を殺す」

「好きにしろ。ひとりでも殺したら、永遠に書き起こさせない」

「汐留を殺す」

「ああ、殺せ。僕も頭を撃って死ぬ」

それより、と道夫は海原を睨み、

「おまえだ、海原。D論文を手に入れて誰に売りつけるつもりだった？」

海原は沈黙する。道夫は冷徹に問いを発した。

「誰から何をいくら積まれた。〝ディアブロ〟を欲しがっているのは誰だ」

「……………。あくまで書き起こさないつもりなら、薬の力に頼るしかないな」

道夫が目を吊り上げた。海原は乾いた口調で部下に告げた。

「入江を連れてこい」

＊

道夫が連れて行かれた後、入江と汐留はふたりで二等船室に押し込められた。

空はだいぶ明るくなってきた。朝が来た。本当ならば、もうとうに大きく左に舵を取り、津軽海峡に入っているはずの時間だ。しかし船は速度をあげて太平洋を北東へと進んでいる。

「……どうやら処刑は中止のようだな」

丸い船窓の外を眺めて、汐留が言った。道夫がD論文を楯に処刑を止めたに違いない。

「八代副官を射殺したのは、あんたか。汐留」

入江が問いかけた。汐留は悪びれもせず答えた。

「なんでわかった」

「道夫と組んでる。ミッション・パートナーなんだろ」

「別にお互い思い入れはないがね」

「マクレガー中佐を撃ったのも、あんただな」

入江は二段ベッドの下段に腰掛け、身を乗り出すようにして言った。

「……道夫が呼び出して、あんたがプールデッキから狙撃した。そうだったんだろ」

「俺はあいつの影さ。収容所(ラーゲリ)から工作員訓練所に移った時から。多少の恩義は感じてる。あいつだけが俺に無関心でいてくれた」

「どういうことだ。ライチハの収容所か。海原たちと一緒だったとかいう」

汐留は鼻で笑い、ネクタイをゆるめた。

「収容所にいる時から、声のでかい男だった。指導的アクチヴってやつだ」

「海原のことか」

「共産主義の申し子みたいな言動で、リーダー面してた。誰を吊(つる)し上げするかは幹部の批判会で決まるんだが、指示は大体あの男から出てた。吊し上げる方であれば、吊し上げられることはないからな。その後で、カンパ（キャンペーン）が始まる。反動（共産主義に反対する者または賛同しない者のこと）、と名指しされた者の罪状を皆に宣伝して回るんだ。しめくくりが吊し上げだ。壇上で数百人から槍玉にあげられる。周りは同調して〝異議なし〟と叫ぶ。反省を強要されて、反論すれば怒濤のごとく口々に罵られる。屋外ではスクラムを組んだ群徒に身動きもままならぬほどひっ包まれ、二十四時間どこを歩いていても罵詈雑言。それが何ヶ月も続く。やられたほうはトラウマになる」

「あんたも反動分子にされたのか」

「あれ以来、人間を信じられなくなった」

赤霍梯団の団員たちとは同じ収容所だった。つまり彼らから吊し上げをくらったわけだ。

彼らは同じソ連側工作員だが、汐留にとっては深い怨みを持つ相手でもあるのだ。

「いまだに夢に見る。あの地獄の日々を。あいつらの顔はひとりも忘れない」

「だから、ためらわずに殺したのか。八代副官も」

「ふん。同情すべきものは、何もないからな」

汐留は――道夫から「沖」と呼ばれた男は、遠い目をした。

「――〝汐留泰司〟とはあの収容所で会った。同室だった。意気投合して船の話も色々した。だが彼も吊し上げられた。結局、彼は日本には帰らなかった。現地で結婚して帰国に背を向けた。日本人が心底嫌いになったんだろう」

「その彼からプロフィールを盗んだのか」

「ああ。汐留だけじゃない。他にも数名の名を騙った。おかげで今じゃ自分が何者だか、よくわからなくなっちまった」

自嘲をこめて笑うその顔には、根無し草の悲しみが滲んでいる。帰国後もソ連の工作員として生きてきて、他人の名を騙るたび、自分というものが隅に追いやられてしまうようだったと。

入江は背を丸めて、言った。

「道夫の評判はすこぶる悪かったと聞いた。そんなにひどい奴だったのか」

「あいつはうちの収容所に来る前、別の収容所にいた時、親友の吊し上げに荷担したそうだ」

入江は意外に思った。……あの道夫が？

物事をいつもどこか突き放して見ているようで、そういうことに加わる男には見えなかったからだ。

「加わらなければ、自分が反動呼ばわりされて吊し上げられるからな。周りに同調し、親友の過去を暴露して告発して罵倒して……。その親友は翌日、便所で首をくくって死んだそうだ」

入江は目を瞠った。汐留は虚しそうな目になった。

「あの異常な同調圧力は、抑留を知る者でなけりゃわからんさ。同胞に排撃されるのは絶望でしかない。そうするほとんどの者は〝ダモイ共産主義者〟……いわゆる〝赤ダイコン〟さ。偽装なんだ。一日も早く帰国したいために〝共産主義者〟になったふりをした。反動を告発することで、自分は反動じゃないと証明するんだ」

皆、わかっていた。互いのやましさも。後ろ暗さも。誰かを犠牲にして自分は免れる。身を守るためだと。

だが、標的にされた側は地獄だ。

それはまさに〝犠牲の羊（スケープゴート）〟でしかない。

「……それからというもの、佐賀はあからさまにソ連兵の、しかもチェキストに擦り寄るようになったそうだ」

「諜報（ちょうほう）チェキストのことか？」

「ああ。青帽のことだ。収容所には、政治部と諜報チェキスト部というのがあった。民主運動を先導したのが政治部の政治将校。スパイ工作だの戦犯なんかを挙げたのが、諜報チェキスト。特務とかゲペウとか呼んでた、秘密警察の連中だ。収容所の所長や職員も対象だったから、一番恐れられていた。佐賀は公然とそいつの犬になって、仲間の工作員を密告したり、人の弱みや都合の悪いこともべらべらと吹き込んだ。同じ日本人仲間からはすこぶる評判が悪かったが、ソ連兵に露骨にべったりで、気に入られていたから、かえって反動の要素が見あたらず、吊し上げられることもなく、吊し上げにあわないために他人を吊し上げることもなかった」

つまり、道夫はあえて日本人の敵になることで、日本人同士の吊し上げから距離を置いたのだ。渦中へと巻き込まれないところに身を置くことで。

「自分が吊し上げた親友に自殺されたのが、よっぽどこたえたんだろうさ……」

道夫が人知れず負った心の傷の深さが、入江には理解できたような気がした。

自分の身を守るために他人を〝犠牲の羊〟にするくらいなら、いっそ全員の敵になったほうが、道夫にはどれほども楽だったのだろう。

――親友なんて……。

入江と兄を嘲笑ったのは、自分自身の友情が信用できなかったからなのか。

虚無を漂わせた、あの横顔が、やけに脳裏から離れない。人間は極限に置かれて初めて本性を顕す。その揺るがしがたい赤裸々な本性の前では、穏やかな時の善意も愛も理想も、全て紛い物にしか見えなかっただろう。

そんな道夫が、共産主義という、いかにも人工物のにおいがする思想に身を預けているのが、入江には不思議だった。確かに、植え付けられた思想に身を任せたほうが、何も考えずに済む。疑問を持たないほうが、生きやすい。そういうこともある。

だが、生きるために〝思想に傾倒したふりをした〟したたかな抑留者たちよりも、何か、あぶなっかしい感じがするのは気のせいだろうか。

「日の出だ」

水平線から顔を覗かせた朝陽を眩しそうに見て、汐留が言った。

「なんにもない海の上では、やけに太陽の存在が大きく感じる。あれが自分たちの命の源なんだと実感できる。赤道から見た太陽は、本当に激烈だった」

「船旅をしたというのは本当だったんだな」

「ああ。移住したって話もな。ブラジルには故国（クニ）に帰りたくても帰れない家族たちがいる。日本政府からの迎えの船を待っているんだが……。いっこうに船をよこさない。日本政府に要請もしたが、動かなかった。戦争で負けた満州からの引き揚げとは違うと言って。彼らは国の政策で外に出させられたんだ。帰国（ダモイ）を待つ抑留者もつらかったが、地球の裏側で、来ない船を待つ身もつらかろう。……ブラジル移民は、見捨てられたんだ」

気が昂（たか）ぶっているのか、感傷的になっているのか、汐留はやけに語る。

ブラジル、シベリア……。

「地球のどこから見ても、太陽は同じなのにな」

「……。太陽――〝アポロン原子炉〟か」

この船の胎内に燃える原子の〝火〟を想い、入江は呟（つぶや）いた。

「なぜ、モスクワは核融合炉に〝悪魔〟なんて暗号名をつけたんだろう。原理からいえば、太陽と同じだという〝ディアブロ〟のほうが、遥（はる）かにアポロンなのにな」

アポロンを宿すアグライアは、なるほど〝光の女神〟といったところだ。

波照間にも〝カサンドラ〟の不吉な予言が聞こえていたのだろうか。

アポロンの愛を拒んだ、運命の女カサンドラ。

「誰も信じない予言、か……」

船室の扉がだしぬけに開いた。武装兵が立っている。

「……入江秀作。団長のお呼びだ。来い」

＊

海原が団長室にしていた特別室には、道夫と赤井がいた。

高級家具に囲まれ、壁には洋画が飾られている。年代物のソファで、海原は道夫たちと向きあっていた。道夫の手許には、何も書かれていない便せんとペンがある。論文を書き起こすことを、頑なに拒否しているのだと入江には分かった。

「何の用だ。海原」

「入江。G2時代、貴様には我が同胞がさんざん尋問で世話になった。自白剤の処方をマスターしていると」

入江は呼ばれた理由を察した。

「自白剤で道夫に論文を書き起こさせるつもりか。あいにくだが、無理だ。自白剤は意識を朦朧とさせて答えを誘導する。集中力を使って記憶を再現する作業には向かない」

「言い逃れか」

「違う。一歩間違えば、副作用で記憶に混乱をきたすこともある。ディアブロをみすみす破壊するようなもんだ。俺があんたの同志でもお薦めしないね」

入江の答えは、道夫にもわかっていたのだろう。

すると、海原が腰からナイフを抜いた。入江の手を摑んで、手形でも捺すように、テーブルへと押し当てた。

「なんのつもりだ」

「だったら、貴様の指を切る」

「なに」

海原はナイフをテーブルにつきたて、その刃のすぐ下に入江の小指を置いた。ヤクザが指詰めをするように、ナイフの柄を握った。

「安心しろ、入江。殺しはせん。だが関節ごとにひとつひとつ切り落とす。手の指がなくなったら、今度は足の指だ。……そこで見ていろ、佐賀。こいつを少しずつ刻んでやる」

さしもの道夫の表情も強ばった。押さえてろ、と海原が兵に指示した。入江は抵抗するが、周りから押さえ込まれていて振り払うことができない。道夫は強ばったまま凝視している。赤井も恐怖に顔を歪ませた。入江は、しかし声を振り絞り、

「絶対書き起こすな、道夫！　この程度の拷問も脅しも、俺には通じん。こんな奴に波照間さんの研究、絶対に渡すな。いいな！」

その物言いが海原の神経を刺激した。怒りにまかせて、ナイフで入江の指を切り落とそうとした。見かねた赤井が猛然と立ち上がり、海原へと横から体当たりをかました。

ふたりはもろとも倒れ込んだ。武装兵が赤井に銃を向けてくる。

「おいよせ！」

入江が叫んだ。その時だった。

突然、船内で非常ベルがけたたましく鳴り始めた。それからほどなく船内電話が鳴り始めた。

居合わせた者たちが、一斉に顔をあげた。操舵室からだった。

海原が立ち上がり、電話をとった。操舵室からだった。

「なんだと⁉　機関室から火災……⁉」

入江はハッとした。海原は「すぐにあがる」と答え、武装兵たちに、

「こいつらを見張ってろ！　他はデッキに待機！」

と指示して操舵室へと駆け上がっていった。

非常ベルは鳴り続ける。やけに落ち着き払っている入江を見て、察した道夫が小声で問いかけた。

「なにをしたんですか」

入江は不敵にほくそ笑むだけで、何も答えない。

第八章　あといちどの太陽

「機関室で火災です！」

操舵室に駆け上がってきた海原に向けて、そう訴えたのは、三日月一等航海士だった。

海原は血相を変えている。

「いったい何が起きた。火災だと？　原因は」

「わかりません。しかし、見てください」

『アグライア号』には客船時代からの名残の「煙管式火災探知装置」がついている。操舵室の後部壁。ガラス張りの向こうにパイプの束がある。防火区画の天井にある吸入口から空気を吸い込んで、ここまで送り、特殊な照明装置と光電管で発煙を検出するというものだ。

「機関室からの煙です。間違いありません」

「ひどいのか」

「現場が混乱しているようで、状況がまだ。ただちに機関停止を発令（オーダー）し、右舷錨（うげんびょう）レッコしました。機関長以下がいま全力で消火活動に」

火の勢いがどの程度なのか分からない。ボヤで済むようなものなのか、それとも船に危険が及ぶレベルなのか。

「原子炉は無事か」

そこにやってきたのは松尾船長だった。船長室で監禁されていたが、緊急事態と聞いて見張りの制止を振りきり、ブリッジへと乗りこんできたところだ。蒼白になって指揮をとっていた三日月のもとにやってくると、エンジンテレグラフが「ＳＴＯＰ」となっているのを確認し、各種計器から船の状態を読み取った。

「総員防火部署につきました。火災は機関室で起きており、原子炉室及び格納容器は無事です」

「原子炉制御室とは繋がっているか」

「おい、勝手に指揮をとるな！」

海原が怒鳴ったが、松尾は物ともせず、毅然と睨みつけると一喝した。

「この船の船長は私だ。緊急事態である。部外者は出ていきたまえ！」

海原は竦み上がったように黙った。松尾の命令には反駁を許さぬ迫力があり、以降は口出しできなくなった。松尾は電話を手にとり、自ら原子炉制御室のオペレーターと連絡をとりあった。三日月一等航海士たちも固唾を呑んで、会話から漏れてくる単語に耳を傾けている。

「炉心温度は……冷却水は……。よろしい。スクラムに備えよ。引き続き計器から目を離さぬよう」

「キャプテン。状況は」

「火災は機関室のドレンタンク付近で発生したそうだ。ドレンタンク及び復水器に損傷が出た。どうやら爆発物が仕掛けられていたようだ」

「爆発物？　何者のしわざですか！」

誰かがアグライア号の航行を妨害したのだ。アルハンゲリスクまで持って行かれることを阻止しようというのにちがいない。

海原の頭に真っ先に浮かんだのは、入江たちの顔だった。怒りにまかせて武装兵へ怒鳴った。

「犯人を捜せ！」

「それどころではない。乗客乗員の避難誘導が先だ。ワッチ外のオフィサーは消火と情報収集に全力を。クルーはただちに担当デッキをまわり、全員避難集合場所に集めろ。甲板部員は救命艇の用意を！」

「船を放棄するのか」

「非常事態では最悪に備えるのが鉄則だ。君たちも武装を解いて避難の支度をしろ。万一、原子炉が損傷しようものなら、大変なことになる。放射能事故でも起こった時には取り返しがつかなくなるぞ」

海原の顔色が変わった。

冷静沈着な松尾船長の切迫した口調に、操舵室はいっそう緊張感が高まった。

松尾船長は再び電話口に怒鳴った。

「無線室、救難信号を打て！　全員急げ！」

「待て！　まだ打つんじゃない。これは本当に火災なのか？」

「何を言うんです。あの煙が見えないんですか」

「この目で確認する！」

海原は操舵室から出ていこうとして、足を止めた。扉の前に、三日月一等航海士が立ちはだかっていた。

「そこをどけ！　三日月！」

三日月が拳銃を取りだして、海原に向けた。

海原はギョッとした。振り返ると、背後にいた湊二等航海士も、同様に銃をこちらに向けている。

「お……おい、貴様ら、これは一体なんのつもりだ」

三日月も湊も、赤雹梯団の一員だ。米国の捕虜だったが、収容所に送り込まれていたソ連側のエージェントに勧誘されて、工作員になっていた。

その三日月たちが、同胞である海原に、揃って銃を向けてくる。

「この船で大きな顔をしていられるのは、ここまでですよ。海原団長」

松尾船長が、じっと舳先を見つめたまま、告げた。

海原は、松尾船長と三日月たちを交互に見た。どういうことだ。三日月たちは冷ややかに海原へと迫っていく。壁に追い詰められた海原は、ついに尻餅をついた。

「裏切ったのか、三日月……」

「君たちの乗っ取り計画は、我々のための、よい隠れ蓑になってくれたよ」

松尾船長が言った。両手は後ろで組んだままだ。海原のほうを振り向かず、じっとマストを見つめている。

「支度はいいかね？　三日月チョッサー。湊セコンドッサー」

ふたりは揃って「はい。キャプテン」と答えた。

海原は顔を強ばらせた。

松尾船長は背を向けたまま、氷のような眼差しで告げた。

「さあ。ここからが真の航海だ」

＊

船内は混乱しまくっていた。

乗客乗員はパニックになった。人質にされていた【N】政策グループの面々は、この船が原子力船であることをよく知っている。それがパニックに拍車をかけた。今にも原子炉が爆発するのではないか、という思いこみが暴走し、恐怖に駆られて怒鳴り散らした。

「放射能は漏れているのか！　もう汚染されてるんじゃないだろうな」

「ガスマスクをよこせ！」

「原子炉は爆発するのか！」

「早くこの船からおろせ……！　おろしてくれ！」

一等喫煙室に監禁されていた乗客たちが、クルーに詰め寄る姿を見て、赤霞梯団（せきはくていだん）の兵たちもただごとではないと察知したか。統制がとれなくなり始めている。三等航海士が騒ぎを見かねて、声を張り上げた。

「皆さん、落ち着いて！　火元は機関室です。原子炉とは隔壁を挟んだ別の部屋です。原子炉が爆発することはありません！」

「いや、冷却水が確保できなくなったら、炉心が過熱して暴走すると聞いたぞ。そうなったら原子炉が爆発するぞ！」

「船からおろせ！　救命艇に乗せろ！　放射能で死ぬなんて冗談じゃないぞ！」

【N】政策のメンバーも血眼になって詰め寄っている。

騒ぎをガラス戸越しに見ていたのは、元新聞記者の磯谷晋平だ。

足をケガしていた磯谷はデッキブラシを杖（つえ）代わりにしている。人質たちのパニックを苦々しい思いで見つめていた。

「あんなにこの船は安全だと豪語しとったくせに。我先に、とは、見苦しいもんじゃのう」

すでに船は機関停止している。両舷錨を下ろし、太平洋の真ん中で再び足が止まった。

何が起きたのかは、磯谷にも分からない。火災の発生には、入江たちが関わっているのか。その入江は八代副官を射殺した犯人を追っていったきり、戻ってこなかった。

「この船には、やっぱり悪魔が乗っとるんか……。呪われとるんか」

突然、船内の灯りが消えた。通路は真っ暗になった。見回してみたが、ここだけではないようだ。船中の電源が落ちたのか。

だとしたら、状況はよろしくない。消火がままならないとなると、いよいよ退船せねばならない。

「冗談じゃない。こんなヤバイ船を海の真ん中に放置できるか」

ともかく放射能漏れになるのだけは食い止めなければならない。磯谷は船に関しては素人だし、何ができるとも思えなかったが、足を引きずりながらシェイドデッキに降りた。

ふと物音を聞いたのは、その時だった。

一等船室の中からだった。細くドアが開いている。確か、このフロアは招待客のための部屋だ。皆、人質にされて一等喫煙室にいるはずだ。今は空室のはずだが。

「確か……合田氏の部屋だ」

醍醐万作の懐刀と呼ばれる男だ。記者時代からGHQとの繋がりが深く、社内で勃発した労働争議を収拾するのに彼らの力を借りたと言われ、この船の原子炉を開発したE

B社と醍醐を仲介したのも、合田だった。

アグライア号の視察航海を最初に発案したのも、合田だったと聞く。彼は醍醐と一緒に人質にされているはずだったが……。

中を覗き込んだ磯谷は「あっ」と声をあげた。

そこにいたのはナギノだった。ベッドに座り込んで、うなだれている。

「ナギノ博士！　こんなところで何を」

「君は……。磯谷くんか」

「捜していたんですよ。今までどちらに」

蒼白い顔だ。こめかみからは血を流している。洗濯室に身を潜めていたナギノは、船長と船内電話で連絡を取ろうとして事務長室に向かったところ、赤雹梯団に発見されたという。子供の時分から柔道をやっていたナギノは、格闘には自信があった。揉み合いになった時に負った傷だった。

言うまでもなく、〝船用原子炉アポロン〟の開発責任者だ。

「火災が起きたようだな」

「機関室火災のようです。船長から退船準備の指示が出ています。合田氏の部屋で何をしていたんです」

探し物だ、とナギノは答えた。引き出しやトランクを開けて、衣類やら洗面用具やらを乱暴にあさった形跡がある。

「合田氏の荷物の中に、ですか」

「ああ」

「何を探していたんです？」

と問うと、ナギノは心を深く沈めるような顔つきになった。

「友の、形見だ」

波照間教授のことだろうか、と磯谷は思った。その形見がなぜ、醍醐万作の右腕である合田氏の部屋にあると思ったのか。尋ねるより先に、ナギノのほうから問いかけてきた。

「君は、毎経日報の元記者だったね。磯谷くん」

正体を見抜かれていたことに、磯谷は驚いた。

「君の記事は米国でも読んでいたよ。原子力に関する記事だ。他の報道機関は、どれも未来のエネルギーともてはやすばかりだった中、君の書くものだけは放射能の脅威に言及し、原子力の安全性・経済性に疑問を呈していた。ＣＩＡは、君を反米分子とみなして退職に追い込むよう圧力をかけていた」

「御存知だったんですか」

「ああ。君がこの船を密かに調べていたことも」

磯谷元記者が乗り込んでいたことも、米国側は把握していたのだ。目的が判明した時点で、乗船者名簿から外されてもおかしくはなかったのだが。

「……私が、許可した。君をボーイとして乗せるよう、オーナーに」

「なんで」

「君に判定して欲しかった」

誰よりも批判的だった記者の目で、この船が本当に未来の世界で〝光の女神〟になりうるかどうか、を。

ナギノは「どう思った？」と問いかけてくる。度重なる騒ぎで、表情には憔悴の色が見られる。だが、乗っ取りも殺人も、この船そのものの性能とは無関係だ。技術屋の矜持にかけて、客観的な判定を求めているのだ、と磯谷には読みとれた。

「今はそんな話をしてる場合じゃ。早く避難を」

「いいから答えてくれ。聞かなければ、ここから動かない」

ナギノはてこでも動かない構えだ。磯谷は驚き、やむをえず、腹を据えた。

「……確かに、この船はすごい。甲板に出ても不快なディーゼル臭もせん。これだけ巨大な船を一滴の重油も使わずに動かしてるなんて魔法みたいだと感心しましたよ。だが、あの乗客の姿が全部、物語っとるんじゃないですかね」

醍醐万作らをはじめとする乗客たちだ。我先に退船しようと切迫する乗客たちは、しかし逃れる場がなく、パニックを起こしている。

「何事も起こらん時は高をくくって大きな口を叩いとるが、ひとたび事故が起きたら、どんなことになるか。放射能を吐き出し続ける船は、恐ろしい漂流物でしかないんじゃないですか」

非常事態にみまわれた船内には、船長からの指示が放送されていたが、醍醐たちは冷静を保っておれず、我先にとボートデッキへ走る。甲板員に「早く救命艇を下ろせ」と迫り、赤雹梯団員たちも、わざわざ乗っ取った船が最も危険な場所と化す様に激しく困惑している。

ナギノは盤面を睨む棋士のような顔つきで、非常ベルの音を聞いている。

「そうはならない未来のために、この実験船がある」

「その船がいま事故にみまわれとるんですよ！　造ったのはあんたですよね、博士。いざって時に放射能を封じ込める策はあるんですよね」

「……………」

「さっさと逃げましょう。博士！」

「逃げる必要はない」

ナギノは冷静に窓の外を見た。

「なぜなら、通風筒から煙が出ていない。原子炉はもともと燃焼排気ガスを出さないが、火災が起きていれば、いずれかの通風筒から煙が出てくる。それがない」

「どういうことですか」

「これは誰かが仕組んだ偽の火災だ」

磯谷は目を剝いた。

ナギノは言った。

「この船はどこも燃えていない」

＊

「偽装火災ですって？」

道夫に問われた入江は「ああ、そうだ」とうなずいた。

ふたりは特別室にいる。いやに落ち着き払っている入江を怪訝に思って、道夫が問いつめると、驚くような答えが返ってきた。

船内には今も非常ベルがけたたましく鳴り続けている。船内は混乱して、時間が経つにつれ、騒ぎもひどくなっていくようだ。飛び交う憶測がデマを呼び、伝染病のように船内に広まっている。船内放送も途絶えたので、状況が分からないためだ。彼らの見張りに置かれた兵も、もう見張りどころではなく、状況を知るため通路に出てしまった。

「待ってください。これは機関長が仕組んだ火災だというんですか」

「火災じゃない。この船はどこも燃えていない」

入江は終始冷静だった。運研の赤井と道夫は、顔を見合わせた。

「機関室で火が出たと偽装して赤霍梯団を混乱させる。いよいよ原子炉が危険となったら連中も船を放棄せざるを得ないだろう。そうやって全員追い出すという寸法だ」

「馬鹿な。そんな子供騙しで……っ」

「この船には操舵室に目で見てわかる煙管式火災探知機がある。吸入口の在処を把握していれば、そこに煙を吸わせるだけでも、本物の火災だと信じ込ませることができるだろう」

「そんなの機関室に入れば、すぐにばれる」

「いや、ばれない。機関室の見張りはおまえが全員射殺した。今は防火扉を閉じて、機関部員以外、誰も入れない」

「機関長が仕組んだんですか」

「船の保安のためなら、彼らはなんだってやるさ」

「冗談じゃない。今すぐ皆に嘘だと伝える」

「ああ。そういえば、おまえも乗っ取り一味の仲間だったな」

ひとを小馬鹿にしたような入江の言い方に、道夫はあからさまに反発した。

「だが、おまえの言葉に耳を傾ける奴はいない。同じ収容所にいて、吊し上げに加わらなかったおまえは連中にとっちゃ所詮〝信用ならない奴〟だからな」

道夫が急に、黙った。隠していた過去を、なぜ入江が知っているのか、と思ったのだ。険しい顔になった。

「……沖から聞いたんですか」

「八代副官はおまえに不自然なほど怯えてた。おまえを悪魔とも呼んでいた。余程、気を許せなかった証拠だ。逆に聞きたい。八代は自白剤を打たれて『俺はやってない』とわめいた。まるでおまえに咎められるのを恐れているかのようだった」

道夫は無視するように部屋を出て行きかけた。

「おい、どこへいく」

「操舵室。偽火災であると皆に伝える」

「行かせん」

入江が道夫の手首を摑んだ。

「ブリッジには行かせない。乗っ取りは断念しろ。こんな暴挙、土台、成功するはずないんだ」

「あんたは人質だ。黙っててもらおうか」

「このまま、この船に乗って、どうでもアルハンゲリスクまで行く気か」

道夫はあからさまに睨み返してきて、当然だ、と答えた。

「海原がモスクワの指示とは別の、何か他の者の意図で動いてるというなら、見過ごすことはできない。梯団の全員が奴に同調してるとは限らないが、必要とあらば」

「行かせるもんか」

入江が威圧するように言った。

「おまえはまんまとその脳みその中に〝ディアブロ〟を手に入れた。このままソ連に持っていかれては、波照間教授も死にきれん」

「どの道、祖父江さんの手に渡るはずだった」

「モスクワの工作員にか」

「放してくださいよ」

入江は道夫の手首を放さず、どころか反対側の手で道夫の肩を摑んだかと思うと、背後の壁に強く押しつけた。

「なぜ、よその国のためになんか働く。戦争に負けた日本にこそ〝ディアブロ〟は必要なんじゃないのか。波照間さんも復興に役立てたくて、GHQの目を盗んで研究を続けたんだろう」

「本気でそう思ってるんなら、人が好い。尤も、日本人は総じてそんなお人好しばかりでしょうがね。融合炉だろうが分裂炉だろうが、核は核だ」

道夫は、不遜なまでに侮蔑を露わにした。

「本当に人間なんかに扱うことなんてできるんですかね。太陽を人間が制御なんて、できるんですかね」

道夫には、抑留中に見てきた同胞たちの有様に対する深い失望がある。

吊し上げに荷担して友を自死に追い込んだ自分への、拭いがたい不信がある。

人間の弱いところ狡いところ醜いところ強かなところを、いやというほど見てきた彼の、根深い人間不信が言わせる言葉だと、入江にはわかった。

「だが、技術と人間性は同じくくりで語るものじゃない。人間が高潔な奴ばかりだったら扱えるというものでもないだろう」

「そうでしょうか。そこが一番大事なところじゃないんですか。いくら高等な技術を生みだしても、人間は簡単に自分が正しいと思いこむし、なまけるし、腐りもする。上からの命令を疑わないし、もたれかかれるものを見つけると容易に何も考えなくなるし、見えているのに見ないふりをして、楽なほうに流れていく。そうするうちに悲劇が口をあける。人間というやつの本質こそ問題なんですよ」

道夫の口調は、暗い熱に浮かされたように、淀みがなかった。

「そういうあてにならない生き物に、太陽を〝運用〟なんてできるんですかね。まして一度動きだしたものを止めることなんて、できるんですかね。この脳に焼き付いてるのは、所詮、人が手にしてはいけない火の生みだし方なんじゃないですか。だから波照間さんも〝悪魔がのってる〟なんて言い遺したんじゃないですか」

「おまえはただ先入観で怖がってるだけなんじゃないのか。記憶してるってだけで、論文の中身さえ理解しちゃいないくせに」

「偽火災で、連中を脅かして追い出そうなんて。それだけこの船を動かしているものが危険だという証拠でしょう。決して安全じゃない、一度火災になれば取り返しのつかない惨事を招くことは、扱ってる張本人たちが一番理解してる。そんなものを、いくつもいくつも造り出す気ですか」

道夫はどこまでも〝アポロン原子炉〟の安全性を疑ってかかっている。

入江の心に疑念がよぎった。注意深く道夫の目の中を覗き込んだ。

「おまえ、本当に〝ディアブロ〟を記憶してるのか？」

これだけ核アレルギーの塊なら、D論文そのものを揉み消そうとするはずだ。記憶したふりをして駆け引きしているのでは……、と一瞬疑った。

「おい、どうなんだ。道夫」

「残念ながら、覚えてますよ。一字残らず」

むろん、理由はただひとつだ。D論文の「内容」を、本国ソビエト連邦に持ち帰るのが、彼の任務だからだ。

本当は波照間教授の身柄ごとソ連に拉致するはずだった。その波照間が船上で殺されてしまった今、せめて彼の遺したD論文を持ち帰らねばならない。

道夫は苦々しそうに目をそらした。核開発に強い疑念とアレルギーを持ちながら、諸々と大国の道具を務めていることに、やましさを抱いている。そう入江には窺えた。

「そんな任務、捨てちまえ」

と、入江は言った。

「賛同できないなら、捨てちまえ」

「何を藪から棒に。任務を捨てる時は死ぬ時だ、と教えたのは、中野の鬼教官たちですよ」

「いいから捨てちまえ。道夫！」

「二重スパイにでもなれって言うんですか。甘く見られたもんだな」

道夫は傲岸に言い返した。

「寝返らせるならそれなりの条件を出してくださいよ。僕が飛びつくような条件を。言っておくが、金なんか要らない。失うものもない」

「ここはとうに公海上だ。ソ連でもなければ日本でもない。こんな海の上でまで、自分に嘘つく必要があるかよ！」

道夫は目を見開いた。入江は道夫の肩を強く揺さぶるようにして、

「早期帰国を許された抑留者には条件がつけられた。おまえは、長崎にいた両親の安否を一刻も早く知りたかった。早く帰りたかったから工作員になることも受け入れた。だが捕虜が帰国するのは、当たり前の権利だ。おまえは日本人なんだから！」

日本人、という一言が、道夫の胸をついた。

日本人。ああ、日本人だ。だが首に縄をつけられた日本人だ。故国の土を踏んでいても、どこからともなく現れる外国人エージェントに肩を摑まれる。行動を見張られているのだ。

拒めば、闇から闇に葬られる。死体になって港に浮かぶのが関の山だ。

だが、そうなったとしても、悲しんでくれる人間は、道夫にはもう、いない。

「あいにく人間は、陸の上でしか生きられない」

「……なに」

入江は一瞬、意味をとらえかねた。

道夫は目を伏せ、

「陸で生きるとは、どこかの国に属すること」

領土で生きることだ。

陸上では、人間は必ずどこに帰属するか選択を迫られる。自分が何者かを問われた時、必ず国籍を答えさせられる。根無し草ではいられない。生きていれば、国という存在から逃れられない。

国家から個人が解放されることはないのだ、と道夫は痛感していた。

「船の上だけで生きられたら、どんなにか、よかったでしょうね」

そうか、と入江は思った。ようやく道夫の心情が理解できたのだ。

道夫は、日本という母国の懐に迎え入れられる前に、ソ連という服を着せられた。鎖はいまも、海の向こうと繫がっている。

自分ではどうにもならないことだ。極寒のシベリアで、容赦なく叩きつけてくる自然の猛威に、ただじっと耐えているしかなかった。その時と同じ、無力ゆえの忍耐という、暗い通奏低音が今も彼の心の奥で途切れることはない。道夫の心はいまだあの極寒の中にあって、逃れることはできないのだ。

日本よりも遙かに広大な国土を持つあの異国で、道夫は身を以て思い知ったのだ。思想や主義などという昨日今日作られた人工物の持つ毒とは、まったく別の、それこそ対極にある自然の猛威から、思い知らされた。ただじっと耐えよと。

入江があの日、逃れる場もない船の揺れから、自分が自然の前では無力な存在だと教えられたように、道夫もまた延々と耐えているうちに、いつしか抗する意欲さえ失ったのだろう。あとはただ黙って、慣れるか耐えるか。それだけなのだ、と。

見透かされているのが、わかるのか。

道夫はやんわりと入江の手を振り払うと、ソファに座り込み、うなだれた。

「……。道夫」

「……」

「なあ、道夫。戦争は終わった。古い日本は負けたんだ。古い日本とはなんだ。疑わないことだ。考えないことだ。信じることを封じて、心をだまして生きることじゃなかったか。もういい。もうたくさんだ。おまえ自身が何を択(と)るか。何を信じるか。そのために行動する。それこそが、負けから這(は)い上がってきた俺たちの、唯一摑(つか)んだ願いじゃないのか」

入江の言葉に、道夫は肩を揺らして笑った。

「今更なに言ってるんですか。なにが思想信条の自由だ……。その新生日本で、さんざん赤狩りしてきたのは誰なんだ」

「俺はただ！　おまえには、おまえの心に従って欲しいだけだ！」

道夫が驚いて、顔をあげた。

「ここは海の上だ。道夫」

国境線はない。誰のものでもない。

「おまえがおまえでいていい場所なんだ」

道夫は思い詰めた様子で入江を見つめていたが、やがて、じっと掌を見下ろした。

そして――。

「……………。海原を利用して〝ディアブロ〟を手に入れたいのは、少なくともモスクワじゃないな」

「道夫」

吐息を漏らすと、道夫は問いかけた。

「……赤井さん。あなたは何か知ってるんじゃないですか」

赤井はソファの隅に小さくなっている。憔悴している。無理もない。

「あなたのあては外れたわけだ。いくらD論文が残ったところで、波照間教授がいなければ、研究を進めることはできない。D論文には核融合炉の肝が書かれているとしても、その全貌は波照間教授でなければ知り得ない」

「私のせいです……。私が波照間くんをこの船に招いたばかりに」

赤井は沈痛な面持ちで言った。

「彼は本当の天才だった。物静かなひとだが、彼の発想はいつも奔放で、留学時代から何度もあっと驚かされた。皆が行き詰まるところを、とらわれない精神で軽やかに飛び越える何かを持っていた。私もナギノも、彼のようにはなれないことは、よくわかっていた」

ナギノは、帝大時代から波照間をライバル視していたという。ナギノたち研究者が、より実現性の高い核分裂炉の研究に流れても、天才肌の波照間だけは「核融合炉」という独自の道をいき、何かにつけて張り合ってくるナギノを意識してもいないように見えた。そんな態度が、ますますナギノの競争心に拍車をかけたのだろう。波照間の上を行くために、ナギノは米国に身売りした。

焼け野原になった祖国を捨て、米国籍を得た。

そして彼の研究は実り、ついに実用化へとこぎつけたのだ。

「帝大時代からライバルだったナギノ博士の〝アポロン〟が、米国の手で実用化されている様を見れば、大きな刺激になるだろうとも思いました。その〝アポロン〟よりも優れた、〝核融合炉ダイアナ〟を載せた原子力船が実現するかもしれないと、私の心も躍りました。人類の発展を目の当たりにする喜びで、私は高ぶっていた」

赤井の述懐に、道夫は苦笑いした。

「……人類の発展、か。利権に群がる人間しか見えてきませんがね」

「佐賀くん。君は人の資質に問題があると言ったが、ならどうやって、資源のないこの国で、他国の顔色を窺わず、あてにせず、独り立ちするのですか。戦争に負けて植民地も全て失い、この貧しいちっぽけな国土に、身ひとつで戻ってきた人々を、技術革新に頼ることなしにどうやって喰わせていけばいいのですか」

突然くってかかってきた赤井に、道夫は一瞬、のまれた。

「独り立ちできなければ、大国の思惑に振り回されるだけです。軍事力なしに、独立し繁栄する方法をいま探さなければ、やがて傷つくのは国民なんです。科学は貢献できるはずです。戦時ではなく平時こそ……！　科学技術で不幸の種をなくすこともできるはずです。波照間はそのために〝核融合炉〟に心血を注いだんです！」

「その科学技術が新たな争いの種となっている現実を、なら、どう説明するんです」

「わかってます。科学者みんなわかってる。だからこそ、その芽を摘む方法を模索しているんじゃないか！」

穏健そうな赤井が語気も荒く、道夫に言った。

「絶対に忘れないでください。あなたの頭の中にあるのは、波照間くんが出した、未来へのひとつの答えであることを。君の中に記憶したという〝ダイアナ〟を、一字一句忘れないでくれ！　波照間の研究は、君の中にかろうじて生きているのだから！」

非常ベルがけたたましく鳴り続ける。

道夫は、重苦しく沈黙した。

赤井は床に膝をついて、肩をふるわせていた。

「……どうやら赤井さんの勝ちだ」

入江が呟いた。

「そういうことだ。今から俺がおまえのボディガードになる。道夫」

「アカのスパイをあなたが守るんですか。僕はモスクワにこの記憶を持ち帰りますよ」

「あいにくだが、そうはさせん。ソ連工作員・佐賀道夫には死んでもらう」

道夫は目を剝いた。入江は冷静な口調で、

「おまえは、ただの日本人・佐賀道夫に戻る。そして波照間さんの研究を引き継げる、しかるべき人のもとへつれていく」

「しかるべき……ね」

道夫はまた皮肉そうに苦笑いした。

「それは米国の、ということですか。僕を売るつもりですか」

「人聞きの悪いことというな」

「波照間さんは米国での開発研究を頑なに拒んでいたそうじゃないですか。理由はなんです？」

「………。水爆です」

赤井は重苦しい表情になり、

「なんですって」

「波照間くんが編み出した核融合の技術は、水爆に転用可能だった。それを恐れていたのだと思います」

米国が開発中の水素爆弾のことだ。

原子爆弾は核分裂反応を用いた爆弾だが、水爆は核融合反応を用いる。だが、核融合を起こすためには超高圧状態を必要とする。

そのため、水爆は、起爆の際にまず原爆を必要とする。

最初に小型原爆を爆発させ、それが生んだ高温高圧で核融合を起こすという二段構えの最終兵器だ。その威力はヒロシマ型原爆の千倍以上と、まさに最終兵器の名にふさわしい凄まじさだ。しかし、コストが莫大であることから、実用不可の技術とみなされていた。

だが、波照間の核融合理論では、原爆を用いずに起爆できるという。つまり、水爆の実用化を著しく推進する可能性を秘めていたのである。

水爆の実用化を求める米国には、喉から手が出るほど欲しい理論であるはずだった。

同じことはソ連側にも言える。ソ連が、道夫を通じて〝ディアブロ〟を捜し求めていたのも、本当は水爆に転用するためではないか。

だとしたら。

入江は険しい表情になった。そして道夫の顔をちらりと見た。

道夫の顔が強ばっている。心なしか青ざめている。

自分の頭の中にあるものが、水爆の、実用開発の鍵となる。そうと知り、動揺していた。

「……。もしかして、海原が手に入れようとしてる理由も」

入江にも察するものがあった。

本命は、核融合炉そのものではなく、水爆開発のほうだとしたら。

「なんてこった……」

軍事目的となると、話は別だ。原子力発電など比ではない。核開発を競う米ソが、先を争ってでも手に入れたがっているはずだ。

だとすると、波照間を殺害した犯人の動機も、見立てを変えねばならない。尤も、依然として、犯人の目星はついていないわけだが。

「……そのことなのですが、入江さん。ひとつ気になっていたことがあるのです」

赤井が口を挟んだ。

「実は【N】政策メンバーの会合で、原発第一号は、輸入炉にするか国産炉にするかで、真っ二つに分かれて紛糾していたのですが、〝アポロン原子炉〟を製造したEB社のストーン社長から、ある申し出があったのです」

「申し出？　とは？」

「濃縮ウランです」

赤井は声を潜めるようにして言った。

「会合では燃料になるウランをどこから入手するかが問題になってました。そこでストーン社長が、国産炉にこだわる江口議員たちを説得するために、日本ではまだ道筋のつけられていないウラン濃縮技術を提供しようと言いだしたのです。それと引き替えに日本での原子力プラントを独占的にEB社へ発注するようにと」

自然界では核分裂燃料になるウラン235はごく微量しか取れない。それをガス拡散法によって約九十%まで濃縮することができた。米国が世界に先駆けて開発し、その生産施設もすでに整っている。濃縮ウランが自由に手に入ることで、いっそう原子力開発の推進に拍車がかかった。

むろん、この『アグライア号』の燃料も、米国産の濃縮ウランだ。

「日本は濃縮ウランを米国から買うことを考えていたが、呈示されていた金額はとてつもなく巨額でした。その点、技術提供を受けて自国に生産プラントが作れれば、燃料費はぐっと抑えられる。将来的なことを考えれば、いいことずくめです」

だが「独占的」という部分に対しては、約束できなかった。すると今度は別の申し出をしてきたのだ。

「まさかそれが」

「はい。〝ダイアナ〟です」

D論文を引き渡してくれれば、無償で濃縮技術を提供しようと言いだしたのだ。

「もちろんそれは門外不出の極秘技術なのですが、ストーン社長は、米国の濃縮ウランの生産において功績のある人で、業界に対する影響力も大きい。あちらでは〝ミスターウラン〟などとも呼ばれていました」

「でも、波照間教授は」

「もちろん断りました。論文を米国の企業に引き渡すなんて論外だと」

「やはり、水爆に転用されるのを警戒して、ですか？」

「はい。ですが、濃縮ウランの自国生産は願ってもないことだと言って、醍醐氏らは波照間さんに論文の引き渡しを要求したんです。かなり強い調子で」

――燃料費が抑えられれば、原発推進に勢いがつく。

――君は、日本では困難な核融合炉の開発研究を進められる。一石二鳥じゃないかね。

醍醐らは強く迫ったが、波照間は断固として首を縦には振らなかった。

米国の手に渡れば、水爆開発に利用されてしまうだろう。

だから、あくまで核融合炉は〝日本で〟のみ開発したいと。

波照間の拒否に、醍醐たちは不快感を示した。結局、物別れになったという。

その翌朝のことだった。波照間氏が何者かに殺されたのは。

「ちょっと待て」

入江が赤井の話を遮って、神妙な顔になった。

「ミスターウラン……。ウランの元素記号は」

道夫も、入江の言葉の先を読み取った。

「元素記号は――【U】。まさか」

「波照間教授が残した、血のモールス符号……」

そう。〝U〟だ。

道夫と入江は顔を見合わせた。同じことを考えていた。

入江が突然、通路へと飛び出していきかけた。止めたのは道夫だ。

「この騒ぎの中で何するつもりですか！」

「ストーン社長を問いつめる。D論文を手に入れるために波照間教授を殺したのかもしれん」

「EB社がDの開発を狙っていたとしても、開発者である波照間さんを、むざむざ殺すとは思えません」

「ストーン社長はかつてロスアラモスの研究所で核開発にも携わっていた人物だ。国防総省とのつながりも深い。波照間教授は米国での研究を頑なに拒んでいた。教授を亡き者にして論文だけでも手に入れようとするかもしれん。むしろ独占するために」

「しかし、血のモールスが、ストーン社長だという確証はどこにもない」

入江の腕を摑んで、道夫が言った。

「それに〝U〟のイニシャルならもうひとりいる」

「もうひとりだと？」

「海原です。つながりがあったとは思えないが、必ずしも殺害時に船にいた人物とも限らない。波照間教授が伝えたかったのも、自分を殺した人物とは限らない。そうだ。そもそもあの血文字は、警告だったんだとしたら」

「いつからそいつらの仲間になったんだ。佐賀」

背後から突然、声をかけられて、三人は振り返った。

入口に立っていたのは、汐留泰司だった。佐賀道夫のミッション・パートナーだ。揉めていて、ドアが開いていたことにも気づかなかった。目を据わらせて怖い顔をしている。

「沖……」

「……この火事が偽装だというのは、本当か」

やりとりを聞いていたらしい。汐留の足許には見張りの男が血を流して倒れている。汐留の手にした拳銃からは細く硝煙があがっている。入江は警戒を露わにした。

道夫も固い表情になっていた。

「……。海原に知らせたのか」

「いいや。あいつは信用ならない。救命艇にでも乗せてとっとと海に流してしまえ。だが」

と汐留は拳銃を持ち上げ、銃口を入江に向けた。

「だからと言って、貴様らの策に乗るほど甘くはないぞ。入江秀作。この船は必ずアルハンゲリスクに向かう。偽火災などで我々を追い出そうったって、そうはいかないぞ」

汐留の指先は引き金にかかっている。入江はやむをえず両手をあげた。

だが、睨み返す目つきは不遜だった。

「あいにくだが、この船は、こいつが乗っている限り、アルハンゲリスクには行かん。そうだろ。道夫」

道夫は顔を強ばらせている。黙り込んだままだ。汐留が苛立って問いかけた。

「何を吹き込まれた。佐賀」

「そういうことじゃない。沖」

「道夫はもうただの工作員じゃない。〝ディアブロ〟そのものだ。水爆に転用されかねん技術を、米ソのどちらにも、持ち込むわけにはいかん」

この船には道夫が乗っている。舵をベーリング海に向けさせることはできない。

汐留が怒気をにじませて、道夫を問いつめた。

「おい、おまえの任務は〝ディアブロ〟をモスクワの科学省に持ち込むことだろう。裏切る気か。こいつの言いなりになる気か、佐賀!」

道夫は黙っている。

非常ベルは鳴り続ける。急き立てるように。

汐留はますます苛立ちを募らせ、

「おまえの家族が長崎の原爆で死んだことは知っている。だが冷静に考えろ、佐賀。入江が米国の手先でないという証拠はどこにもない。おまえを連れて米国の水爆開発者のところに駆け込むかもしれないぞ」

道夫はギョッとして思わず入江を見た。入江は「ばかやろう」と道夫を一喝した。

「俺がそんなことするわけがないだろう！　占領が終わったと同時に米軍とは縁を切った。今の俺はただのしがない日本人保安官だ！」

「騙されるな！　アメリカ野郎はいくらでも嘘をつく！　そいつも同じだ。信用なんかするな！」

汐留は拳銃を下げないまま、道夫に向けて手招きした。

「来い、佐賀。俺たちは同志だ。赤霍梯団の恥知らずどもに思い入れなどないが、俺とおまえははぐれもの同士、ずっと通じ合うものがあったはずだ」

「沖……」

「忘れたのか。佐賀。ベーリング海峡を越せなかったら、この船は――」

――沈める。

そういう約束だったはずだ。覚悟は決めていたはずだ。

道夫は険しい顔をして立ち尽くしている。どうあっても行くしかないのだ。この船を生かしておくことはできないからだ。敵国アメリカの未来の船など。

奪えないなら沈める。奪わないなら沈める。

監視者としての彼らは、この計画の見届け役だ。不成功と見極めたら、その時は、

――何を用いても、沈めよ。

「こんな奴の策に乗るな！　俺たちが帰る故国はもう日本じゃない。俺もおまえも……！」

言いかけた汐留の体が、いきなりのけぞって床に倒れ込んだ。腹を押さえている。背後から撃たれたのだ。

汐留はとっさに振り返り、銃を撃ち返そうとした。が、二度目の銃声で、汐留の手から拳銃がはじき飛ばされ、床に転がった。

撃ったのは、赤霞梯団の浜野副官だった。

特別室は水を打ったように静まり返った。浜野副官が握るのは消音器付きの銃だ。浜野は銃口を下げず、

「貴様か、沖……。同胞殺しの〝反動〟め」

汐留は床にうずくまったまま苦悶している。道夫がたまらず駆け寄った。脇腹がみるみる真っ赤に染まり、滴る血で、ベージュのカーペットが染まっていく。道夫は怒気を剝き出しにして、

「浜野、きさま！」

「……はま……の……」

汐留は肩で荒い息を繰り返す。浜野は鷹揚な足取りで中に入ってくると、床に落ちた銃を拾い上げ、その銃を汐留の額に突きつけた。

「帰還船から逆送されて、とうにシベリアの肥やしにでもなったものと思っていたが……。先に送り込まれていた特務の工作員というのは、貴様のことか。船尾楼の見張りを殺したのも貴様だな。八代を殺したのも」

「……」

「貴様らの本当の目的は一体なんだ！」

浜野副官はかつて汐留が所属した歩兵連隊で直属の上官だった。ライチハ収容所で、彼の〝吊し上げ〟を真っ先に煽動した張本人でもあった。

汐留は額に銃口を受けつつも、不敵な表情で睨み返した。

「──ああ、そうさ。誰が肥やしになんか、なるもんか……。おまえらの顔を思い浮かべたら、憎たらしさで死ぬ気にもなれなかった……っ」

「仕返しか。我々への報復のために、この船に乗ったのか」

浜野副官は蒼白い顔に怒気を孕ませる。

「俺たちを全員殺すつもりで乗ったのか！」

一喝されて、収容所でのトラウマが甦ったか、汐留が一瞬、竦み上がった。〝吊し上げ〟の恐ろしい記憶は、彼の心に癒しがたい傷を残していた。

そんな汐留を道夫が背中でかばい、即座に反駁した。

「勘違いするな！　八代を殺害したのは奴に背信行為があったからだ」

「あの八代が我々を裏切るわけがないだろう！　でまかせだ。殺したいから殺したのだ。収容所での吊し上げの報復に！」

「報復されるようなことをした……と、思っているんだな」

浜野が言葉を呑んだ。

汐留はやがて開き直ったのか、腹をひくつかせながら、嘲笑った。

「身に覚えがあるということだな。ははは！」

「おい、よせ。沖」

「いいんだ、佐賀。今更、とりつくろうこともないだろう……こいつらにはあるんだ。ありすぎるほどの身に覚えが……うっ」

汐留は弾が貫通した腹を押さえた。道夫は、止血のためソファカバーを腹に押し当てようとしたが、汐留は手で払いのけた。

「ククク。……今も耳にこびりついてる……収容所でのおまえの声は忘れんぞ、浜野。『反動、メシ』『反動は日本に返すな！』――人を犬のように扱って、やっと自分は〝反動ではない人間〟だと思えたんだろうが、赤ダイコンにもなりきれず、レッド・パージで日本中からつまはじきにされて、ついにそのザマか！　みじめだな！」

「おい、落ち着け、沖」

「いいや、だまらん。いや、そんなもんじゃない。俺たちが味わったみじめさは。過酷な収容所で、ともに生き抜く仲間と信じてた連中から、毎日、罵詈雑言を浴びせられ、ひとり、孤立するみじめさは。首をくくりたくなるなんてもんじゃない。……ああ、そうだ。報復だ！　そのためにモスクワのえげつない訓練にも耐えてきた」

ほかの捕虜たちは日本への帰還船に乗れたが、この男だけはシベリアに逆送された。皆が念願の〝帰国〟を果たした後も、この男だけは残り、外国人工作員養成のための施設に送られた。銃器の扱いから潜入行動に至るまで、厳しい特殊訓練を経て、日本へと送り込まれてきた「プロの工作員」だ。精密な銃撃の腕を磨いたのも、その養成施設だった。

「呑気に革命歌を歌って、ソ連兵にへつらったおまえらには、俺の苦しみなどわかるまい。それもこれも、すべてはおまえらをこの手で地獄に墜とすために……！」

「よせ。沖！」

今の今まで腹の中に溜めてきた呪いが、血とともに溢れ出すようだった。そんな汐留と道夫を、浜野は異端者を恐れるような目で見つめている。銃口をつきつける手がわずかに震えている。

おびえているのか？

ふと道夫は思った。自分たちが〝反動〟とレッテルを貼って痛めつけてきた者を、今は逆に。

おそれているのか。

そう。ここはもう収容所ではない。

「認めろ」

汐留が迫った。

「自分たちの非を、俺の前で認めろ！」

「仲間を殺しておいて、どの口が言うのだ。この〝反動〟が！」

呪わしげに言うと、浜野は拳銃（けんじゅう）の銃把で、汐留のこめかみをしたたか殴りつけた。

「沖！」

「そいつは置いていく。ブリッジにいる海原団長から指示が下った。この船を放棄する」

なに、と道夫たちが目を剝いた。浜野副官は憤然と言い放った。

「機関室が損傷し、航行不能となった。原子炉室にも破損が広がっている。すぐにこの船を離れる」

「撤退するのか」

「そうだ。ボートで退船だ」

入江は内心、快哉（かいさい）を叫んだ。偽装火災の目的は、彼らをこの船から追い払うことだからだ。だが本心は隠し、あえて煽る（あお）ように大袈裟（おおげさ）に言った。

「退船だと？　船を乗っ取っておいて、自分たちだけとっとと逃げる気か！」

浜野副官が答える代わりに発砲した。

それは威嚇だったが、入江は思わず、ソファの陰に身を隠した。

「放射能漏れを起こしかけている危険な船を、わざわざ本国に持ち込むわけにいくか。こんなオンボロ船に原子炉を載せるなど、そもそもが間違いなのだ」

――だまされるな！　この火災は本物じゃない……！

道夫と汐留は、ここで当然、そう言い返すはずだった。

だが、言えなかった。

汐留から言葉を奪ったのは、腹に撃ち込まれた弾ではなく〝反動〟という一言だった。船の放棄を止めるべき汐留が、それを伝えられなかったのは、浜野の所業に失望したためではない。虐待された精神にしみこんだ絶望感が、あらゆる意欲を消沈させてしまったためだ。あるいは、浜野がわずかでも後悔を見せることさえあれば、心はまた別の反応をしたかもしれない。

だが遅い。汐留の心はもう絶望まみれの収容所時代に戻ってしまった。

そんな汐留の心温低下が、道夫には手に取るようにわかる。

このままいけば、赤雹梯団（せきはくていだん）は退船する。目には見えない放射能を恐れて。追い出しが成功すれば、アグライア号は本来の速力で彼らを振り切るだろう。そうなったらもう追いつけない。ハイジャック計画は失敗だ。

――失敗したそのときには、この船を沈めよ。

道夫は動揺した。入江はおかまいなしに煽った。

「退船するなら、乗客全員つれていけ！」

「待て。火災現場の被害を確認したのか」

道夫が口を挟んだ。

「おまえたちはその目で見たのか！」

「原子炉室は放射能漏れがすでに認められている。ブリッジで指揮をとる三日月一等航海士は我々の仲間だ。間違いない。すぐにボートをおろす。一緒に来い。佐賀」

なに、と目を剝いたのは、入江だった。

「貴様は我々と先に退船する。来い」

道夫と入江は顔を強ばらせ、互いを見た。彼らが退船するなら、D論文を頭に刻んだ道夫を置いていくわけもない。

「ボートで漂流する羽目になるぞ」

「救難信号を打った。救助船をおびき寄せて、そっちを乗っ取る」

「救助船の乗組員まで手にかける気か！」

「抵抗するなら、そうする。それが赤霤梯団のやり方だ」

入江は青ざめた。この男たちをアグライア号から退船させれば、今度はそれを救助しにきた船が餌食になる。さらなる死者も出しかねない。

残してもいけない。下ろしてもいけない。

では、どうすれば――。

「来い。佐賀道夫」

言うと、浜野は道夫の二の腕を摑んで部屋を出ていこうとする。引き留めかける入江に、再び威嚇射撃を数発浴びせてきた。入江はソファを楯にした。

「おい行くな！　道夫！」

そのときだ。部屋の入口で浜野副官の足にしがみついたのは、撃たれた汐留だった。

「そいつは……行かせないぞ、浜野……っ」

浜野はうるさそうに見下ろすと、容赦なく、汐留の腹を蹴り上げた。汐留は血を吐いて悶絶した。

道夫は浜野に腕をひかれ、部屋から連れていかれてしまった。

「おい、しっかりしろ！　汐留！」

駆け寄ったのは入江だった。抱き起こすと手が鮮血で濡れた。出血が多すぎるのか、汐留は、顔色も紙のように青白くなってしまっている。

「来島船医を連れてきます！」

赤井が部屋を飛び出した。お願いします、と入江は叫んだ。

「待ってろ！　すぐ手当を」

「こ……この……傷じゃ、もう、だめだな……」

笑う声も震えて、奇妙に呼吸が飛んでしまう。息をするたび、ごぼごぼと傷口からあふれ出す血を見て、入江も致命傷と悟った。だが、汐留は絶望ではなく自嘲のように、ただ笑みを浮かべていた。

「あきらめるな！　まだ死ぬと決まったわけじゃない」

「いいよ、入江さん……俺は別に……この世にみれんがあるわけ……じゃないんだ……」

「いいから、しゃべるな！」

血が止まらない。入江はシーツを傷口にぐいぐいと押し込んだ。汐留はまだ笑い続けている。

「……なんで助けるんだ。俺を生かしといたら、まずいだろうに……。乗っ取りが成功しなかったら、それこそ……原子炉に爆弾しかけて…船を沈める……それが俺の……」

「そんなことさせるか。この船も俺たちも、今日の夕方には函館に入港する。多少、到着は遅れるが、なに。ちょっと遠廻りしただけだ。そして俺たちは陸にあがる。あんたもだ！」

「なんで……アカの工作員なんか助ける……」

「知らん。俺はただ、二度と船の上で誰かを看取りたくないだけだ」

入江は血に染まるシーツを押さえながら、言った。

「これ以上、船で友人を看取ったら、きっとボートにも乗れなくなっちまう」

すると、汐留は痙攣気味に笑った。悪い冗談を聞いたというように。

「おれが……いつからあんたの友人だって……？」

「道夫の友人なら、俺の友人だ」

「友人か。はは。けっさくだ……」

そして、襟元に手を突っ込んで、首にかけていたものを取り、入江に差し出した。

ぼろぼろの巾着袋だ。古い端布で作られており、色褪せた赤糸で何か刺繍が施されている。

「香取……明神？」

「ブラジルの開拓地に……両親が勧請した……故郷の神社だ」

汐留……本名は「沖茂徳」。彼の両親は、ブラジル移民だった。いまだ故国に帰る道筋もなく、遠い異国で、決して豊かではない移民生活を送っている。

「所持品は……おおかた奪われたが、……こいつだけは、口に含んだり、股にはさんだりして持ち続けた……。そんなのが、連中の神経を逆撫でしたんだろう……。ブラジル帰りというのも……俺が〝反動〟にされた理由……だった……」

苦しい息の下から、執念のように沖は語り続けた。

「……日本人として生きようと兵隊に入って……本土に家族はもういないのに……お国のためと煽られて……。国が負ければ、関東軍のえらい連中はとっとと逃げて、置き去りにされ、極寒のシベリアで虐げられ……。俺の人生……どっちがよかったのかなあ。いま思えば、ブラジルで……貧しくても苦労して働いていた方が……なんぼもよかったんだろうか……」

朦朧とした沖の瞳は、もうよどみかけている。

「日本とは、なんだったんだろうなぁ……。日本人、とは……」

死が近い。そういう兆しを入江は察知した。目が徐々に光を失っていく。

荒い呼吸と噴き出す汗は、生命が最後の闘いをしている証だった。だが、それもやがて弱っていく。その果てに死が待つことも、入江は知っていた。沖の手を強く摑んだ。

「おい、頼むから死ぬな。俺の腕で死ぬな」

「……だが……この船は……おれの夢をかなえた」

焦点の合わない瞳を虚空に向けて、沖はつぶやいた。

「この船の……内装設計は……おれがやったんだ……。このおれが……」

ブラジルに渡る『さんぱうろ丸』の船中で、沖が出会った、竹田順平。彼に師事したくて日本に帰った。汐留の名を騙りはしたが、かつて南米航路の花形船だった頃のデザインを『アグライア号』に復元したのは、まぎれもなく、この沖だったのだ。

少年だった沖は、移民のための航海で、宮殿のように美しいこの船の船内装飾に心を奪われた。皇居の中がどうなっているかなど知らないけれど、きっとこんなふうに格調高く優美なのだろうと思った。いつか自分の手で、こんな船をデザインしたいと夢を持った。その船を。

「おれが沈ませたいわけ……ないだろう……おれが手がけた船なんだぞ……沈ませたいわけが……」

光を失っていく瞳から、涙があふれて頬をつたった。

入江には、だが、消えゆく命の火に対して、どうしてやることもできない。親友の時と同じように。

そんな彼らのもとに、ふいに船窓から、日の光が差し込んできた。

太陽が昇ってきたのだ。

眩しい光の球が、濁り始めていた沖の瞳を、まるで奇跡のように再び輝かせてみせた。

「……ああ、太陽……」

死相漂う沖の、血の気のない唇に、はじめて微笑みが浮かんだ。

「佐賀の中にあるものは……あれを生み出す……。ひとは……太陽を生めるようになるんだな……」

「……ああ、ああ。そうだとも、沖」

「あれが……おれを……いかした……」

たとえ、それがもたらすものが、絶望の一日なのだとしても。

たくさんの人間が死んでいった。終戦後の逃避行の中で、収容所行きの列車の中で、劣悪な炭鉱で、極寒の荒野で……。たくさんの死体を見た。いずれ自分もそうなるのだと思った。

だが、あといちど。

あといちど、太陽を見てからだと。

その想いだけで生き延びた。死んだほうが楽だと思う時も、あといちど、と。

そして、本当にこれが最後と知って見る太陽の、なんと切なくも愛しいことか。

「沖……」

「さがを……まもって……やってくれ」

太陽を受けて一瞬輝いた沖の瞳は、また濁りはじめ、冷えた鉛のように光を失っていく。

「……たいよう……を、まも……」

それきり言葉は絶えた。鉛の瞳を半開きにしたまま、沖は息を引き取った。

息絶えた手には、ぼろぼろのお守りがある。入江はそれを沖の手ごと握りしめた。

唇をかみしめながら、沖の亡骸を抱きしめた。

赤銅色の朝陽が、死顔を照らしている。虜囚であることから解放された。そんな微笑を浮かべていた。

第九章　美しい詩

水平線から昇ってきた火の玉のような太陽が、アグライア号の白い船体をまばゆく照らしあげた。低く差し込む陽光が、目につきささるようで、道夫は思わず、縄でしばられた両手を目の上にかざした。

浜野副官に連れ出されて、道夫はシェイドデッキの船首楼甲板へと出た。すでに船は錨をおろしており、赤霞梯団の幹部たちが救命艇のそばに集まっている。

「浜野副官。士官全員揃いました」

「ほかの者は」

「まだ船内の混乱収拾に当たっており、全員は」

乗客たちはボートデッキに集められている。甲板員が揚卸装置について、ボートをおろす準備をしているところだった。司厨部員らもデッキに出てきて、不安そうに見下ろしている。

「かまわん。いる者だけ、先にボートに乗船しろ。退船する」

乗り込もうとしない道夫を見て、浜野がどやした。

「何をしている。早く乗れ」

道夫は迷っていた。手はきかないが、口はきける。自分の意思ひとつで、状況はひっくり返るとわかるからだ。

アグライア号の火事は偽装だ。本当は全く正常に航行できる。いまそのことを伝えれば、赤雹梯団の退船は止められる。乗っ取り計画を最優先とするならば、続行させるのが、ソ連の工作員としての正しい選択だった。

そうなれば、自分自身も『アグライア号』と共に、北極海に向かうことになる。モスクワに〝頭の中のＤ〟を運ぶという、本来の任務を無事遂げるだけだった。だが――。

――波照間教授の核融合研究を、米ソのどちらでもない、しかるべき国で――そう、日本で、平和活用する道を模索する。

入江の言うとおりだ。水爆開発に利用されるかもしれない技術が、核開発を競う大国の手に渡れば、どうなるかは火を見るより明らかだ。

自分だけ、この船を去る。こんな太平洋の真ん中で？　あの救命艇で船を離れる。離れられるならば、だ。が、それは現実的な選択なのか。

道夫は赤雹梯団を見やった。もうボートに乗り込んでいる。どうする？　このまま一緒に行くか？

彼らが船を放棄すれば、計画は終わりだ。船の指揮権を握れたのは、赤雹梯団が占拠できるだけの武力を行使できたからだ。幹部たちが去ってしまえば、いくら航海士や兵がブリッジの指揮権を握ったとしても、彼らだけでいつまでも占拠は続けられないだろう。そうでなくても、入江や鮫島がいる。

ならば、やはり退船を撤回させるか？

浜野副官に従うのは、同じ収容所にいた面々だった。海原の下で〝反動〟を率先して吊し上げた、民主運動アクチヴたちだ。

沖や自殺した親友の顔が、脳裏から離れない。

道夫が〝青帽の犬〟と罵られながらも、ソ連のチェキストにすり寄って、日本人捕虜と距離を置いたのも、やがて〝ライチハの妖怪〟と恐れられるまでになったのも、同じ日本人同士の、精神虐待に至るまでの異様な同調圧力に染まるのが恐ろしかったからだ。

――認めろ！　自分たちの非を、俺の前で認めろ！

血まみれになった沖の叫びが、道夫の足を引き留める。収容所で自殺した友の、壁に遺した血文字が、道夫の脳裏で沖と重なる。

怨――の一文字が。

なにをどうすべきなのか、道夫にはわからなくなっていた。

どんな時でも冷静に、冷徹に、機械のごとく、目に映るものを記憶に焼き付けてきた道夫だ。与えられた任務には疑問を抱かないよう、感情を殺して、脳と心臓を冷たくして、向き合ってきた。

こんなふうに何も選択できなくなってしまう自分を、道夫は経験したことがない。

入江の言葉が耳元で繰り返す。

　——俺はただ！　おまえには、おまえの心に従って欲しいだけだ！

「何をしている。佐賀。早く乗れ」

　道夫は我に返った。平静を取り繕い、

「……。海原は行かないのか」

「団長もまもなく降りてくる。共に退船だ」

「海原と一緒なら、僕は乗れない」

　どういうことだ、と浜野が問い返した。道夫は意を決して、

「海原は〝ディアブロ〟について、モスクワから指示があったと言った。僕が、内務省のグラノフ大佐からの指示か、と確認した時、そうだ、と答えた。だがグラノフは内務省の政治将校（コミッサール）なんかじゃない。国家保安省（MGB）の人間だ。直属の上官の所属を間違えるはずがない。間違えるとしたら、元から知らなかったからだ。それに」

　〝ディアブロ〟がモスクワまで持ち込まれては困る、ともとれる言動。

「おまえたちは何も疑問に思わなかったのか」

「何が言いたい」

「海原には二重スパイの疑いがある」

　浜野は息を呑（の）んだ。

「団長が……二重スパイだと？　ばかな。一体なにを根拠に」

「奴は当局から監視対象になっていた。沖がこの船に先乗りしていたのは、海原を監視

するためだ。そもそも、この船の人質と引き替えにD論文を差し出せ、などという指示は、モスクワは下していない」

「ありえん！　団長は、誰よりも純粋な〝民主主義者（共産主義者）〟だぞ！」

「それは収容所での話だろう。だが、一度〝帰国（ダモイ）〟を果たした海原が、純粋なアクチヴでいられたかどうかは、定かでない。収容所にいた大多数がそうだったように、ただ帰国のためだけの、見せかけの民主主義者だったとしたら」

「ばかな。……あの団長が」

「二重スパイを持ちかけられるシベリア帰りは少なくなかった。そして米国も海原のような人間こそ、二重スパイとして取り込みたかったはずだ」

ひときわ大きな波が、船腹にぶつかって、飛沫（しぶき）が派手にあがった。

浜野は絶句した。

衝撃の余韻のように、船は左右に激しく揺れた。救命艇もブランコのように揺れた。

「我々を欺いていたというのか。団長が」

「その様子では、何も知らなかったようだな」

「米国の工作員なら、なぜ乗っ取り計画を進めた。論文と引き替えの人質をとるためだけに、乗っ取り計画を利用したとでも？　そのために、貴重な原子力船をソ連にくれてやることになるんだぞ」

「くれてやる気など毛頭ないのだとしたら」

浜野副官は、その言葉の意味を読み取ろうとして、道夫の目を殊更、凝視した。

「……団長は我々を退船させるための芝居をしているというのか……」

「当人に確かめてみたらどうだ」

浜野は海原がいるブリッジを見上げた。そして比べるように道夫を見、

「貴様の言葉を信じろというのか」

「僕と海原。どちらを信じるかは、おまえの自由だ」

不意に投げかけられた「自由」の一言に、浜野は押し黙った。彼らにとって「自由」という言葉は、ともすると敵性用語に近い。だが、道夫の一言は浜野に、自由意思というものの存在を思い出させたのだろう。浜野の眼差しがいつになく内省の色を帯びた。

船内に鳴り響いていた非常ベルがやみ、サイレンが鳴り響いた。

道夫たちはハッとした。それは退船命令のサイレンだった。続けて非常放送が始まった。

松尾船長の声だ。

『総員退船せよ。繰り返す。総員退船せよ。当船は機関室火災により、航行不能。火災は延焼中。放射能事故につながる恐れがあります。よって全員に退船命令を下します。乗客乗員はすみやかに避難デッキへと集合し、乗組員の指示に従って救命ボートへ乗り移り、当船より離れてください。繰り返します。総員退船』

変だ、と道夫は思った。総員退船？　偽装火災で赤霍梯団を追い払いたいだけなら、

乗客たちまでおろす必要はないはずだ。なのに「総員」？

まさか本当に火災が起きているのか。何者かが航行を妨害するため、実力行使を始めたのでは、と道夫が疑った時だった。

「ボートをおろせ」

浜野が言った。

「皆は先に退船し、洋上で待機せよ。私は団長のもとへいく」

総員退船の指示から、浜野も読み取ったらしい。

やがて赤霞梯団（せきはくていだん）が乗る救命艇が海上におろされた。まもなく人質にされていた者たちもボートデッキから救命艇に移り始めた。デッキは避難する乗客乗員で騒然としている。

事務部・司厨（しちゅう）部の乗員たちも次々とデッキに出てきた。慌ただしく救命胴衣を身につける面持ちは、皆、一様に動揺している。次々とボートは船からおろされた。

「海面におりたら、できるだけ船から離れろ！」

おりたボートにはオールがついており、どんどん船から離れていく。

その行く手に道夫は見た。沖合いの海面上に何か、キラキラとひどく鋭い輝きを返してくるものがある。

「あれは」

朝陽に反射しているのは、何かのレンズだ。

潜望鏡だった。まちがいない。潜水艦がいる。

先ほども見た。夜明けの洋上にアグライア号と進路を同じくしていた潜水艦。アグライア号についてこられるだけの速力を持つ潜水艦。見間違いではなかった。おそらく同じ艦だ。この船を監視しているのか？

「浜野。今度の件、ウラジオストクから応援は出ているのか」

「なんのことだ」

「〝カサンドラ計画〟に太平洋艦隊は嚙(か)んでるのか、ときいている」

いや、と浜野は否定した。ソ連海軍からの支援は、きいていない。今度の秘密行動は、あくまで日本人工作員たちによる単独計画だ。そもそもアグライア号をぴったり追尾できる性能は、今のソ連潜水艦にはないはずだ。いや、世界のどこにも。

道夫は悪い予感がした。では、あの潜水艦はどこの。

タン！と乾いた銃声が一発、船上に響いた。

道夫と浜野は反射的に身をかがめ、音があがったほうを見た。ブリッジだ。両舷(りょうげん)に張り出したウィングの先端から、人が落ちるのを、道夫たちは見た。真っ逆さまに海に落ち、飛沫があがった。道夫たちは身を乗り出した。海面にぷかりと浮かんだ男を見て、息を吞んだ。

「海原……っ」

「団長！」

海原は額を撃ち抜かれている。即死状態だ。

操舵室で何かが起きている。そう察知した道夫はすぐにきびすをかえしかけた。が、うなじに冷たい金属筒をあてられて、道夫は本能的に動けなくなった。

「この船から、ただでおりられるとは思わない方がいいぞ。佐賀道夫」

道夫はこわばり、ゆっくりと両手を上げた。

「……鮫島さん。あんたか」

殺気に満ちた目つきで、道夫に銃をつきつけている。船倉に監禁していたはずの、鮫島だった。道夫は「万事休す」といった様子で目をつぶった。鮫島は浜野にも銃をつきつけ、

「おまえらの役目は終わった。死にたくなければ、この船をおりろ」

「どういう意味だ。役目とは」

「船からおりろ。浜野」

道夫も天を仰ぎ、浜野を促した。

「海原は死んだ。我々の作戦も失敗だ。本当の悪魔が目を覚ます。喰われたくなければ、この船から去れ」

＊

総員退船命令は、入江にとっても予想外だった。

火災は方便のはずだ。赤雹梯団のみを追い払った後は、即座に機関全速で逃げる手はずだった。むろん、乗員乗客は乗せたままでいい。なのに、すでに退船は始まっている。

「キャプテンは一体、どういうつもりなんだ」

それとも何か想定外の物事が起きているのか。乗員乗客は屋外デッキへと殺到し、救命艇に乗り遅れるまいとして殺気立っている。人質として監禁されていた児波大臣や醍醐万作ら【N】政策のメンバーもボートに乗り込み、船を離れようとしている。

だが、そこに道夫の姿はなかった。甲板員によると、道夫はボートには乗らず、何者かと一緒に船内に戻っていったらしい。その男の背格好を聞いて、入江は直感した。鮫島だ。鮫島に捕まったのか⁉

入江はふたりを捜して船内をかけずり回った。

船内はがらんとしたものだ。人影もほとんどない。不気味なほど静まりかえっている。本物の火災ではないはずなのに、不吉な空気を感じた。

「入江さん、まだいたんですか！」

中央階段の下から、声をかけてきたのは、来島船医と運研の赤井だった。赤井は汐留の手当をするために来島船医を呼んできたのだが、戻った時には、もう汐留は息を引き取った後だった。

「まだ、とはどういうことです。これは偽火災では」

「方便じゃない。本当の火災だったんです！　すぐにボートに乗って離れてください！」

　と、赤井が叫んだ。何かアクシデントにでも見舞われたのか。

「何が起きたんだ。機関室は本当に燃えているんですか」

「何者かが航行妨害をはかった模様です」

「航行妨害!?　まさか！」

　入江の頭に真っ先に浮かんだのは鮫島だ。まさかあの男がこの船を奪われまいとして最終手段に及んだのでは……!?

「一刻の猶予もありません。船内に残っている者がいないか、最終確認を。ほかには誰か」

「道夫と鮫島が船内に戻るのを見たという甲板員からの証言が。見ませんでしたか」

　見ていない、と赤井は答えた。

「ともかく急いでください。原子炉はスクラム（緊急停止）しているはずですが、電気系統がやられたとなると冷却水がまわらず燃料棒が溶け出す可能性があります。そうなれば放射能漏れの危険が」

「放射能漏れ！」

「本来なら非常電源でバックアップしますが、キャプテンが船体放棄を決めたとなると、状況は相当切迫してるはずです。ボートには限りがあります。機関員や甲板員が乗る救命艇が最後になる。急いでください！」

なにが本当でなにが偽装なのか、この状況では判断できない。

「来島先生……っ。いったい何が起きているんです！」

来島船医は医務室の電話でブリッジと直接、連絡できていたはずだ。その来島がやけに冷静だった。ひどく透徹した眼差しをしていて、入江は違和感を覚えた。

「先生……っ。あなたは何か知っていますね」

「………」

「教えてください！この船でいったい何が……っ」

来島船医の表情は、静謐だった。秘めた覚悟めいたものがあった。

「――……『アグライア号』は、ここから本当の航海を始める」

入江は言葉を失った。

「本当の……とは、どういう意味ですか」

「いや。物のたとえだ。赤井さん、もうこのへんで先に救命艇へ」

「答えてください、先生！」

来島は、肩を摑む入江の手を握り返してきた。

「君たちを巻き込みたくない。入江くん。捜索は十五分以内だ。急げよ」

入江は胸騒ぎを覚えた。一体、何が始まったのだ。何が動き出したのだ。

ともかく、道夫を捜すことだ。鮫島と一緒だと聞いては、ますます放っておけない。

鮫島は道夫を敵とみなしている。ソ連のスパイだと露見すれば、何をされるかわからない。

入江は急いで船室をひとつひとつ、みてまわった。

「おい、道夫！　どこだ道夫！」

一等船室の中にひとつ、鍵の掛かった部屋がある。力ずくでも開かない。入江は汐留の拳銃を取り出した。もう弾は一発しか残っていない。ためらわず、ノブに撃ち込んで破壊した。

部屋に飛び込んだ入江は、息を呑んだ。

白髪の欧米人男性が机に突っ伏している。目を開けたまま、微動だにしない。

「……ストーン社長……」

ＥＢ社の社長だ。〝船用原子炉アポロン〟を製造した米国の重電会社の。すでに息絶えている。

そのそばにはワイングラスが倒れていて、赤ワインがこぼれている。どうやらそのワインを飲んで死亡したようだった。

「なんてこった。……自殺か？　それとも」

入江はあたりを見回し、ストーン社長が身につけている衣類も探った。遺書らしきものはない。

ストーン社長の口元からは特有の刺激臭がしていた。シアン化合物——青酸カリ特有のにおいだ。

入江は「ミスターウラン」の「U」から、ストーン社長に波照間教授の殺害容疑をかけていた。だが、こうなっては死人に口なし。確かめるすべもなくなってしまった。

しかし今は、悠長に死亡理由を詮索している場合ではない。退船を促すサイレンが鳴り続けている。遺体のまぶたをおろしてやってから、部屋を出た。

アッパーデッキに降りた入江は、左舷船尾側の客室用倉庫にやってきた。客室用備品が置かれている。洗濯済みのリネンや予備のベッドマットが積まれている。

その陰に、人影がある。

こちらに背を向けて座り込んでいる。

「道夫？　そこにいるのは道夫か」

いや、ちがう。小柄だが細身の、少年だ。華奢な背中を丸め、身じろぎもしない。

「玲、くんか……？　おい、そんなとこで何を」

返事がない。近づいていった入江は、はっとした。玲の膝元に、白いシーツをかぶせられた遺体がふたつ、安置されている。一昨夜に殺された波照間たちの遺体は、仙台沖で搬出されたから、これではない。では、ここにある遺体は誰だ。

玲はまるで抜け殻だ。退船を知らせるサイレンも聞こえていないのか。目は虚ろで、茫然自失している。

「君の、父さん……か？」

玲は答えない。が、その青ざめた頬にうっすら涙のあとがあった。

入江はシーツをめくり、顔を確認した。江口議員だ。絞殺痕があある。隣にある大柄の遺体も、同様だった。欧米人だった。船主のオーサー社長だ。

「……連中にやられたのか」

返事がない。生意気な口をきく少年だった。が、今はショックのあまりか、言葉もない。

「玲。退船命令が出てる。ボートに乗るんだ」

首を横に振る。父の遺体を置いてはいけない。そう言いたげだった。

「玲、離れたくない気持ちはわかる。が、とにかく一度出よう。一緒に来てくれ」

「……だから……船にはのりたくなかったんだ……」

「玲」

「母さんの命を助けるために結婚した……だなんて……。一言も言わなかったじゃないか」

玲は肩を激しく震わせた。

「僕にはなんにも言わなかったじゃないか……。ドイツにはもう誰も残っていないから帰らないって……母さんが言ってたのは……ガス室でみんな殺されたから……なんて……。そんな大事な話……。母さんはどんなにつらい想いをしても……絶対に……父さんの悪口も日本の悪口も言わなかった……。そのかわりに『あなたは立派な科学者になりなさい。あなたに命をくれた日本の役に立ちなさい』って……いつも言ってたのは……あれは」

玲は父親の遺体にすがりつき、揺さぶった。

「ずるいよ……父さん……何も聞いてないよ。かっこつけんなよ。みんなに言ってまわればよかったじゃないか。命を助けるために妾にしたんだって……言えば、陰口なんかたたかれずにすんだのに……見上げた人だと尊敬されたのに……！」

「……玲……」

「こんなかっこわるい死に方あるかい。見せしめなんてあんまりじゃないか。あいつらが父さんと引き替えにしようとしたもんは、父さんの命よりも大事なもんだったのかよ。僕は母さんになんて言やいいんだよ！　僕と母さんには、この世に父さんしか頼る人がいないのに！」

玲、と呼んで、入江は後ろから肩を掴んだ。昂ぶった玲は、なりふりかまわなくなり、

「父さん、目ぇ醒ましてよ！　頼むから一緒に帰ろうよ！　横浜の港に帰ろうよぉ！　母さんが待ってる！」

こらえきれずに号泣した。入江にすがりついて声をあげて泣いた。入江にできることは、ただ受け止めて、抱きしめ返してやることだけだった。

この船には、波照間の言うとおり、やはり悪魔が乗っていたのだろう。そうでなければ、死神だ。もうたくさんだ。船で人が死ぬのは。これ以上、この船上で誰かが死ぬのは見たくない、と入江は強く思った。

「来い、玲。おまえは赤井さんと一緒に、一旦この船を離れるんだ」

「……本当に火事なの……火事のふりなんじゃないの？」

「そのはずだったんだが」

　入江も動揺を隠せなかった。

「何かまた状況が動いたようだ。ここは来島先生の指示に従った方が安全だ」

　彼特有の勘が働いた。状況の見えない中で行動する際は、五感をフルに使って情報収集するのは言うまでもないが、それだけではだめなのだ。感じ取っていても意識上にはあがっていない情報こそが決め手になることを、入江は経験上、知っている。それを唯一判断できるのは勘だけだと思っていた。

　それを証明するように、入江は不穏な音を聞いた。覚えがある。仙台沖を出る時にも聞いた、船体から伝わってくる独特の小刻みな振動と軋みだ。

「抜錨する」

「え？」

「船が錨をあげてる。錨鎖を巻き上げてる振動だ。まずい。この船、もうすぐ動き出すぞ」

　火災で機関室がだめになっている船が動くわけがない。ということは、やはり本当の火災ではないのだ。なのにテロリストだけでなく、乗員乗客を退船させる理由とは何だ。船が動き出したら、救命艇は降ろせなくなる。進行方向からの波をかぶって、救命艇が浸水してしまうからだ。今は理由を考えるより、玲をボートに乗せるのが先だ。

「階段をあがって船尾寄りのＤボートだ。先に行け」

「入江さんは」

「俺は道夫を捜す。鮫島と一緒なんだ。見なかったか」

「鮫島のおじさんなら、さっきまで一緒にいたけど」

道夫たちの手によって船倉に監禁されていた鮫島を助けたのは、玲だった。江口議員が殺された時も一緒にいて、その後、玲をここに隠した。

「悪魔を捕まえたら、迎えにきてやるって……」

道夫のことか？　それとも海原たちのことか？　鮫島は〝カサンドラ計画〟を阻止するために潜入している。道夫を殺す気かもしれない。入江は玲の肩を摑んだ。

「君の父さんは、君が無事に港へ戻ることだけを願ったはずだ。赤雹梯団はもう船をおりてるから危険はない。救命艇に急げ。階段をあがって船尾のＤボートだ」

「入江さん！」

「まちがえるなよ。Ｄボートだぞ！」

言うと、入江は急いで倉庫を出た。

＊

抜錨した『アグライア号』が、再び動き出したのは、それからまもなくのことだった。

救命艇で命からがら船を離れた乗客乗員は、自らの目を疑った。

「アグライアが……動く」

ボートに乗った磯谷と赤井も、固唾を呑んで、呆然と白い壁のごとき船体が過ぎていくのを目の当たりにした。別のボートにいた醍醐万作や児波大臣も、なすすべもない。

機関停止していたはずの白い巨体が、目の前をゆっくりと横切っていく。紺碧の波を蹴り立てて、やがて朝靄の中へと消えていく。

人類史上、初の原子力客船は、太平洋の真ん中に乗客乗員を置き去りにして、朝の海を、東に向けて航行し始めたのだ。


その頃、道夫はプロムナードデッキの一等社交室にいた。

和風モダンの美しい意匠をこらした内装設計は、死んだ汐留が請け負ったものだった。この船で一番眺めのよいところに置かれた社交室は、天鵞絨のソファが並び、壁面には美しい山村の風景が描かれている。春慶塗の贅をこらした柱はつややかで、闇色の鏡のように室内を映しだしている。

道夫は、その柱に縛りつけられていた。

船首側に面した広い窓の外はバルコニーになっている。フォアマストがそそりたち、舳先に砕ける波が時折、白く飛沫をあげる。

動き出した船の中で、道夫は寡黙だった。

「船柱に縛られる気分はどうだ。佐賀道夫」

黒い眼帯の男が声をかけてきた。鮫島だ。道夫が鮫島を船倉に閉じ込めた時と、見事に立場が逆転している。

道夫は睨みつけた。

「あの船倉から、よく脱出できましたね……。牛込では縄抜けの特訓でも？」

「口の減らないアカだ」

黒い眼帯で右目を隠した鮫島は、顔を覗き込み、拳銃の銃身で道夫のあごを持ち上げた。

「あいにくだったな、佐賀道夫。殺しておけばよかった、とさぞかし後悔しているだろう」

「あんたこそ、なんで僕を殺さない。人質にとったところで、モスクワの人間は僕をあっさり切り捨てるぞ」

「貴様がただのアカのスパイならな。だが、事情は変わった。邪魔が入らないところで、ゆっくり話し合う必要が出てきた」

「邪魔が入らない？　入江さんのこと？　それとも赤霞梯団？」

「全部だよ」

道夫が怪訝に思っていると、反対側の扉から背広姿の男が入ってきた。

合田始——醍醐万作の懐刀と呼ばれる男だ。【N】政策のメンバーのひとりで、原発推進事業において、米国との太いパイプ役を担うキーマンでもあった。道夫は警戒した。

「まだ残っていたんですか。核分裂型原子炉の呪いも怖くないとは、さすが【N】政策の陰の立役者だ」

「火災など起きていないことは、最初から承知の上だ」

合田が答えた。切れ者らしく、黒縁めがねの奥の目が鋭かった。道夫は問いかけた。

「妙ですね。では、あなたのボスや【N】政策の連中まで追い払ったのは、なぜです」

「……」

「ふふ……。そうか。そういうことだったのか」

道夫は、合点がいったというように大きな声で笑い始めた。

「はじめからこれが目的だったんだ。まんまと利用されたわけだ、赤雹梯団は！」

黙れ、と鮫島が道夫のあご下から銃口をつきつけた。道夫はあごを突き上げたまま、不遜な笑みを浮かべ続けた。

「これが本当の〝カサンドラ計画〟か。あんたたちは海原を利用した。ソ連の工作員に乗っ取られたことにして、この船を手に入れたかったのは、本当はあんたたち日本人だったんだ！」

合田も鮫島も、表情ひとつ動かさない。

「原子力第一船を、日本が持つこと。それが当初からの狙いだった。そうなんでしょう。

核研究を許されなかった日本では造れない原子炉を、あえて米国で造らせて、それを持ち込むつもりだったんだ。そうなんでしょう」

「……読みのよさは、さすが兄譲りだな。佐賀道夫」

そう言ったのは合田のほうだった。

「上海ではこれでもずいぶん世話になったんだ。君の兄が仕立てた隠し資金は、我々の米国工作にずいぶん役に立てさせてもらったよ」

道夫はさっと青ざめた。

「これも何かの因縁だな。佐賀くん」

合田始は、陸軍省経理局の出身だった。佐賀英夫も従事した法幣工作に携わるため、転属して上海で活動していた過去がある。英夫が戦犯として捕縛された後、隠し資金はこの合田が所属していた特務機関が回収していたのだ。

「〝船用原子炉アポロン〟を米国で造らせて――奪うこと。それが目的だったのか」

「だが、手を下したのは我々じゃない。ソ連の息がかかった武装集団だ」

「ソビエトの陰謀を隠れ蓑に、まんまとんびが油揚をさらったわけか。なんて連中だ」

道夫はひきつった笑いを浮かべたが、目だけは笑えなかった。

「海原の後ろから手を引いてたのも、あんたたちか」

「シベリア帰りの共産分子が、レッド・パージの横行する今の日本で、まともに職についていられるはずもない。勤め先で失職させられて路頭に迷っていたところ、援助をしてやったのは、我々だ」

共産主義分子とみなされた者は、企業から排除される。海原も例外ではなかった。アカ追放の嵐は、民間産業にも及んでいた。鮫島たちはそこにつけこんで海原に声をかけたのだ。モスクワが二重スパイと疑ったのは、ある意味、正しかった。

海原はモスクワからの指示通りシベリア帰りの〝元抑留者〟をまとめあげ、アグライア号乗っ取りを遂行した。その海原は初めからアルハンゲリスクにこの船を着かせる気はなかったのだ。

道夫は憤りを滲ませながらも、問い続けた。

「ソ連が仕掛けた乗っ取り計画に、あんたらが乗っかったわけか」

「貴様らが乗り込んでいたことだけが計算外だった」

道夫と汐留——ふたりのモスクワ直属の工作員が、赤雹梯団の……というより海原の監視のために乗り込んでいたことは、知らされていなかった。鮫島が道夫を警戒したのも無理はない。

乗っ取りが発覚したところで、あくまで秘密の実験船だ。米国も公に認められていない原子力船の存在を明らかにはできず、それをソ連に奪われたところで、面目は潰されただろうが、公表して批難することもできない。

「なおかつ横取りしたとしても、あくまで〝ソ連のしわざ〟だ。日本人は関わりない」

「……。海原が〝ディアブロ〟を日本政府に要求したのも、指示したのは、あんたたちか」

「日本政府への要求は、すぐに米国にも伝わるからな」

「それもソ連側の仕業と見せかけるための工作のうちだったのか」

D論文がそもそも船内にあったことは、EB社のストーン社長やマクレガー中佐を介して、米国側も把握していた。それを人質交換で〝要求〟すれば、少なくとも、同席していた日本人に疑いの目は向けられない。計算ずくだったのだ。

「ストーン社長が『アグライア号』に乗ったのは、なぜだと思う」

「〝アポロン原子炉〟の売り込みじゃないのか」

「そんなものは口実にすぎん」

「なら、Dを手に入れるためか……。もしかして、おまえたちも」

合田は冴えた目つきをしている。道夫は縛り付けられながらも身を乗り出し、

「一夜目の会合で、核融合炉の開発を【N】政策のメンバーは拒否したと聞いている。なぜ、受け入れなかった」

「【N】政策のメンバーは、この計画を知らない。そもそも我々が手に入れたいのは、制御核融合炉ではなかった」

合田の言葉に、道夫は鋭く反応した。Dであっても、核融合炉でははない……？

「まさか……っ。あんたたちの最終目的は」

言いかけた道夫のあご下から、鮫島がいっそう強く銃口を押しつけた。

「それ以上は口にせずともいいことだ」

「……ストーン社長がいたのは、原発の売り込みのためじゃなく……」

「ＥＢ社がもつウラン濃縮の特許は、元々は原爆開発の必要から得たものだからな」

「寝言は寝てから言え……。日本は、その原爆を落とされたんだぞ！」

鮫島が道夫の口を手で塞いだ。

「だから、必要なんじゃないか」

「なに」

「……二度と落とされないためだ。これから先は、核を持つ敵には核を持つことで対峙せねばならん。日本は、再軍備する。米国の犬に成り下がらないために、自らの核を」

道夫がすかさず鮫島の指を強く嚙んだ。鮫島は小さく悲鳴をあげ、道夫のこめかみを銃把で殴りつけたが、合田に「よせ！」と止められた。

「その男の頭を傷つけることは許さん。〝悪魔の設計図〟が入っているんだからな」

鮫島はいまいましそうに銃をひいた。感情を滅多には表さない道夫が、こめかみから血を流しながら、怒りを剝き出しにしてふたりを睨みつけていた。

「水爆開発か」

「……」

「〝悪魔〟とは、結局そういう意味なのか！」

船が大きく揺れた。合田も鮫島もよろめいたが、道夫にはそれが海からの答えのような思いがした。絶句してしまう道夫の台詞を引き継いだのは、右舷側の扉から入ってきた男だった。

「……まさか、この日本で、水爆を製造するつもりだったとは」

道夫は顔をあげた。

ボーイの制服を着崩した長身の男が、扉を腕で押しのけるようにして立っている。

「入江さん……」

道夫の無事を確認した入江は、しかし全くそれを喜ぶ様子はなかった。

「貴様か、入江。船から逃げ出すネズミのように、とうにおりたものと思っていたが。しつこい男だ」

と鮫島があしらうように言った。入江は不気味なほど冷静な表情で鮫島を睨み返した。

「カサンドラ。誰も信じない予言を紡ぐ、女……か」

「……」

「俺の任務が、今になってようやく理解できた」

そう告げた入江に、鮫島が銃を向けた。

「……だが貴様は何もできなかったわけだ。入江よ」

入江は動じない。怒りでも動揺でもなく、ひどく醒めた様子で鮫島と向き合った。

「おまえは誰かの命令なしでは決して動かない。鮫島。おまえにそれを命じたのは誰だ。

「幕僚監部の連中か」

「君の上司の小松情報第２部長は、なかなか鼻のきく男だった。だが、人選に問題があったようだな。中野のエースも米国の犬になって嗅覚が鈍った」

保安庁には旧軍の派閥がある。日本の再軍備を強く支持する旧軍出身者の一派があり、小松たち穏健派と対立していることも、入江は知っていた。

「密謀を企てたのは、大陸系の旧軍派閥――佐々木グループか……」

小松たちが対立していた相手だ。

「江口議員を殺したのも、そういう理由か」

見せしめ、というのは口実だ。江口議員は原子力開発については推進を求めていたが、一方で強い反核派だった。「原子力の平和利用を大々的に喧伝することで世論の核アレルギーを払拭」しようとする米国の思惑にも警戒していた。

江口は波照間の核融合炉研究の支援者でもあった。その江口に「日本による水爆開発」のもくろみが発覚したのだ。合田たちにとって、彼が「厄介な人間」になることは間違いなかった。

やりきれない気持ちを押し殺し、入江は搾り出すように息を吐いた。

「キャプテンも機関長も……全員グルだったのか」

「見ての通り」

「この船はどこにいくんだ」

「どこにも寄港せず地球を何周もできる船だ。米国の目の届かない第三国に船渠を用意した。建造中の新型船に原子炉を換装する」

保安庁も巻き込んだこの大胆な密謀のために、佐賀英夫の隠し資金はつぎ込まれたのだ。

アグライア号には、原子力船を動かすために米国で訓練された捕虜たちが乗っている。そして、〝アポロン〟の設計者ナギノ博士も。

「………。あなたは初めからそのために、米国に身売りしたんですか。ナギノ博士」

入江の視線は、左舷側の扉に注がれていた。先ほどからそこで話を聞いていたことに、入江は気づいていた。

ナギノ博士は名指しされて、部屋に入ってきた。もうひとり、誰か連れている。後ろからついてきたのは、江口玲ではないか。

「玲……っ。なんで、いる！　先にボートに乗ったんじゃなかったのか！」

「無謀にもひとりで無線室を占拠しようとしていた。彼は本当の火災ではないことに気づいていたようだ。私が見つけて連れてきた」

玲の顔色は青白かった。しかし怒りに燃えていた。玲は他の者には見向きもせず、自ら奥へと進んでいったかと思うと、鮫島のもとに向かった。そして物も言わず、拳で鮫島の顔を殴りつけた。華奢な少年の一撃は、鮫島をよろめかせもしなかったが、玲は痛めた拳を胸に抱いて、呪うように言った。

「おじさん、あのとき、父さんが殺されること知ってたんだね」

鮫島は、薄く切れた口元を拭（ぬぐ）った。玲は眉間（みけん）のしわを緩めず、

「殺される男の息子に、なんであんな話をしたの？」

江口議員が、ユダヤ人だった玲の母親を助けるために妾（めかけ）にしたという話だ。

「自分の父親の話なんかして、どうする気だったの。自分たちが殺すくせに、なんで父親を理解しろなんて話するの？　良心の呵責（かしゃく）？　同情？　おじさん、たくさん人殺してきたんでしょ。そのたびに父親の話なんかしたの？　答えてよ。答えろ！」

今度は鮫島の胸ぐらを摑（つか）んで、玲はたたみかけた。

「何が希望の船だ！　何が日本のためだ！　こんなことのために父さんは死んだのか。死んじまえ！　おまえらのほうが死んじまえ！」

鮫島がその手を振り払った。玲は勢い余って、道夫の目の前に倒れ込んだ。鮫島は無表情のままだが、それきり玲のほうは一度も見ようとしなかった。

「これで満足か。合田くん」

ナギノが合田に向かって言った。

「この船を米国から取り返して。波照間の予言を手に入れて。それで日本は果たして本当に、あなたが望む独立を果たせるのか」

問いかけに対して、合田は明確には答えなかった。ナギノはもう一度迫った。

「核は、私たちの祖国の未来を切り開く、と、本当に信じているのか」

ええ、博士。合田は答えた。その目は窓の向こう、フォアマストの先に広がる朝の海を見つめていた。

「戦争に負けた国が、もう一度、国際社会で一人前に扱われるようになるためには、世界の流れに一瞬たりとも乗り遅れてはならんのだ。大国と同等に渡り合うための切り札を持たねば、我々は我々であることを取り戻すことはかなわんのです」

「日本人が日本人であるために……核が必要なんですか」

入江の問いに、そうだ、と合田は答えた。

「これから、世界は核を持つという方向に進むだろう。核を持たない国は、核を持つ国の傘の下に入らなければ、存続も保障されない時代になる。核の傘に入るために犠牲にするものは、その国の意志だ」

「大国の属国にならないために、核が必要だと？」

道夫が問いかけた。合田は答えた。

「必要なのは抑止力だ。核を持ったからと言って、必ず落とすとは限らない」

「いいえ。落とすんです。人間は銃を持っていれば撃つんです。必ず」

道夫は食い下がるように言った。

「広島に原爆が落とされたとき、あなたがたが原爆を持っていたら、どうしましたか。きっとアメリカに落としたでしょう。報復として。そしてアメリカはその報復で、さらにたくさんの原爆を落とすんです。そうやって破局が来るんです。憎しみの応酬になるんです」

「そうならないための抑止力だ。互いに破局を知るから殺せなくなる。ちがうか」

合田の言葉に、道夫は黙った。

そんなふたりを入江が見つめている。

「……。日本人が日本人になるために、核が必要だというんですか」

入江が横から問いかけた。

「〝我々が我々である〟ということは、〝核を手にしない〟ということではないんですか」

窓からは朝陽がまともに差し込んでいた。

海の上に真横から差し込む陽光を遮るものはない。虚しいまでに強烈な太陽の光だ。船は、太陽の昇る方角へと進んでいる。大海原を照らす赤い火の玉は、あの朝、広島の空に炸裂した熱球を彷彿とさせる。

朝陽に照らされた壁には、汐留が残した故郷の風景が描かれている。金色の稲穂が、輝いている。まるで途方にくれたように、あぜにたたずむ人影は、異郷に死した人々の、望郷の亡霊か。

――日本とは、なんだったんだろうなぁ……。日本人、とは……。

入江の脳裏で、汐留の遺した呟きが、その絵と重なった。この美しい故郷の風景こそが、汐留にとっての「日本」だったはずだ。

答えは、ここにあったのだろうに……。

張り詰めた空気を破ったのは、合田だった。

「……ここでの議論は無意味だ。すでに計画は実行された。ナギノ博士を除き、君たちは、今から捕虜だ。どの道、数年は国に帰れないことを覚悟してもらう。……そして、佐賀くん。君の仕事はこれだ」

合田が差し出したのは、一冊のノートだ。

「ここに君が記憶したD論文をすべて書き出したまえ。それがいい加減なものでないかどうかは、ナギノ博士。あなたに検証していただきます。なに、時間は充分ある」

道夫は押し黙ったままだ。玲も放心気味に、座り込んでいる。

そこにまたひとり、現れた。士官の制服を着ている。三日月一等航海士だった。

折り目正しく敬礼して、合田に告げた。

「合田さん。キャプテンから『船長室におつれするように』とのことです。入江さん、あなたにも」

名指しされて、入江は驚いた。合田は「何おう」と答え、鮫島に道夫たちの監視を任せて、自らは船長室に向かった。入江もあとに従った。

船内はもう、静まりかえっている。誰もいないガランとした船内を朝陽が照らしている。事務部や司厨部の乗員はすでに退船した。残ったのは最低限の乗組員だ。すなわち、航海士以下甲板部員、機関士以下機関部員。彼らは皆、米国の捕虜となり、実験段階の原子力船における航海術を、かの地にて叩き込まれた者だった。

三日月のあとについて、合田と共に入江は船長室に向かう。船長室の前には、航海士たちがズラリと並んでいる。その鋭い眼光に、入江は圧倒された。なんて目をしているのだろう。

初めから、この船を奪うつもりだったのだ。全員。

そのための航海だったのだ。彼らにとって。

異様な空気だった。先ほどまでとは別の船に乗ったかのようだ。

アグライア号は軍艦ではない。なのに、出撃の覚悟にも似た緊張感が、士官たちにみなぎっている。息詰まるほどに。

「おふたりをおつれしました。キャプテン」

船長室には、松尾船長が待っていた。そばには、前島機関長もいる。ふたりとも派手な一芝居を打ったのが嘘のように、醒めた顔つきをしていた。

合田はねぎらうように告げた。

「始まりましたね。本当の航海が」

先ほどまで海原たちの人質であった松尾船長は、船の指揮権を取り返し、着衣も整え、はじめの威厳を取り戻していた。

「赤雹梯団にジャックされた後、船内火災発生。放射能事故の恐れあり。米軍にはそのように伝えたあと、交信を断絶した。マクレガー中佐も、すでに死亡しているため、この海上で我々の動きを把握できている者は、いなくなった」

「作戦成功ですね」

合田と乗組員たちは、密謀で結ばれた間柄だったのだ。

入江を振り返った松尾の目は、やけに澄んでいた。その隣に立つ前島機関長と三日月一等航海士の表情にも、強い意志がみなぎっていた。

「許してくれ。入江くん。君を巻き込んだ」

「…………。最初からこうなるための航海だったんですね」

入江は忸怩たる思いを隠さなかった。

「マクレガー中佐は、ソ連のスパイではなく、あなたがたを監視するために、この船に乗っていたのですね。つまり、汐留が殺さなくても、いずれはあなたがたが」

「――もういいだろう。詮索をしたところで、君にはもはや何の権限もない。誰も喜ぶ者は、いないよ」

一蹴されて徒労感をかき立てられた。それ以上踏み込めない入江を尻目に、松尾船長はおもむろに、丸テーブルの上にあったワインを手に取った。

「〝カサンドラ計画〟の安航を祈って、乾杯しましょう。合田さん」

「いいですね」

三日月一等航海士がグラスを配った。松尾船長と前島機関長、そして合田の三人がグラスを持ち、赤ワインが注がれた。

入江は、ただ傍観していることしかできない。

松尾船長たちはグラスを掲げた。

「乾杯」

合田は満面の笑みで、赤ワインを飲んだ。

その時、入江は不意に思い出した。——赤ワイン。

船室で死んでいた、ＥＢ社のストーン社長の死顔。そばにはグラスが倒れていた。彼は赤ワインを飲んでいた。

松尾船長の胸元には、銀色のカプセルペンダントが光っている。

「！……そのワインを飲んではいけない！」

合田はワインを飲み干した後だった。

奇妙な沈黙が船長室に満ちた。合田の肉体にまもなく苦悶が現れた。即効性の毒物だった。喉をかきむしり、膝をつき、激しく床を転がりまくっていたが、やがて口から泡を吹いて、合田は動かなくなった。

入江の目の前で、合田は死んだ。

誰も助けようとはしなかった。松尾も前島も三日月も、合田が死んでいく様を冷ややかな眼差しで見つめているだけだった。入江は救命措置にとりかかったが、合田の心臓が再び脈打つことはなかった。

「……あなたたちは……」

「許してくれ。入江くん」

松尾船長は、また、繰り返した。だが、その表情に罪悪感らしきものは一切見られない。

「〝本当の航海〟は、私たちが舵を握る」

入江はゴクリとつばを呑んだ。比較にならないほどの不穏を感じた。

「何なのですか……。あなたたちの正体は、いったい」

「この船は、今からノーフォークに向かう」

意表をつく言葉だった。ノーフォーク……。アメリカの東海岸にある港だ。首都ワシントンからは約三百キロのところにある。そこに何があるかを思い出した入江は、息を呑んだ。

米海軍最大の軍港だ。

「我々は米国に対し、報復を行う」

松尾船長は冷徹な眼差しになって告げた。

「日本に核攻撃を加えた米国に対し、報復を行う。この『アグライア号』をノーフォークにて、自爆させる」

なんだって！

入江は思わず叫んでいた。

「まさか特攻を仕掛けるつもりですか！　この船で！」

「そうだ。『アグライア号』全乗組員の意志により、報復作戦を執り行う」

「馬鹿なことをいわんでください！　戦争はとうに終わったんですよ。原子力船で報復だなんて、そんな世迷い言を誰が信じると思うんです」

「世迷い言などではないのだ。入江くん」

前島機関長が至極、峻厳な口調で答えた。

「我々は全員、本気だ。本気でこの作戦を決行するために、『アグライア号』に乗った」

入江は真っ青になった。頭の中は混乱していた。

報復をするために、だと……？　まさかそのために原子力船の操船訓練を受けていたのか。はじめから？

これはテロだ。原子力船を乗っ取って、敵の軍港へと特攻するなど、常軌を逸している。恐るべきテロだ。

「我々は米国の収容所にいる時から、心をひとつにした者たちだ。日本に核攻撃を加えた米国は、まだその報復を受けてはいない。この『アグライア号』の船体をもって、ひとつの魚雷となす。原子炉ごと自爆すれば、恐らくノーフォーク一帯は、ひどい放射能汚染で何年も人が近づけなくなるだろう。むろん米海軍は機能しなくなる。これは報復なのだ。核を使った者に対する、制裁であり、報復だ」

「まちがってる……！　そんな報復はまちがっている！」

入江は渾身（こんしん）の力で怒鳴った。

「この船は……『さんぱうろ丸』は、そんなことのために甦（よみがえ）ったのですか。そんなことのために出航したのですか！　もう何もかも終わったんです。終戦から八年も経って今更……！」

「いいや、入江くん。これは未来のためでもある。核攻撃を加えた者には、必ず核の報復があるということを、世界に知らしめなければ。そうでなければ、世界は核を」

松尾船長は揺るぎない口調で、告げた。

「手放せない」

「キャプテン」

「知るべきなのだ。今こそ」

「いけません！　キャプテン！　『アグライア号』の原子炉は……！」

叫んだ入江の額に、三日月一等航海士が拳銃（けんじゅう）をつきつけた。入江は手をあげた。顔を強（こわ）ばらせて、息を搾り出した。

「……操舵（そうだ）室で海原を撃ったのも、この銃か」

「そうです。入江さん」

「海原も殺し、合田も殺し、……あと何人殺したんだ」

三日月がなおも銃口を額に押しつける。松尾船長が静かに告げた。

「この船は機関全速でノーフォークを目指す。残念だが、君たちを降ろしている時間はない」

「考え直してください。キャプテン。お願いです、キャプテン！」

松尾は船長室の小型羅針儀の指す方角を見つめて、告げた。

「もう転舵はない。……この船の最期の地は、初めから決まっていたのだ」

*

一等社交室には、眩しい朝陽が差し込んでいる。

残っているのは、道夫とナギノ博士と玲——そして、鮫島だった。

テーブルやソファのいくつかは倒れている。道夫はずいぶんと長い時間、押し黙っていたが、やがて縄を外すように頼んだ。書き出すことに応じたのだ。

「ようやく観念したようだな。佐賀道夫」

「ただし、僕のやり方でやる」

道夫は玲を振り返った。

「君に協力してほしい。江口玲。僕は目に焼き付けた画像をそのまま書き出す。その内容については全く意味はわからないから、数式に慣れて、なおかつ意味が理解できる人間に清書してほしい。玲、ノートへの清書を頼む。そしてナギノ博士。あなたは立会人だ」

鮫島は許可した。どの道、すでに船は動く密室と化している。逃げ場はない。道夫は油性ペンを用意するよう指示した。

縄をほどかれると、道夫は壁の絵と向き合った。日本の四季を描いた淡い風景画を、感慨深そうに眺めていた。まるで汐留の心と対話するように。

「だめだぞ。佐賀くん。それだけは」

ナギノが焦ったように言った。道夫の思い詰めた眼差しに、危惧を抱いたのだろう。

「……大丈夫。自殺なんて、しません」

道夫の表情が氷でも溶けるように、雑念のない透き通った微笑になった。

「太陽の秘密。残しておきたい……理由ができた」

そばで見ていた鮫島も意表をつかれた。はじめて見る道夫の笑顔だった。

「佐賀道夫」

「書きます。あまり、のんびりとはしていられないようなので」

その言葉の意味を、鮫島は摑み損ねた。

道夫はノートを玲に渡した。玲は万年筆を握って、怪訝そうな顔をしていた。

「あなたはどこに書くの？」

「ここさ」

道夫は油性ペンを手に取った。そして、壁に向かった。

一度、目をつぶり、まぶたの裏に記憶したD論文を映し出す。すると、勢いよく、迷いなく、その内容を壁に書き出した。

壁には美しい日本の風景が描かれている。内装をデザインした汐留泰司こと沖が、日本画家に描かせたものを加工して、壁紙としたものだ。桜吹雪が舞う川の堤、夏の祭り、黄金色の稲穂が風に揺れる秋の田んぼ、雪をかぶった秀麗な霊峰……。その絵の上から、道夫はおかまいなしにD論文を〝複写〟しはじめた。

桜の里の風景に、数式が延々と書き連ねられる。神輿（みこし）の担ぎ手たちの上には、奇妙な構造図が描かれた。稲穂の海は、難解な記号で書き潰（つぶ）されていく。

驚くべき速さだ。道夫はひとつの記号も取りこぼすまいと、瞬き（まばたき）もしないほど集中して、壁に数式を書きまくる。玲には、その数式の意味がわかるのだろう。圧倒されつつも、必死に書き写した。

道夫は、まるで神でも降りてきたかのようだ。一心不乱に脳内の画像を、壁に書き出す。

すさまじい集中力だった。さしもの鮫島も、その迫力に気圧（けお）されて、声もない。

壁にありったけの記憶をぶつけているようでもある。

立ち会うナギノは、絶句したままだ。目の前に展開する奇跡の数式に、文字通り、圧倒されているのだ。

波照間が編み出した〝ダイアナ〟の全貌（ぜんぼう）だ。書き上げられていく化学記号の中に、太陽の秘密を見いだしていく。わかる者にしかわからない、巨大な真理なのだ。まだ見ぬ核融合炉が、目の前に立ち上がっていく姿が、ナギノにだけは見えているようだった。

「これが……波照間の核融合炉……ダイアナ……」

美しく精緻で、なおかつ一切の無駄がない。揺るぎない真理の前では、世俗のあらゆる物事が力を失い、意味を失い、塵芥と化していくようだ。

神々しい絵画を前にして、ナギノは科学者ではなくなっていた。古の審美官となり、呆然と立ち尽くしている。

「これが……太陽を生み出す方法……」

道夫は、その瞬間、画家だった。

むろん描き出すのは、絵ではない。記憶にある記号や数字の羅列を見たとおりに板書しているだけだったが、それを見るナギノの脳には、それらが一枚の巨大な絵画のごとく映るのだ。描かれていくものは、ひとつの壮大な世界であり、世界の秘密であり、それらが意味するものはあたかも極彩色の絵画なのである。

歪みもなく、ぶれもなく、無駄もなく隙もない限りなく透徹した理論の前に、ナギノは言葉を失っていた。ひれ伏すような思いで、ついに膝をついた。

「……波照間……。君は……なぜ、ここにたどりつけたんだ……」

玲は夢中で数式を書き写す。彼にはその数式の意味がわかる。ナギノのような極彩色の光景とはいかずとも、そこに書かれているものが、どれほど高度かつ精密な内容であるか、理解できてしまえる。

いつしか「写す」ためではなく、内容を「知りたい」一心で、むさぼりつくようにペンを走らせていた。

鮫島には、玲のように、そこに書いてある意味を理解することは皆目できないし、ナギノのように、それを見ているうちに何か別のイメージが脳に立ち上がってくるような衝撃もない。

だが、汐留がこの船に残した美しい日本の風景に、無味乾燥な数式で描かれる〝世界の秘密〟が、まるで一篇の詩のように胸に迫ってくるのを感じた。

詩心など自分は持ち合わせていないし、一生抱くこともない、と思い込んできた鮫島には、そのことのほうが驚きだった。

耳には聞こえない天上の音楽が、鳴っているようにすら感じたのだ。

それは誰かが紡いだ祈りであったのか。

焼け野原に咲いた花だったのか。

凍てつく荒野にも、その花は咲いたのか。

その花の名はなんだったのか。

ここに記されていくのは、希望の数式か。

それとも葬いの鐘なのか。

昇ってくる太陽が、照らしている。

道夫は太陽の秘密を描きあげていく。

凄まじい衝撃が、彼らを襲ったのは、その最中のことだった。
衝撃は右舷船首側、続けざまに船尾側にも。
魚雷だった。二発、命中した。
爆発が起こった。

第十章　祈りの船

アグライア号が被弾した。

二発の魚雷を右舷船腹にくらって、爆発の衝撃で大きく左に傾いた。

派手にあがった水飛沫(しぶき)が甲板にたたきつけてくる。船内は激しい衝撃にみまわれ、満足に立っていられなくなった。

船長室にいた面々は、全員、床に倒れ込んだ。乗組員の怒声が飛び交った。

「なんだ、今のは」

「右舷より被弾！　魚雷です！　キャプテン……！」

松尾船長はじめ乗組員は皆、戦争経験者だ。その衝撃が敵の攻撃であることは、いやでも体が教えてくる。松尾は制帽を落としながら、すぐにブリッジへの電話をひっつかんだ。

「火災と浸水に備え、ハッチ閉鎖！　被害状況伝えよ！」

「被弾箇所は、一番貨物倉と三番貨物倉です！　ハッチ閉鎖！」

「キャプテン！　第二波きます！」

海面下に二本の航跡を描いて、まっすぐこちらに向かってくる。入江たちは青ざめた。

避けられない……！

「衝撃に備えよ！」

再び被弾した。

船は大きく左右に揺れた。立っていられない。またしても船尾と船首だ。原子炉のある中央部はかろうじて被弾をまぬがれた。

「原子炉スクラム！」

ブザーが鳴った。アグライア号は緊急ボタンひとつで、原子炉の炉心に制御棒を急速挿入させられる。それがスクラムだ。これによって核分裂反応は止まり、アグライア号の機関は緊急停止する。前島機関長が制御室専用電話で連絡をとり、

「補助ボイラー室に浸水！　非常発電機で崩壊熱除去機能を起動！」

「潜水艦からの魚雷攻撃です！　キャプテン！」

三日月の叫びを聞いて、入江は思い出した。道夫たちと共に監禁室から脱出した時、道夫が見た潜望鏡。見間違いではなかったのだ。アグライア号にぴたりとついてきていた潜水艦がいた。その艦からの攻撃に間違いなかった。

「二番倉浸水！　浸水が四区画に広がっています！　キャプテン！」

「ソ連の潜水艦ですか！」

だが、松尾船長は冷静だった。あたかも攻撃があることを、予想していたかのように。

「……………。いや」

アグライア号の水密区画は十。隣り合う二区画が浸水しても沈まないようにできている。だが、船首と船尾を両方えぐられた。十区画のうち半分近くに浸水が始まっている。

松尾船長が入江を振り返った。

「本船は浸水でこのあと右に大傾斜する。左舷のボートは使えなくなる。君は下にいる佐賀くんたちをつれて、ただちに脱出の支度を」

入江はさっと表情を変えた。

「沈むということですか」

「……………」

「この船は沈むんですか！」

松尾船長は制帽をかぶりなおすと「操舵室に行く」と三日月たちに告げた。

「一刻の猶予もならない。早くいきたまえ、入江くん」

＊

被弾の衝撃は、一等社交室にいた道夫たちをも襲った。

道夫と玲、ナギノと鮫島も、衝撃で床に倒れ込んだ。

「何が起きた！　船内で爆発!?」

「………。来たか」

ひとり冷静だったのは、道夫だった。道夫にはわかっていたのだ。彼は、潜水艦の潜望鏡を二度見ている。そして、その速力からどの国の潜水艦かも、判断していた。

「米国の潜水艦だと⁉」

と叫んだのは、鮫島だった。道夫は身を起こしながら、うなずいた。

「全速の『アグライア号』についてこられる潜水艦は、米国製の最新鋭艦しか考えられない。ちがいますか。ナギノ博士」

ナギノも顔を強ばらせている。恐れていたことが、現実になったと言わんばかりに。

「わかっていたのか。佐賀くん、君は」

「あなたたちの企みは、おそらくどこかで発覚していたんでしょう。そして、ずっと追跡監視されてたに違いない。横浜……いや佐世保を出た時から」

どこから漏れたかは定かでないが、行動を起こしたその時が、分かれ目だったのだ。

「この船を沈める気なのか……。馬鹿な。この船は原子力船だぞ」

「だからです。博士」

道夫は、自分が書き出した数式をじっと見つめて、言った。

「あいつらは、自分たちより先に他国が原子力船を持つことなんて認めない。他国の手に渡るくらいなら——」

玲が、恐怖に耐えられなくなったか。とうとう叫んだ。

「原子炉を狙われたら、ひとたまりもない！　早く逃げないと！」

再び大きな衝撃が襲った。第二波の魚雷攻撃だった。

船は左右に大きく傾斜を繰り返した後で、ついに右舷側を下に傾きはじめた。浸水が広範囲で始まった証拠だった。室内にあったテーブルが、ずるる、と右に動き出した。

「いやだ……っ。死にたくないよ！　助けて、父さん！」

玲がパニックになってわめきはじめた。そこに駆け込んできたのは、船長室からとってかえした入江だった。

「入江さん……っ」

「急げ、道夫」

入江は冷静だった。顔は青白かった。

「この船は、沈む」

沈むまで攻撃はやまない。一等社交室は操舵室のすぐ下にあるため、すぐには浸水はしないだろう。しかし、これ以上傾きだしたら、復原力はもう期待できない。

入江の一言を受けて、道夫は覚悟を決めた。

それとともに動いたのは、鮫島だった。

入江に銃を向けた。

「合田はどうした」

鮫島が問いかけた。入江の気配から、かぎ取ったのだろう。

「……船長室に行ったはずだ。いまどこにいる」

「合田は死んだ」

「なんだと」

「どの道、おまえたちの〝カサンドラ計画〟は実現しなかった。ただ、それだけだ」

銃をおろせ、鮫島くん！　と叫んだのはナギノだった。

「撃ってはいけない。争ってる場合じゃないはずだ。それより脱出を！」

「貴様か、入江。あの潜水艦を呼んだのも、おまえたちか。小松の差し金か……！」

鮫島は怒りのあまり逆上し、周りが見えないようだった。引き金に指をかけ、さらに入江へと迫った。

「俺のミスだった。最初に殺すべきは、佐賀じゃない。貴様だったのだな。入江」

「ちがう！　鮫島くん、やめろ！」

「マクレガーと一緒に……いや、乗り込む前に殺すべきだった！」

鮫島が引き金を引いた。入江は脊髄反射でかわしたが、かわしきれずに腕にくらった。

その瞬間、鮫島に後ろから飛びかかったのは道夫だ。揉み合いになった。

「はなせ……っ、この！」

鮫島の肘鉄をあごにくらって、道夫が倒れた。間髪いれず、丸腰の入江が鮫島に飛びかかり、拳銃を取り上げようとする。そのとき、再び船を大きな衝撃が襲った。三度目の魚雷攻撃だった。入江たちはたまらず床に倒れ込んだ。

「くそ！」

倒れ込んだ鮫島が、入江に銃口を向けた。床に伏していた道夫がいち早く反応した。

「入江さん！」

道夫が入江の前に飛び込むのと、鮫島が引き金を引くのが同時だった。

銃弾が道夫の腹を、撃ち抜いた。

「道夫！」

撃たれた道夫が床に転がった。鮫島は我に返った。撃ってはいけない相手を撃った、と気づいた時にはすでに遅い。倒れ伏した道夫の下からみるみる血液があふれ出し、じゅうたんを黒く染めていく。入江が道夫にすがりついた。「道夫、道夫！」と叫んでいる。

呆然と立ち尽くす鮫島の後ろから、体当たりした者がいた。――玲だった。手には果物ナイフを握っている。

背中から刺された。

鮫島は間近に玲をにらみ返した。玲は目に涙をためて、鮫島を見上げている。

玲は目をつぶってナイフを引き抜いた。刃が動脈をまともに貫いていた。血が噴き出し、玲は真正面からそれを浴びた。

「……父さん……の、かたき」

鮫島は崩れるように膝をついた。刃が貫通したあたりから噴き出し続ける血を、何か他人事のように見下ろしていたが、やがてその口元には、笑みがのぼった。上体を痙攣させながら、鮫島は笑い続ける。

玲も今更ながらに恐ろしくなったのか、尻餅をついた。ガタガタと震える手からナイフが離れない。厨房から奪ってきた凶器だった。

突然、鮫島が膝立ちから這って近づいてきた。玲は尻餅をついたまま後ずさったが、背中が壁についた。鮫島の大きな掌が、玲の前頭部を鷲づかみした。そして鬼の形相で睨みつけてくる。

このまま握力だけで頭蓋骨を割られると思い、玲は恐怖で硬直した。が、鮫島の手がふいに柔らかくなった。その髪を撫でたのだ。

「……それで……いい」

「お……じさん……」

「男なら……おやじのかたきくらい……その手でとらんとな……」

直後、血を吐いた。大量の吐血だった。

口元を鮮血で染めて、鮫島は、玲へとなおも顔を近づけた。

「たいよぅ……うみだして、みろ……やれる……ものなら、な……」

不敵に見開いた目から急速に光が失せ、瞳孔が開いた。鮫島はそのまま前のめりに倒れた。絨毯に血だまりができていく。返り血を浴びた玲は言葉もない。その手からようやくナイフが落ちた。

そんなふたりのやりとりは、入江には見えていなかった。道夫の名を叫び続けている。

「道夫、おいしっかりしろ！　おい、道夫！」

入江に抱き起こされた道夫は、やはり腹を鮮血に染めていた。血管を撃ち抜かれたようだった。荒い呼吸の下から問いかける。

「……い…入江さん……けがは」

「なに……やってんだよ、おまえなにやってんだ。なんでこんな……なんで……っ」

入江は混乱しきっていた。

道夫は入江をかばって撃たれた。銃弾の前に飛び込んだのは、ほとんど無意識だった。

道夫自身、自分の有様にようやく気づいたようだった。

彼らしかったのは、まるで驚愕(きょうがく)も動揺もしなかったことだ。ただ、そうと認めて池のポンプでも眺めるように銃創を見た。取り乱していたのは、入江のほうだった。

「こんなのおかしいだろうがよう！　おまえだけはこの船から生きて帰らなきゃならないってのに……！　反対だろうがよう！　俺が死んでもおまえだけは生きてなきゃならないのに！」

道夫は微笑むだけで何も言わない。腹から溢(あふ)れ出る血を掌で押さえたが、全く止まる気配はない。脈打つごとに噴水のように溢れる。

出血量から自分に残された時間を正確に計ろうとするように、道夫はそれをじっと見つめていた。

「くそ、くそ！　死ぬな道夫！　こんなことでおまえが死んだら、俺は……俺は——

っ！」

そのとき、船がまた一段と傾いた。ソファやテーブルが右へと流れていく。すでに傾きは六十度近くになっている。

「……原子炉は……ぶじですか」

「直撃は受けてない。すぐに緊急停止して、非常電源で冷却してるはずだ。補機で動くだろうが、プロペラがやられた。推進力はもう」

そうですか、と道夫は息を吐くようにつぶやいた。客船であるアグライア号には、武器がない。この傾きからみるに沈没は免れないだろう。だからと言って、次に来る魚雷が原子炉を狙わないとも限らない。

道夫は玲の名を呼んだ。突然名指しされた玲は、我に返り、這いずるようにして近づいてきた。道夫の腹からあふれ出す血の量を見て、玲はこわばり、ゴクリとつばをのみこんだ。

致命傷は誰の目にも明らかだった。道夫は荒い息をつきながら、

「時間がない……玲。残りの数式を書くから……全部かきとめろ……」

「なにいってんだ、道夫……っ。この船は沈む。逃げるのが先だ！」

「にげたら、……のこせない」

入江は目を剥いた。道夫は、今がD論文を残す最後のチャンスだと知ったようだった。

「つづきを……かくから……しっかり、かきとめろ」

「だめだ……！　そんなことより生きるのが先だ、道夫！」

「ぼくの時間は、……もういくらもない」

道夫は入江の手を強く摑んだ。

「やらせてください……入江さん。あとすこし……なんだ……っ」

「道夫さん、ノートが……っ」

玲が泣き顔で言った。ノートがない。あたりを捜したが見つからない。瀕死の道夫は、鬼のような形相で自らを奮い立たせ、

「だったら、玲。その目に焼き付けるんだ……おまえならできる。太陽の生み出し方を……読んで、心に……やきつけろ」

道夫は這いずりながら、壁に近づいた。だが、先ほどまで手にしていたペンがない。どこに紛れ込んだのか、見当たらない。道夫は、血に濡れた右手を見た。そして迷わず壁に向かった。

淡い色彩の風景画の上に、道夫はD論文の続きを自らの血で書き出した。

血文字の数式だ。

失血で朦朧となる記憶をたたき起こすようにして、道夫は壁に刻むように書き続ける。

もはや執念だった。鬼気迫る姿だ。瀕死の画家が、画布の代わりに壁に向かう。

入江は手を出すことができない。止めることもできず、ただ見つめているしかできない。

玲は瞬きも忘れて、食い入るように目の前に紡ぎ出されていく血の数式を記憶に刻みつける。

ナギノもまた凝視する。

「……プラズマを喰らう……悪魔とは、この数式のことか。波照間……」

友が遺した命の論文だ。

すでに大傾斜を始めているアグライア号だったが、三人ともその場を離れようとはしない。

道夫は命を振り絞るようにして書き続ける。心臓が弱まってきているのか、血の溢れる勢いも弱まってきた。顔色はもう紙のように白く、呼吸は浅い。肉体が最後の闘いをしている。この噴き出す汗が止まる頃、生命は急速に衰弱して、燃え尽きる。だが、道夫は暗くなる意識に鞭打ち、脳から消え去ろうとする記憶を必死にまぶたに呼び起こして、船に書き刻む。

その船も、まもなく沈む。――だが刻む。

玲とナギノが見つめている。命がけで記される太陽の秘密を、記憶に焼き付ける。

そんな道夫の死に際の気迫を、入江は黙って受け止めることしかできなかった。

左舷腹を上にして、まるで死んだ魚が浮くように、船は傾いていく。すでに社交室への浸水も始まっている。

もう体を支える力も失われてきているのか。崩れそうになる道夫の体を、入江が後ろから支えた。傾いた床に体を持っていかれないよう、背後からがっちりと抱えるようにして、道夫の支えになる。腕を持ち上げる力も弱まっていき、何度も、手が壁を滑り落ちる。その腕を入江が摑んで、支えた。

「……あとすこし……」

朦朧とした目は、焦点もろくに合ってはいないようだ。意識をつなぎとめるように、入江は耳の近くで叱咤した。

「あとすこしだ、道夫！　あきらめるな！　俺が支えてる！」

その声に力を得たように、道夫は最後の力を振り絞って、数式を書きあげる。

記憶に焼き付いたD論文の画像が、視界に浮かび上がってきて、壁の桜と重なる。もう色も褪せて、桜の色も血の色も、判別ができない。

道夫は網膜に焼き付いた数式を、指先でなぞるように、記す。

カッコを閉じて、最後の一行が書きあがった。

「……かん、りょう……」

道夫は背後の入江に体を預けるようにして、倒れ込んだ。入江はその体を全身で受け止めて、後ろから両腕で強く抱きしめた。

「よくやった。よくやったぞ、道夫……っ」

道夫の息はもう細い。入江の体に身を預けたまま、道夫は間近にある入江の顔をうっすらと見て、つぶやいた。

「……あなたはかならず……いきて……にっぽんにかえってください……」

「馬鹿野郎！　おまえも一緒だ！」

「ながさきに……あにの、ほねを……」

「一緒に行くんだ、長崎に！　おまえまで船の上で死ぬなんて、ゆるさない——絶対許さないぞ！　道夫！」

入江は涙も隠さずに訴えた。

「絶対おまえを日本に連れて帰る。おまえだけは連れて帰る！　日本で画家になれ。な？　こんな稼業とは縁切って、今度こそおまえの好きなものを描くんだ。そうだ、蓮の花がいい。今度こそ一緒に蓮の花を見よう。花が開く音を一緒に聞くんだ！」

「はすの、はな……」

道夫の口元に、うっすら微笑が浮かんだ。

そして消え入りそうな声で、耳元にささやいた。

「……さくおとが……きこえたら……きっとぼくは、そこに……」

道夫の指が、かすかに動いて、空中に何かやわらかい線を描いた。

入江の目には、ふいにその指先に、蓮の花弁が見えたような気がした。だが、入江が確かめる前に、描線は力尽きた。す、と道夫の手が下がり、体から力が失せた。

入江の胸に顔を埋めるようにして、道夫はこときれた。

入江は肩を震わせた。名を呼ぼうとしたが、声にならなかった。名を呼ぶ代わりに、力いっぱい、その体を抱きしめた。

　息絶えた道夫は、眠りについたかのようだった。安らかな顔をしていた。そのしめった首筋に顔を押しつけて、入江はこみあげてくる嗚咽を必死に殺し続けた。

　壁には、血文字のD論文が記されている。満開の桜の下で、数式は終わっていた。

　玲は黙禱するように深くうなだれていた。やがて顔をあげ、壁を見上げた。数式が風となって吹き抜けているように見えた。一幅の絵のようだ。春霞に滲む桜吹雪の中にたたずんでいるような気さえした。その足許はすでに水につかっている。

「聞こえるよ、波照間先生。……なんてきれいなメロディなんだ……」

　ナギノも、ディアブロの全貌を前にして、言葉を失っていた。

　放心している。

　その数式の美しさに、圧倒されているようだった。

「これが、太陽の生み出し方……」

　船体が激しく軋み始めた。まるで悲鳴のように。あちこちから大きな破壊音があがる。水がいっそう勢いを増して、ドアから窓から、流れ込んできた。そのときだ。

　船首バルコニー側から扉を開けて、呼びかけてきた者がいる。湊二等航海士だった。

「そこにいるのは何名ですか！　すぐに救命胴衣を身につけて、船外へ脱出を！」

　切迫した湊の声で、やっと現実に引き戻された。

「傾斜が早くて救命艇は降下できませんでした。だが何隻かゴムボートをおろせます。

全員左舷デッキに出てください！　急いで！」

真っ先に我に返った玲が大人ふたりを促したが、入江は道夫を抱いたまま、動こうともしない。

「入江のおじさん、早く行こう！　この船は沈むよ！」

「……だめだ……こいつもつれていく……っ」

「なに子供みたいなこと言ってんだよ！　おじさんだけでも生き残れって、道夫さんは言ってたじゃないか！　おじさんが死んだら、道夫さんはなんのために死んだんだよ！」

入江はハッとした。気丈な玲の言葉に、胸ぐらを掴まれた思いがした。

「道夫さんの魂はちゃんとついてくるよ。僕の中にDがある限り、ここにはおいていかない。父さんの魂も。だから行こう！　入江さん！」

海水はすでに彼らの膝(ひざ)まであがってきている。入江は腕の中で絶命した道夫の亡骸(なきがら)を見下ろし、汚れた顔を海水で拭(ぬぐ)ってやった。まだ頬にはぬくもりがあった。断ちがたい思いでいっぱいになった。

「道夫……。ついてこい」

その体をそっと水面に横たえた。

「俺にしがみついて、ついてこい！　日本に帰るぞ！」

そんな入江の胸元に、ノートを差し出した者がいる。ナギノだった。ノートは血まみれになっている。鮫島の遺体の下に敷かれていたようだった。

「もっていけ。入江くん」

「なに言ってるんですか。博士」

「私はもう、ここでいい」

ナギノは遠い目をして壁の数式を見つめている。

「私の負けだ……波照間。この世で見るべきものは見た」

「博士」

「私の研究は意味を失った。これがあればもう私の〝アポロン〟の存在意義は……」

「馬鹿言わんでください。博士にはこれを持ち帰って検証する役目があるじゃないですか。波照間教授の命を奪ったのなら、なおさら！」

ナギノは一瞬驚いて入江を見た。入江は目に力をこめて訴える。あなたなんでしょう？　と。ナギノは苦悶し、

「手を下したのは、私ではない。だが波照間から〝ダイアナ〟を奪え、と合田をそそのかしたのは」

船がまた一段と右に傾いて水位があがってきた。ナギノの言葉に入江は一度固く目を瞑り、その腕を強引に摑んだ。

「だったら、なおのこと生き延びるべきです。あんたにはこの船で起きたことの真相を明らかにする義務がある。逃がすもんか。引きずってでも連れて帰りますよ」

早く脱出を！」と湊二等航海士が叫んだ。床の傾斜が大きくなりつつある。左舷側がせり上がり、足下の床が壁になっていくようだ。

「いったんバルコニーに出てください！　柵を伝って左舷側に！」

一等社交室は一番船首寄りにあったのがよかった。入江と玲とナギノは、船首側に面したバルコニーに出ると、柵をはしごがわりにして左舷屋外デッキへと這い上がる。最後に出た入江は、一度だけ振り返り、壁に道夫が描きあげた数式と、その壁にもたれて眠っているような道夫を目に焼き付けた。入江はデッキへと這い上がった。

すでに船は大きく傾いている。傾きが大きくなればなるほど、床が壁に変わるので、水面上に出ている部分に這い上がるのが難しくなる。最後まで浮き残る左舷側が天井になってしまってからでは遅いのだ。できるだけ迅速に外に出なければ、ならない。左舷デッキではそれぞれの持ち場から脱出してきた乗組員たちが大きな声で怒鳴り合っていた。

「出られるものからゴムボートに乗り込め！」

「こっちのボートは排水すれば使えるぞ！　手伝え！」

一刻を争って騒然としている。入江は玲とナギノを先にゴムボートに押し込んだ。

「入江のおじさんも早く！」

いや、と入江は首を振った。松尾船長と前島機関長の姿がないことに気づいたのだ。

「三日月さん、松尾船長は！」

問いかけたが、三日月一等航海士は目をそらして答えない。それが何を意味するか、入江にはわかった。

入江は三日月の制止を振り切って、舷側の壁をよじのぼり、操舵室(そうだ)に向かった。ブリッジの最上階中央にある操舵室は、まだ浸水していない。

松尾船長はひとり残っていた。

「早く避難してください。キャプテン！」

松尾は斜めに倒れたフォアマストを凝視している。

「……私は責任をとらねばならない。『アグライア号』に関わる、すべての責任を」

入江は神棚にあった姉妹船『さんちあご丸』と五島船長の写真をひっつかんで、松尾の眼前につきつけた。

「心中なんかしちゃだめだ。あなたは最初からこの船と運命を共にするつもりだったんでしょうが、あなたがなすべきことは生きることです。生きてすべてを明らかにしてください！　それがこの船で死んでいった者たちに対する責任ではないんですか。キャプテン！」

松尾船長は瞑目(めいもく)した。入江は胸騒ぎがした。

「機関長はどうしたんです。どこにいるんです」

「彼は船底におりた」

「え」

「沈没に備え、原子炉室の格納容器の圧壊を防ぐため、フラッディングバルブを開けて、海水を流入させる必要がある。バルブは船底にある。その処置のために、船底におりた」

原子炉室は容易には海水が浸入しないように頑丈にできている。だが、原子炉室に水がない状態のまま船が沈没すると、深度十メートル下がるごとに一気圧ずつ、気圧はあがっていく。やがて外圧に耐えられなくなり、原子炉室に高圧の水が一気に流れ込むと、格納容器の圧力平衡弁の作動が間に合わず、圧壊してしまうのだ。

これを防ぐためには、沈没前にあえて水を流入させて、どんな深さに沈んでも周りと水圧を一定にして押しつぶされないように、対処する必要があった。

「しかし、船底はすでに浸水……」

船の最深部だ。一度海水が流入すれば、もうデッキに戻ることも難しい。

入江が鋭くきびすを返し、助けに行きかけた。だが、松尾船長に強く止められた。

「行ってはならない。君は乗客だ。乗客を安全に脱出させるのが、我々、客船乗組員の使命なのだ」

「しかしキャプテン！」

「君が助かれば、我々は〝仕事〟を果たしたことになる」

透徹したまなざしで、松尾船長は告げた。船乗りの揺るがしがたい矜持だった。

「あなたは……どうするのですか」

と入江は問いかけた。松尾船長は静かに答えた。

「機関長を残して、去るわけにいかない」

まっすぐ前へと視線を向け、松尾船長は言った。

「行きたまえ。入江くん。この船に関わるすべてのことは、三日月一航に託した。彼がすべてを明らかにし、我々の想いを後世に語り継ぐだろう。そしてすべての乗組員には、必ず生き抜くよう、最後の指示を」

「キャプテン！」

「行くんだ、入江秀作！」

松尾船長は操舵室いっぱいに響く声で一喝した。

「いいや、語り継ぐことはできないだろう。この船の存在は、おそらく闇の彼方に葬られる。だが君は覚えていてくれ。そして見届けてくれ。――この船が残した〝予言〟が、現実のものになるのかどうか。そして、もし現実になってしまった、その時は」

松尾は、想いが溢れたというように唇をゆがませ、言葉を飲み込んだ。しばらく言葉を探して黙り込んでいたが――。

ふいに心を開くように、目をたわませて、微笑んだ。

「いや……。私は、この国を信じるよ」

「キャプテン」

「とんだ航海になってしまったことを、客船の船長として、深く詫びたい」

松尾船長は、姉妹船と五島船長の写真を入江に返した。

「……妻と子が、茅ヶ崎に住んでいる。もし訪れることがあったら、これを」

松尾船長が渡したのは懐中時計だ。商船時代からずっと肌身離さず使ってきたものだ。

入江は受け取った。

松尾船長が敬礼した。

「ご安航を。ミスター入江」

入江も万感をこめて敬礼を返した。

それが入江が見た松尾船長の、最後の姿だった。


激しく海水を噴き上げながら、アグライア号は紺碧の海に、その白い優美な船体を沈めていく。巨大な生き物のような咆哮をあげている。三日月たちのゴムボートが入江を最後まで待っていた。

海に飛び込んだ入江を、ボートが引き上げる。すぐさま巨船の沈没に巻き込まれないよう、オールを漕いで離れる。

「アグライア……」

アポロンと太陽の数式を腹に抱えて、女神は深い海底へと沈んでいく。

運命の船を飲み込んだ海は、ゆっくりと口を閉じ、何事もなかったかのようにまた波を紡ぎだし、陽光に輝き始めた。
入江は握り続けていた懐中時計を見た。
時計は七時二十分で止まっている。
アグライア号の沈没時間だった。
陽の光を受けた懐中時計は、金環食のように、入江の掌の中で輝いていた。

終章

長崎は坂の町、というのは本当だった。

何本もの細い坂が上へ上へと延びている。梅雨の晴れ間がもたらした、強い陽差しの中を、入江秀作は歩き続け、小さな寺にたどりついた。

山門には「光明山(こうみょうざん)」の額が掲げられている。

喪服姿の入江は、眩(まぶ)しげに見上げた。

その腕には、遺骨を入れた白い箱を抱えている。


納骨は、ひっそりと終わった。

入江の他に参列者もないため、寺の住職とふたりだけの納骨だ。墓の前で、お経をあげ、佐賀英夫の遺骨が入った骨壺(つぼ)を納めた。そして蓋石(ふたいし)を閉じる間際、入江はぼろぼろのお守りと塩化ビニールの袋に入れたノートと錆(さ)びたハーモニカを、並べて納めた。しゃがみこんだまま、別れを告げるように、しばしそれを見つめていたが、石屋の「ふたを閉めますよ」という声で、思い直した。

「すまん。やっぱり」

入江はハーモニカだけを取り出して、胸ポケットに収めた。

納骨式が終わった墓には、線香の煙が漂っている。まだ新しい墓だ。入江がわざわざこの墓所を探してきて、建てた。墓石には「南無妙法蓮華経」とだけ彫った。名は入れなかった。

住職が去った後も、入江は長いこと墓前にたたずんでいた。

ふと思い立ち、胸ポケットからハーモニカを取り出した。口にくわえて、奏で始めた曲は「カチューシャ」だ。道夫が船で吹いていたロシア民謡だった。

墓地に響くハーモニカの素朴な音色は、どこか哀愁を帯びている。

「ああ。もう終わっちまったか」

演奏をやめて入江が振り返ると、喪服の上着を小脇に抱えた男が、息を切らしている。

磯谷元記者だった。


境内からは、長崎の町と港が見渡せた。

陽光輝く長崎湾は、穏やかだ。ゆっくりと白い航跡を残して船がゆく。造船所の巨大なハンマーヘッドクレーンも、ここからはミニチュアのように見えた。

「あのへんも少し前までは焼け野原だったが、だいぶ町らしくなってきたのぅ」

磯谷が煙草を吹かしながら、ベンチに腰掛けて言った。

原爆が投下され、町ごと吹き飛ばされた。焦土と化し、瓦礫ばかりがかろうじて残った大地にも、草花が芽吹き、年を経るごとに少しずつ建物も増えてきた。

それでも痕跡が消えることはない。

「終戦から、来年で十年か……」

入江も、手にしたハーモニカに目線を落とした。

アグライア事件から、今日で丸一年。

米国籍客船『アグライア号』の沈没事件は、ほとんど報道されることはなく、新聞の社会面にほんの二段ほどの記事が載っただけで終わった。死亡者名の欄には、江口議員と祖父江社長と合田氏。オーサー社長と波照間教授の名もあったが、乗っ取りについては一切触れず、まして米国潜水艦による雷撃だったことも隠された。

記事も、国会議員や大企業の社長が死んだというのに、おそろしく小さな扱いだった。

「記事はことごとく潰されたよ。どこから圧力がかかってんだか知らんが、もうアグライアのアの字も書けやせん。ここまで徹底的にやるとはな」

磯谷はどうにか事件を世に知らせ、真相を明らかにしようとしたが、得体の知れない隠蔽圧力にまるで歯が立たなかった。戦時中や占領期でも、これほど厳しいチェックはなかったほどだ。

「保安庁の上の人間も、何人か、ろくな説明もなく更迭された」

今年に入って不自然な収賄事件で失脚した議員も、数名。いずれも〝カサンドラ計画〟に連座した者だということは、入江にも察せられたが、その捜査には一切関わらせてもらえなかったので詳細は不明だ。

その入江も、カムチャツカ東方沖で米軍の艦船に救助され、帰港後三ヶ月は市ヶ谷から出られなかった。『アグライア号』の乗組員および赤雹梯団の身柄は全員、米国に移送され、事情聴取も処分もそちらで進められる。

「極秘裏に処理されて、終わりか……。後味の悪い事件になった」

「ナギノ博士の身柄も、国防総省に移されたそうだ」

緑濃くなってきた桜から木漏れ陽が差し込む。風が吹くたびに光がチラチラと踊る。少し湿り気を帯びた、海の風だ。

入江はため息を漏らした。

「……〝ダイアナ〟は結局、水爆開発に使われてしまうんだろうか」

「ナギノ博士は、研究職を降りると言っとるようじゃ」

入江は驚いて磯谷を見た。磯谷は米国の新聞社に親しい友人がいるという。

「〝アポロン〟に重大な欠陥があったとして、責任とった形らしい。核融合炉についても言及はないところを見ると、たぶん、どこにも明かしてはおらんじゃろう」

「そうか……」

「『ノーチラス』の原子炉は、結局〝アポロン〟とは別の型だそうだ。コンペをして〝アポロン〟が負けたんは、設計者が日本人だったからなのか」

この一年の間に米国は、世界初の原子力潜水艦『ノーチラス』を就役させていた。それより先に存在した原子力客船『アグライア号』の〝世界初〟は、すでになかったこととされている。

ソ連工作員による乗っ取り、日本人乗員による反乱、日本人乗客による強奪未遂……。それらは本国アメリカにとって不名誉な疵以外のなんでもない。

「無理もないが……。波照間教授の研究までなかったことにさせられるのは、やりきれんな……」

「そうでもないさ」

と磯谷が煙草を吸い殻入れに押しつけた。

「江口玲。彼がおる」

「玲から何か連絡が？」

玲は、事件に巻き込まれ、父親を亡くしたことを理由に、アメリカ留学を白紙に戻していた。その後、母親と西ドイツへ帰ることになり、ボンの大学に進学することがきまった。

「原子核物理を学ぶと言っとる。将来は、核融合炉の研究をすると」

入江は胸が熱くなった。

波照間の研究を受け継ぐ後継者が、現れたのだ。

「アグライア号は、失うだけの船だったと思っていたが、……こうして生むものもあったんだな」

その波照間を殺害した犯人は、合田始だったようだ。水爆開発への転用に断固として応じない波照間から、D論文を奪うために、殺害を決行したのだ。そそのかしたのはナギノだった。殺せ、とはっきり教唆したわけではないが、「論文さえ手に入れば、あとは自分が完成させる」と告げて、暗に殺害を促した。

「ナギノ博士にとっては、波照間さんの成果を自分のものにできるチャンスでもあったわけだ。まともに発表されれば、ノーベル賞も夢じゃないほどのものだったわけだろ。友へのねたみが根底にはあったんじゃろう」

入江には刺さる言葉だった。古傷がうずく思いがした。

そんなナギノの暗い野望を、道夫が描き出した数式は打ち砕いたのだ。そういう世俗の感情にまみれたナギノの欲望を。研究者にしかわからないだろう、純粋で透徹した何かが、波照間の数式にはあったのにちがいない。そして、それを読み取れるだけのものが、ナギノにはあったということなのだ。

それとも道夫の血文字が、無味乾燥な数式に脈打つ命を与えたのだろうか。

あたたかい血肉を。

「……だが、殺害犯が合田氏だったとすると、波照間さんの血文字のダイイングメッセージは、なんだったんじゃ？　結局〝U〟とは関係なかったじゃないか」

ああ、と入江もうなずいた。

「そもそも〝U〟じゃなかったのか。モールスじゃなく別の何かだったのか。今となっては、わからない。謎が残ってしまったな」

答えを知ろうにも、相手はあの世だ。

「あの世で再会した時にでも、答えを教えてもらうほかないな」

港のほうから船の汽笛が聞こえてきた。重々しくも、どこか木訥とした石炭運搬船の汽笛だった。港からは、貨客船らしきものが今まさに出港しようとしている。

「あれはどこ行きの船かな……」

長崎湾は穏やかな陽光に輝いている。

湾から出て行く船も、どこかゆったりとしてみえる。

――ご安航を。ミスター入江。

松尾船長が残した最後の言葉が、耳から離れない。

入江はまたハーモニカを取り出した。アグライア号から脱出する間際、水面に浮かんでいたのをたまたま見つけたものだった。入江には見覚えがあった。気がついた時には、すくいあげて握りしめていた。まるで死んだ道夫がわざわざ入江のもとに流してよこしたかのようだった。それを口にくわえ、そして、吹き始める。もう無意識にでも吹けるようになってしまった「カチューシャ」を。

磯谷は港を眺めながら、聞いていた。海に眠る死者たちを慰めるかのような、ハーモニカの音色を。

　ふと磯谷が岬のほうに何かを見つけた。大型客船だ。すぐに胸ポケットから単眼鏡を取り出し、覗(のぞ)き込んだ。

「ありゃ外国船だな。少しアグライア号に似てる。見てみろよ」

と言い、入江に差し出す。入江は演奏をやめて単眼鏡を覗いた。メインマストに旗がなびいている。入港の旗りゅう信号か。掲げられた旗を見た入江は、息を止めた。

「あの旗は」

　白と赤の市松模様だ。見覚えがあった。

　あれは〝U〟――ユニフォーム。

　波照間が残した〝U〟の旗りゅう信号だ。

　意味は「あなたは危険に向かっている」。

「おい、危険を知らせる旗を出してるぞ！」

「ばか。ちがうよ。二枚目の旗があるだろう」

　そう、〝U〟の下にも旗がある。

　中央に描かれた赤い長方形を囲む白枠、その外を覆う青枠。それは〝W〟の旗だ。

「二枚合わせて意味をなすんだ。〝UW〟で『貴船のご安航を祈ります』」

「ご安航を、だって？」

　入江はもう一度、船を見た。

　二字信号というやつだ。危険を知らせる〝U〟の旗も〝W〟を伴うことで、まったく違う意味あいになる。

「まさか、波照間さんは、これを……」

〝UW〟

と書こうとして、途中で力尽きたのではないだろうか。

本当のメッセージは「ご安航を祈ります」。

最後に波照間は、祈ったのではないだろうか。

誰の？『アグライア号』の？

それとも――。

この国の？

じゃあな、入江。

磯谷はそう言って山門で手を振った。これから佐世保に向かうという。『アグライア号』が原子力船であったことすら、ろくに証明できずにいる磯谷は、それでも執念で取材を続けている。今日は本当に墓参りのためだけに立ち寄ったらしい。

「だって、今日は『アグライア号』の命日じゃないか」

入江は苦笑いした。

「納骨したのは、船の骨じゃないぞ」

「わかっとる。だが、大事な墓なんだろう?」

ふと何か思い出し、磯谷は坂の途中で振り返った。

「そういや、うちの裏の池、蓮(はす)の花がきれいだったな……。ちょうど今が見頃なんじゃないか」

入江は目を瞠(みは)った。

磯谷は「じゃあな」というと、今度こそ去って行った。

狭い路地のような坂道を悠然と下りていく大きな背中を、入江は見送った。

船の汽笛が遠くに響いた。

*

その夜は旅館に泊まり、翌朝、まだ暗いうちから、入江は出かけた。

入江が向かった先は、佐賀兄弟の実家があった長崎市郊外だ。

原爆の爆心地から二キロのところにある。佐賀家は一家が全滅。両親は遺体すら見つかっていないという。実家の建物はすでになく、当時の面影はどこにも残っていなかった。

入江が訪れたのは、そこから小一時間ほど離れた山間(やまあい)の地区だ。彼らが子供時代によく遊びにいった「長沢池」なるささやかな湖沼がある。蓮が見事で、この季節になると、夜明けとともに薄紅色の美しい花を咲かせる。

空はまだ薄暗い。水面から突き出た太い茎は、まりのような薄紅色の大きなつぼみをいただいている。明るくなるのとともにゆっくりほころんでいき、陽が昇る頃に、王冠のような花を咲かせるのだ。

鳥とカエルの声が聞こえるくらいで、あたりは静かだ。

ひんやりとした空気の中、時折、あめんぼが水面をすべっていく。

――蓮はなあ、花が咲く時、音がするんだ……。

あの日、入江の冗談を真に受けた道夫少年は、翌朝、それを確かめにいった。耳を澄ませ、身を乗り出すあまりに、池に落ちた。入江たちが気づいて追いかけなければ、溺れて死んでいたかもしれない。

脳裏に、道夫の死顔がまたよみがえった。やりきれなさを散らすように、ハーモニカをくわえ、また「カチューシャ」を吹こうとして……下ろした。

「……こいつを吹いたら、花の開く音が聞こえない、か」

瑞々しい蓮の葉が、水面を覆い尽くす。まるで傘の群れのようだ。

茎がまっすぐ天をつき、ほころびかけた花弁は、いかにも柔らかそうだ。

「蓮は泥に根を下ろすから、美しい花を咲かせる……か」

入江は海底に沈んだアグライア号へと想いを馳せた。

米軍通の情報部員によると、沈没したアグライア号は、どうやらその後、海底からの引き揚げに成功したらしい。放射能による汚染はあったのか。あったとすれば、どの程度だったのか。詳しいことは全くわからない。

　去年の十二月に、アイゼンハワー大統領が「原子力の平和利用（アトムズ・フォー・ピース）」を宣言した。核保有国が所有する天然ウランや核分裂性物質を、国際社会で共同管理しようという提案だ。最も破壊的な力が人類に恩恵をもたらす。核を人類の発展のために使い、原子力発電、原子力船といったものの開発を進めようというものだ。

　核融合炉研究も、この機運にのって進められることだろう。だが――。

「道夫……。おまえの言うとおり、そいつはアメリカの口実でしかないと、俺は思う」

　夜明けの蓮池を眺めて、入江は呟いた。それが証拠に、アメリカはその一ヶ月後には「ニュールック」と呼ばれる新たな核戦略を取り決めた。最終兵器であった核を「通常兵器」として大量に配備することを目指す、というものだ。

　アイゼンハワーの演説も、平和利用という耳あたりのよい言葉で、世界の核アレルギーを取り除こうという意図が透けてみえる。

　そして、第五福竜丸（だいごふくりゅう）がビキニ環礁での水爆実験によって被ばくしたのは、三月のことだった。日本人船員一名が死亡した。この事件を受けて、国内では反核の気運が高まっている。

「道夫……。俺はこの国のひとたちを信じたい。日本には日本の、日本だからこそ選べる道があるって」

道夫が命をかけて繋いだ核融合炉の可能性。核分裂炉のような高レベルの放射性廃棄物を出さず、かつ安全だというその技術が、果たして本当にいいものなのかどうか。実のところ入江にもわからない。

「だけど、おまえの残した〝予言〟が、毒ではなく、美しい花を咲かせるものであるよう、俺は祈るよ」

蓮のつぼみがそこここでほころびかけている。

夜明けの空は、赤紫色に染まり始めている。蓮の花の色が移ったかのように、雲を縁取る。

洋上で見た夜明けを重ねて、入江は唐突に、波照間の言葉を思い出した。船の上で出会った「空似の他人」とは一種の運命で結ばれている、と。

だったら、なあ、道夫。

俺たちは初めから船で出会う運命だったんだろう。

おまえを、兄の代わりだなんて思ったことは一瞬もなかったが、おまえとの短い航海は、難破しかけていた俺の心に、もう一度、ほどけたロープをつなぐ勇気を残してくれたような気がする。

道夫の死顔は安らかだった。その意味が今わかる。

誰も信じなかったおまえが、最期に体を預けてくれた。この両腕で受け止めたおまえの重みを、俺は一生忘れない。そいつを抱いてこの先も航海を続けるだろう。

その時だ。

入江は池のほうから何かが弾けるような音を聞いた。

いまのは……。

――蓮の花の咲く音が聞こえたら、僕はきっと、そこにいる。

ふいに背後に人の気配を感じて、入江は振り返った。

朝靄の中、ひっそりとたたずむ人影がある。

「……道夫？」

人影にみえたそれは、桜の木だった。

まだ若い桜だ。細い枝に若葉をたわわにまとっている。

入江はふと微笑んだ。

「いたのか、道夫……」

朝靄の向こうから、ハーモニカの音色が聞こえた。そんな気がした。

振り返ると、夜明けの池には薄紅色をした大輪の蓮が、一斉に花開いている。そこにもここにも。

赤紫色に染まる夜明けの空を背景に、夢のように美しい光景だった。

浄土は、ここにあったかと思うほどの。

――水は、まだ冷たいですよ。

入江は微笑み、咲き乱れる蓮の花を見つめた。

今も隣に道夫がいるような気がした。
願わくは、その祈りが届くよう。
夜明けの空が、蓮の花と同じ色に染まっていく。
光の女神は、静かに大地を包みこもうとしていた。

【主要参考文献】

『にっぽんの客船　タイムトリップ』ＩＮＡＸ出版
『増補　豪華客船の文化史』野間恒　ＮＴＴ出版
『福井静夫著作集――軍艦七十五年回想記第十一巻日本特設艦船物語』福井静夫　光人社
『原子力船工学　その安全性・経済性』竹村数男　成山堂書店
『原子力船むつ――「むつ」の技術と歴史――』安藤良夫　ＥＲＣ出版
『旗と船舶通信』三谷末治　古藤泰美　成山堂書店
『証言　陸軍中野学校　卒業生たちの追想』斎藤充功　バジリコ
『国家の闇――日本人と犯罪〈蠢動する巨悪〉』一橋文哉　ＫＡＤＯＫＡＷＡ
『シベリア抑留者たちの戦後　冷戦下の世論と運動　１９４５―56年』富田武　人文書院
『シベリア抑留全史』長勢了治　原書房
『戦後史の汚点　レッド・パージ――ＧＨＱの指示という「神話」を検証する――』明神勲
大月書店
『日米同盟と原発　隠された核の戦後史』中日新聞社会部編　東京新聞
『自衛隊史論　政・官・軍・民の60年』佐道明広　吉川弘文館
『核融合の政治史』ロビン・ハーマン著　見角鋭二訳　朝日新聞社

解説

三橋　暁

　タイムリープの準備はよろしいですか？　本書を目にとめ、手にされているあなたに、思わずそう声を掛けたくなるのは他でもない。ここにご紹介する桑原水菜の『カサンドラ』は、ページをめくる読者を一瞬にして六十五年前の過去へと連れ去ってしまうに違いないからだ。

　時間を遡った読者が降り立つ先は、昭和二十八年夏の横浜港。目の前の豪華客船は、ボーディング・ブリッジで桟橋と繋がり、威勢のいい汽笛を響かせながら、出航を待つばかりとなっている。これからあなたには、この白亜のアグライア号とともに、しばしの間、海の旅に出ていただくことになる。

　しかしその前に、実は日本史は苦手な学科だったと頭を掻く読者のために、この『カサンドラ』という作品の時代背景について簡単におさらいをしておこう。

　激動の二十世紀には、世界を二分した大戦争が二度も起きているのをどなたもご存じだろう。その両大戦に日本も参戦したが、太平洋戦争とも呼ばれる第二次世界大戦が敗戦で終わったのは昭和二十年八月のことだ。焼土と化した首都東京に本拠を置いた、アメリカが主導するＧＨＱ（連合国最高司令官総司令部）による占領は長きにわたり、昭和二十六年のサンフランシスコ講和会議で結ばれた平和条約が翌年四月に発効するまで続いた。
日本が主権を回復してまだ間もない昭和二十八年は、相次ぐテレビ局の開局で街頭テレビに人気が集まり、都内には公衆の赤電話が登場、青山では日本初のスーパーマーケットも開店している。このように街中の賑わいが復興ムードを盛り上げる一方で、本作の冒頭で描かれるように、横浜港はまだ在日米軍による接収が続いており、米兵たちが埠頭を行き来している。

港の大さん橋に接岸されたアグライア号は、昭和十四年に竣工し、南米航路の移民輸送に活躍したという〝あるぜんちな丸〟がモデルだろう。軍の徴用で空母海鷹へと改造された同艦は、終戦間際に航行不能となり解体されたが、アグライア号の前身である〝さんぱうろ丸〟は、空母艦海鷲として戦火をくぐり抜け、終戦後は米軍に接収され、アメリカの船会社に払い下げられた、と読者に紹介される。その後、秘密裡の船体改造に五年を費やして驚異の高速船に生まれ変わり、今回のお披露目の航海となった。物語は、ここから始まる。

船上の客の中には、政治家や財界・マスコミの重鎮ら招待客に混ざって、主人公の入江秀作がいた。陸軍中野学校出身の工作員で、終戦後もGHQの情報機関G2の傘下でレッド・パージ等の反共工作に従事し、現在は保安隊（後の陸上自衛隊）の情報部に身を置いているが、彼もまた戦中をひきずる一人だ。戦地からの引揚船で故国を目前に逝った親友の記憶が、今も彼の心には澱となって残っている。

招待客の一人である現役閣僚の警護が入江の表向きの役割だったが、実は上司からの密命をおびていた。その内容とは、乗船客の中に紛れたスパイを突き止め、或(あ)る重要機密がソ連側に流出するのを阻止せよ、というものだった。ギリシャ神話から取られたコードネームは〝カサンドラ〟。必要とあらば、スパイを消しても構わないという。

入江は、国籍はおろか年齢・性別も不詳というスパイを探し、船内を回遊する。そこで乗組員を始め、内装を設計した建築家や米軍士官、大学教授の物理学者、国会議員の親子、元記者のバーテンダーら、いわくありげな面々と言葉を交わしていく。そんな中に、キャビンボーイとして働く亡き親友とそっくりの青年を見つける。そうして出会った人物の一人が客室で死体となって発見されたのは、その翌朝のことだった。

作者の桑原水菜は、『炎の蜃気楼(ミラージュ)』のシリーズ累計が六〇〇万部を軽く超えるという押しも押されもせぬベストセラー作家だが、これまでの活躍の舞台がライトノベルの世界中心だったことから、読者の中には今回初めてその作品を手にするという方もあるだろう。そこで著者について簡単に紹介しておきたい。

一九八九年、その年下期のコバルト・ノベル大賞に投じた『風駆ける日』の読者大賞受賞をきっかけにデビュー。最初の一歩となった『炎の蜃気楼』に始まるミラージュ・シリーズは、〝歴女ブーム〟の呼び水にもなったと言われる。数々のスピンオフを生み一大サーガへと発展したシリーズは、二〇一七年十二月をもって昭和編が〝環結〟した。

そんなデビュー以来の活躍に加えて、さらに最近では、より広範の読者に向けた〝遺跡発掘師は笑わない〟のシリーズにも力が注がれている。無愛想だが宝探しの嗅覚（きゅうかく）は人並み外れた宝物発掘師（トレジャー・ディガー）こと西原無量（さいばらむりょう）の活躍は、最新刊の『遺跡発掘師は笑わない　君の街の宝物』で八巻を数える。

その遺跡発掘師シリーズと並行して、しばしライトノベルの世界を離れた作者が一般読者と正面から向き合った作品が、この『カサンドラ』である。単行本は二〇一五年一〇月、株式会社KADOKAWAから書き下ろしで刊行され、本書はその文庫化にあたる。

元々、読む者を作中へと引き込むストーリーテリングには定評のある作者だが、困難な任務を負わされた主人公が船上の諜報戦（ちょうほう）へと乗り出していく第一章、さらに第二章に入るやいなや、謎めいたダイイングメッセージとともに登場人物の一人が死体となって見つかる。物語は序盤からすでにフルスロットル状態だが、それらすべてが洋上をいく船舶内での出来事であることから、ミステリでいう〝クローズド・サークル〟という言葉を思い浮かべる読者もあるだろう。

船上という舞台は、クリスティの『ナイルに死す』（ナイル川に浮かぶ観光船）や、カーの『盲目の理髪師』やピーター・ラヴゼイの『偽のデュー警部』（大西洋を行き来する豪華客船）など、古今の名作ミステリの数々で効果的に使われている。しかし、そのシチュエーションを活（い）かしているという点で、本作も引けを取らない。

誰もが信じられず、疑わしい。そんなスパイ捜しの迷宮の中で、困惑する主人公をまるで嘲笑うかのように、増えていく死体の数。そうした錯綜の展開は、やがてアグライア号を動かす世界初の革新的なニュー・エンジンのベールに包まれた秘密へと迫っていく。陸と途絶されたこの船上でスパイ、殺人、ハイジャックをめぐって、誰が？　何のために？　という謎の答えは、読者の意表を突きながら、幾度となく更新されていく。作者の旺盛なサービス精神には、ただただ脱帽するほかない。

　主人公に与えられるミッションの名前が、ギリシャ伝説でよく語られるトロイアの悲劇の王女から取られていることは作中にもあるが、他にもアグライア（愛と美と豊穣の女神アフロディテの侍女で、三美神の一人）、アポロン（オリンポス十二神のゼウスの息子で、医学・芸術等を司る）、ダイアナ（アポロンの妹で、狩猟の女神）と、物語のキーワードとして、ギリシャ神話・ローマ神話に登場する神々の名前がちりばめられている。

　それらはすなわち作品のモチーフでもある。古代の神話の悲劇性とも重なり合う、二十一世紀の日本を襲った安全と言われた神話が崩壊を見た七年前の大カタストロフィを誰もが連想せずにはおれないだろう。〝カサンドラ＝誰も信じない予言を紡ぐ女〟と題された本作は、作者のサービス精神がいかんなく発揮されたエンタテインメント小説であると同時に、われわれ日本人が立ち止まり、今一度考えなければならない大切なことを思い起こさせる作品なのである。

・この物語はフィクションであり、実在の人物及び団体とは一切関係ありません。
・本書は二〇一五年一〇月、小社より刊行された単行本を文庫化したものです。

カサンドラ

桑原水菜

平成30年 2月25日 初版発行
令和6年 11月15日 4版発行

発行者●山下直久

発行●株式会社KADOKAWA
〒102-8177 東京都千代田区富士見2-13-3
電話 0570-002-301(ナビダイヤル)

角川文庫 20789

印刷所●株式会社KADOKAWA
製本所●株式会社KADOKAWA

表紙画●和田三造

ISBN978-4-04-106257-9 C0193

◆◆◆